茗花斋杂组

王星琦 著

凤凰枝文丛／孟彦弘 朱玉麒 主编

凤凰出版社

图书在版编目（CIP）数据

茗花斋杂俎 / 王星琦著. -- 南京 : 凤凰出版社,
2021.6
（凤凰枝文丛 / 朱玉麒, 孟彦弘主编）
ISBN 978-7-5506-3417-6

Ⅰ. ①茗… Ⅱ. ①王… Ⅲ. ①散文集－中国－当代
Ⅳ. ①I267

中国版本图书馆CIP数据核字(2021)第083107号

书　　名　茗花斋杂俎
著　　者　王星琦
责任编辑　李相东
书籍设计　徐　慧
出版发行　凤凰出版社(原江苏古籍出版社)
　　　　　发行部电话025-83223462
出版社地址　江苏省南京市中央路165号,邮编:210009
出版社网址　http://www.fhcbs.com
照　　排　凤凰零距离数字印前中心
印　　刷　苏州市越洋印刷有限公司
　　　　　江苏省苏州市吴中区南官渡路20号　邮编:215104
开　　本　880毫米×1230毫米　1/32
印　　张　10.625
字　　数　213千字
版　　次　2021年6月第1版
印　　次　2021年6月第1次印刷
标准书号　ISBN 978-7-5506-3417-6
定　　价　68.00元
　　　　　(本书凡印装错误可向承印厂调换,电话:0512-68180638)

王星琦

1945年10月生，辽宁盖州人。青年时代曾在内蒙古作过宣传干事，并从事过诗歌与散文创作。1978年考入中山大学中文系读研究生，师从王季思先生攻读中国古代文学，专业方向为中国戏曲史。1981年分配至南京师范学院中文系任教，后为南京师范大学文学院古代文学教授，博士生导师。长期从事中国古代文学教学与研究工作，出版专著8种，发表论文百馀篇，其中《元曲艺术风格研究》《元明散曲史论》较有影响；校注古典名著及编写教材多种。此外，有散文随笔集《书林驿语》等数种。

弁 言

“凤凰台上凤凰游”，是李白《登金陵凤凰台》之诗句，昔年我江苏古籍出版社立足南京、弘扬文史，而更名所由也。

“碧梧栖老凤凰枝”，是杜甫《秋兴八首》所吟咏，今日我凤凰出版社为学林添设新枝，而命名所自也。

30 多年来，凤凰出版社围绕中华传统优秀文化，彰显传承文明、传播文化、服务大众、贡献学术的出版理念，坚持以整理出版中国文、史、哲古籍及其研究著作为主的专业化方向，蒙学界旧雨新知之厚爱、扶持，渐已长成“碧梧”，招引了学界“凤凰”翩然来栖。箫韶九成，凤翥凰翔！嘤其鸣矣，求其友声！

“凤凰枝文丛”是本社与学界同人共同打造之文史园地，除学术研究论文外，举凡学人往事、经典品评、学术札记之文化随笔，旧学新知，无所不包。是作者出诸性情而诗意栖息之地，读者信手撷取而涵泳徜徉之处。

“凤凰鸣矣，于彼高冈。梧桐生矣，于彼朝阳。”

愿“凤凰枝文丛”成为我们共同的文化家园。

2019.5.22

序

这本小册子是我继《元曲与人生》（上海古籍出版社，2004）和《书林驿语》（东南大学出版社，2004）之后，又一本散文随笔集。我曾在《书林驿语》的小序中说过，古之驿站，是人与车、马休整待发的场所，唐制三十里置驿。读书如同行路，少不了也要休整。阅读是一生一世的事体，有如长途之旅，亦须在驿站中憩息一时，放松一番。此时免不了说些闲话，看看闲书，悠然自得。于是便偶获灵感，有了些信手随心的闲散文字。又，驿字通“绎”，有连续不断之义，闲书不闲，总还要读下去，故闲文碎语，零札片纸终归是络绎不绝、驿驿相牵了。

收在这里的文章，悉数在报刊上发表过，此番整理，搜集起来颇费周折。有些发在报纸上的短文曾剪贴下来，而发在书刊上长些的文章，一时无法找到，就设法去找手稿，都寻摭不到的，只能付之阙如了。移居金陵近 40 年了，搬了六次家，找件东西太难。好在有朋友帮忙，又有我的学生们一道寻索，总算搜罗到近30万字。然一套丛书中的每一种均有规模和字数限制，此书不仅不必求全，还要大幅删减，撤下来的文字只能以后再找机会发落了，反正文字是烂不掉的。

本书析作四辑。“远足之什”，是近年来跑了好些地方，随行随写的游记。这里选了些自认为较有意趣的篇什。读书行路，乃人生意义之双轮，虽已悠然过了古稀，趁腿脚尚好，还是想多跑跑的。“夜读零札”，为阅读时的笔记。我读书很杂，犹同饮食，杂粮有益，杂食养人。读书不作笔记，久后容易淡忘。“故人往事”，选了几篇追忆怀人之短文。人生有代谢，世事多无常。此等文字，怅惘是难免的，过度哀伤却是不必要的。最后是“序跋摭辑”。

整理这些零散文字，感慨颇多。岁月流逝，梦痕犹在。阅读之美，游踪行在，追怀故人，往事历历，皆拜文字所存。一切都值得珍惜。陆放翁有云：“遗簪见取终安用，敝帚虽微亦自珍。”（《秋思》）些许菲薄文字，岂可弃之？

是为小序。

2019年10月19日

目录

第二辑　夜读零札

第三辑　故人往事

第四辑　序跋摭辑

图版目录

第一辑　远足之什

理想化了的一方净土

反复研读詹姆斯·希尔顿《消失的地平线》，一个突出且饶有兴味的问题摆在了面前：何以这位小说家要虚构一个神奇美丽的香格里拉？仅仅是着意于风情风物，出于对东方世界的好奇吗？在滇西北游览过程中，我一面沉浸在雪山牧场以及尚未丧失殆尽的原始意境之中，一面不断思考着希尔顿的命意题旨——他究竟要告诉人们些什么？

小说初版于上世纪三十年代初，其时西方的工业革命正如火如荼，与卓别林一样，希尔顿流露出对疯狂的技术主义的忧心忡忡。卓别林用他的《摩登时代》《城市之光》等作品，寄寓了一个智者深邃的忧患与焦灼，揶揄、嘲讽中蕴涵着无尽的哀痛与悲悯。希尔顿的思想与卓别林显然有着某种相通之处。小说中一个很重要的人物佩劳尔特有句名言："干蠢事时偷懒是一种伟大的美德。"他是香格里拉的最高喇嘛，他的思想就是香格里拉人制度和秩序的依据。这位 1681 年生于卢森堡的智者，28 岁时进入西藏传教，试图寻找传说中的基督教王国。他偶然到了香格里拉，本想写一本抨击佛教故步自封的书，研究的结果却是他自己进入了静止状态，开始笃信佛教。他 98 岁开始殚精竭虑地钻研佛经，成为香格里拉德高望重的大喇嘛，直到 249 岁时去世。小说毕竟是小说，如此高寿近乎神话。在佩劳尔特的意识里，只有透悟了人生真谛的人，长寿才有意义，否则人是不需要活得那么久的。希尔顿通过这个人物，似乎在暗示着或许佛教或东方的智慧可以拯救世界。他写道："他（佩劳尔特）曾经亲眼目睹过的那些情景又一幕幕浮现在他的脑海里：那些强盛的国家不是依靠智慧而是采取疯狂掠夺的手段不断壮大，这一切必将使国家走向毁灭；机械的威力在不断膨胀，已经到了随便一个全副武装的人就足以抵挡整个路易十四军队的地步，他预感到人们将会把大地和海洋都变成人类文明的废墟，然后他们就开始开发太空。"紧接着佩劳尔特又对康威说："但还不仅仅只是这样，将有一天人类为杀人武器的进步欣喜若狂，人类的一切珍宝将面临巨大的危险，书籍、艺术，所有和谐、美好的事物，两千年来人类珍藏的艺术瑰宝都会在瞬间被彻底毁灭，它们像李维的著作那样散失殆尽，像被英国人洗劫过的北京圆明园那样所有东西都荡然无存。"言外之意是在说，香格里拉可以在理性的人类对抗技术主义和所谓机械文明中做些有益的、力所能及的事情。

康威与张先生（香格里拉的总管）的一段对话，也特

玉龙雪山

别耐人寻味：

“这里可不是游客能够经常到达的地方。”张先生说。

康威笑道：“此地是我到过的最偏远的地方。这里的文化蓬勃发展，没有受到外界的污染。”

“你说‘污染’？”

“我所说的污染是那些乐队、影剧院、霓虹灯广告等等东西。你们的抽水马桶非常先进，我认为只有那些真正适用的东西才值得从西方引进。我常想罗马人是幸运的，他们的文明到了能够让他们建造热水浴室却又可以不用受一点机械技术污染的程度。”

这里所说的“污染”，非仅指一般意义上对环境和生态的破坏，很大程度上指的是文化层面。未知希尔顿若活在当下，又该是怎样的痛心疾首。康威与张先生还有一段对话特别有味，可见出希尔顿思想深处对东方文化的浓厚兴趣：

在蓝月亮山谷，康威的确发现了这里的许多美德——亲切友善，知足常乐，他所了解的行政手段和管理制度都无法达到这样的境界，他对此发出了由衷的赞叹，可张先生却说：“你知道，我们一向认为良好的管理就是不要管得太多。”

“适度原则”是蓝月亮山谷的一条重要原则。佩劳尔特告诉康威：“适度原则，我们始终在适度地行动。”这个所谓的适度原则大约源于佛家的中道思想，与儒家的中庸也有某种相通之处。事实上，希尔顿是在表达一种希望，那就是人类需要和平幸福，对自然界的开发利用应该适度，并保持一种和谐。佩劳尔特还告诉康威：“你会发现我们既不放纵自己也不禁止欲望。……对于年轻弟子的欲望，山谷里的女人们也乐意用适度的原则来对待她们的贞洁。”总之，小说家构筑了一方理想化的净土，一个令人向往的失乐园。如同普鲁斯特所说：“唯一幸福的岁月是失去的岁月，唯一真实的乐园是失去的乐园。”（《追忆似水年华》）希尔顿写的是一个真实的失乐园。小说的基调是写实的，这是香格里拉与武陵人误入桃花源的根本不同之处。

梦回蓝月亮山谷

不止一位朋友对我说过，倘若你没去过香格里拉，一定要去那儿看看，那的确是个神奇而美丽的地方。于是我下决心三赴云南，这次着实是奔香格里拉而去的。前两次去云南，跑了不少景点，但由于天气和惧怕高原反应等原因，都没能一睹所谓香格里拉的风采。不时翻阅詹姆斯·希尔顿《消失的地平线》，每每为这位杰出的小说家那神秘莫测的笔调所吸引，心旌摇动，追风逐影，几回在梦中投入蓝月亮山谷（希尔顿虚构的香格里拉部落所在）的怀抱。月亮是蓝色的，大有童话色彩。我曾说云南之美是水彩画风致，而新疆之美则是油画格调。水彩画是湿漉漉的、透明的美。希尔顿并未到过中国，更没有驻足滇西北，他只是在美国科学家约瑟夫·洛克考察滇川藏交界地区的报告和手记基础上，又参考了一些传教士们的有关记载，想象出了一个神秘的香格里拉。真是神差鬼使，近乎不可思议。

我以为，美这东西是说不清楚的。面对自然界的大美，文字往往表现为无力和无奈。美学家可以给出上百种甚至上千种关于美的定义，然而定义毕竟是概念性的。大约每个人都对美有着自己独特的理会。我的感受是美可能是一种牵挂，一种怦然的心动，甚至是一种无言的、轻微的、淡淡的忧郁和痛楚。有如这次我在香格里拉所看到的鸢尾花，她亭亭玉立在草甸上，既不妩媚，也不烂漫，碧紫透红的花瓣是她的襟袖，鸭黄点金的花蕊是她的冠冕，安详雅致中透出某种沉郁与凄寂。我踞身与其面对良久，终于明白了梵高何以一次次地去画鸢尾花。

大美无言。故我特别厌烦导游的絮聒。希尔顿就极其聪明，他很少写景，即使是不得不描写景物时，他也若即若离，处理得极为简淡。且看：

康威轻易不会触景生情，他惯常不太在意“风景”，尤其是那些由市政当局设置了座椅的著名景区。有一回，有人带他到印度达吉岭附近的老虎岭去看埃菲尔士峰（珠穆朗玛峰）的日出，他却发现这座世界巅峰令他大失所望，而窗外的景色却迥然不同，它夺人心魄。它没有那种刻意作态引人崇敬的架势。那鬼斧神雕般的冰峰蕴含着原始而粗犷的神韵，真是无比壮丽。

蓝月亮山谷

这可以视为希尔顿关于自然美的一个精警的原则。在这一点上，我与康威的感受略同。从一定的距离与视角去看玉龙雪山和梅里雪山，你会体会到有种震撼心灵的美，如此的视觉冲击力是难以言传的，差如康威所说的“原始而粗犷的神韵”吧。及待你沿索道乘览车真的到了雪山上，你一定会很失望，甚或有些沮丧，觉得美被解码、被破坏了。其实我们的先贤们深明此理，东坡所言“不识庐山真面目，只缘身在此山中”，就是这么个理儿，这原本是很浅显的。此番在香格里拉普达措国家公园，我总觉得人造的东西还是太多，属都湖和弥里塘牧场的情况似略好些，而碧塔海为自然溪水瀑布修造了那么多水泥台阶，就大煞风景。

香格里拉归来，多少有些失望。可能是希尔顿的描写先入为主吧。老实说迪庆州中甸县抢先更名为香格里拉，多半是旅游经济的需要，因为香格里拉的名气实在太大了。希尔顿的小说多次被拍成电影，以至希尔顿竟成了世界上数不清的豪华大酒店的招牌。新加坡华侨巨商郭鹤年也将他遍及全球的酒店集团命名为香格里拉。我是泛香格里拉派，觉得滇西北许多地方都颇似香格里拉。这情形有点像我们说大观园。大观园究竟在哪儿？这其实是个伪命题。大观园并非地理意义上的实指，它是一个艺术场景。如果一定要回答这个问题，那么它在曹雪芹的脑子里。大观园可能以南京的随园为素地，也有苏州园林、扬州园林乃至北京恭王府的影子，但你专指今天的一个地方，明确称它即是大观园就说不通。香格里拉的蓝月亮山谷，大约也只在人们的心里。希尔顿毕竟写的是小说，而不是实录。读读希尔顿的书，梦回蓝月亮山谷，终究是赏心悦目的美事。至于希尔顿虚构世界中的理想色彩，显然具有另一层面上的意义，当容另文去探求了。

布尔津情思

美丽而又神秘的喀纳斯湖，近年来成为旅游热点，人们企盼着一睹其风采，从四面八方蜂拥而至。

从乌鲁木齐出发去喀纳斯，有两条线路：一是东经阜康、卡拉麦里，穿越新疆第二大沙漠古尔班通古特，过北屯赴阿勒泰，再西向到布尔津，休憩一夜，次日凌晨沐浴着朝霞奔向喀纳斯；一是西经昌吉，过呼图壁、沙湾，穿越克拉玛依，向北直取布尔津。不论走东线还是西线，布尔津总是必经之地，于是这座边疆小城便闻名遐迩。

我们走的是西线。8 月 26 日一大早，我们的大客车便由乌鲁木齐出发，奔赴布尔津。我在车上翻看着地图和有关资料，得知布尔津距乌鲁木齐 620 公里，与哈萨克斯坦、蒙古接壤，全县人口不过 6 万，主要是哈萨克族，还有俄罗斯族、蒙古族等。一路上凭窗望着广袤无垠的大草原，似乎单调而少变化，满眼的平芜迴远，满眼的蓝天白

喀纳斯湖

云，单调的色彩，单调的线条。间或掠过大片的羊群，还有牧人骑在马上悠闲的剪影，为茫茫的草原平添了些许点缀。我在想，单调有时也是一种美，一种朴素而又本色的美。这种感觉在乘海船时不难捕捉到，在茫茫的瀚海上更是触目即是。要领略这样一种美，须有开阔而澄明的胸襟，更要有一种苍茫浩渺的宇宙意识，或如庄子所说的那种“大块洪炉”的人生态度。总之，造化之奇使人控抟不得。这时，车子里正播放着刀郎的歌，那略带嘶哑的歌声同样那么单调，车上不少同行者昏昏睡去。我不大懂得刀郎，但依稀觉得他的个性可能恰恰在那单调之中，这与西域的环境是合拍的。正这么胡思乱想着，不经意间，路边丛丛红柳映入了我的眼帘。原来为什么没有在意呢？一路上都是红柳，没完没了的红柳，又构成了一种单调的美。八月末，正是红柳开花的时节，橙黄、淡紫之间杂以赭石色，贴近地面处的枝叶，则是一片灰绿色，透露出瀚海中顽强的生命气息。红柳花团团簇簇，犹如不施粉黛的女孩，自有其他花卉所无法企及的一种本色之美。这令人想起乾隆间大才子纪晓岚的咏红柳诗：

茸茸红柳欲飞花，歌舞深处看柳娃。双角吴童真可念，谁知至竟不辞家。（《乌鲁木齐杂诗》第五十八）

传说当年阜康的一位官员，曾于红柳丛中逮到一个小矮人，称其为“红柳娃”。每当红柳花开之时，红柳娃们便载歌载舞，穿梭于红柳丛中。纵使你能捉到红柳娃，你也无法养活他，因为他们一离开红柳丛，就会死去。这便是纪昀诗中“谁知至竟不辞家”的注脚。但我却以为纪昀是以人喻红柳，即拟人化写法。你看那红柳随风摇曳，远远望去，真的很像一些天真烂漫的孩子在歌舞嬉戏。想来红柳是丛生植物，且长不高，因而人们才附会出所谓小矮人的传说吧？况且，红柳生在高原荒漠，移植到水分充足之所，怕是反而很难成活，它“至竟”（犹终究、至死）是离不开“家”的。

蓦然间，在极目之处，缥缈中渐渐显现出一条蓝色的飘带，有如舞者用力抖出那样宛转，它缠绕着一团诱人的碧绿，恰似孔雀蓝绸带围绕着一颗晶莹的绿色明珠。布尔津，是布尔津！人们的眼睛一亮，喊了起来。原来，那蓝色的飘带正是额尔齐斯河，而绿色明珠便是布尔津小城。我们的车子驶进布尔津。夜幕已降，布尔津像是裹上了一层纱幕，朦胧中美丽的小城更添几分神秘。可惜晚饭后夜色渐浓，第二天还要赶路去喀纳斯，我们坐了一天的车，大家都很累，就安排休息了。对布尔津城，也只是一个模糊的印象，但觉其宁静、安详，绿树葱茏，建筑格调有异域情趣而已。好在回程必再停留于布尔津，那时仍可细细领略小城风貌。就像是与一个新结识的朋友匆匆别过一样，27 日早晨，我们离开布尔津，驱车赶往喀纳斯。

回程途中重返布尔津，恰是新疆时间中午（北京时间下午两时左右）。吃过中饭，我们到布尔津街上徜徉。干净的街道，整齐的行道树，街上的行人稀疏，透出当地人们生活节奏的舒缓。看来这里的居民相当会享受生活。住惯了繁华喧闹的大都市，在快节奏中奔忙久了的我们，觉得小城的气氛特别惬意。路边是叫不上名字的五颜六色的草花，人行道上每隔四五米就有一棵小白桦树，与一种也是叫不上名字的树相呼应——这种行道树在乌鲁木齐就有很多，我曾问过新疆的朋友，他们说可能是一种特殊的榆树。它通体形状很像龙爪槐，枝条弯曲下垂，如飘带，似裙裾。其叶片周围有锯齿，与一般榆树叶子相仿。它那婆娑的身影，姿态娴雅，柔嫩的枝条随风飘拂，远远看去酷似招惹春风的杨柳。街上多是一些新的建筑，楼群多白柱灰墙，坡顶雕窗，颇具异域情调。小城一尘不染，绿树成阴，出落得清新灵秀。加之天蓝云白，额尔齐斯河湛蓝透绿，纤尘不著，使人很容易联想起童话中所描写的意境。一阵瓜果的香气袭来，醉人心脾。我们同行三人一起走进一家小超市，买了好些个瓜果和葡萄等，想回到下榻宾馆一饱口福。

布尔津据说是三岁半的骆驼或是咆哮奔跑的骆驼之意，取其憨态可掬的意思。旧译汉字为“布尔根”，城因河得名。布尔根（津）河是贯穿于布尔根（津）全县境内的一条大河，它与额尔齐斯河交汇，交汇后的额尔齐斯河一路流向西北，为我国唯一注入北冰洋的河流，它在我国境内有 600 多公里长。想来旧译汉字名的布尔根，不如新译名布尔津好，津有渡口之义，更像一条河的名字。我们来到布尔津渡口时，正值晚霞旖旎、波光潋滟之时，踏上原木制成的渡口观景台，但见远方天幕上碧紫透红，云隙间迸射出金色的光线，大半个天幕如火如荼，呈现出令人震撼的壮美图景。

入夜，临渡口的一条美食街上，人群熙熙攘攘，各种烧烤食物，琳琅满目，使得周围的空气中弥漫着香味。有一种刚从河里打捞不久的狗鱼，剖开来烧烤，用刷子将佐料的汁液一遍遍涂上去，反复翻烤，既鲜美又香味四溢，不失为一种极具地方风味的美食。杂沓的人群中传来阵阵欢声笑语，口音却是五方异域，各各不同。走出美食街时，已是夜色深沉，额尔齐斯河仍在低语，街边的各色草花在路灯下闪烁着异样的光彩。夜无眠，花无眠，小城无眠。

布尔津，你这西域的明珠，令人悠悠遥想，使人久久思念。

读书·行路·思悟

近读宙浩先生《知非》短文，获益匪浅，不唯颔首称道，且心有戚戚焉。因略续其貂尾，以为张本。

暑期有西域之行。在乌鲁木齐与新疆师大王星汉教授神聊，谈及耶律楚材咏西域之诗。星汉先生说，楚材为极有识见之士，这不仅表现在他婉谏成吉思汗止杀慎讨，更在其功勋卓著之时身未退而心先退："林下因缘千古重，人间富贵一身轻。"（《用李德恒韵寄景贤》）其号为湛然居士者，实已透出某种消息。更可贵的是，楚材读书行路善思悟，从不生吞活剥。如古书中常提到的西域所产"垄种羊"（又作"地生羊"），历来读书人误解者不少，往往望文生义，理解为羊的一个特殊品种。《史记·大宛列传》"正义"就说是"有羊羔自然生于土中……其脐与地连，割绝则死"云云。看来至唐人张守节，人们似乎并不晓得古书上所载之"垄种羊"为何物。当然，张氏是承袭宋膺

《异物志》而来，乃是以讹传讹。耶律楚材随成吉思汗西征，在西域的实地考察中，才知道所谓“垄种羊”，其实就是棉花（当时又称木棉）。他在诗中写道：“漱旱河为雨，无衣‘垄种羊’。”（《西域河中十咏》）原来这里的“种”，须读作 zhòng，倘若读成 zhǒng，歧义就来了。现在我们都知道新疆为我国产棉重镇，质优量大，又多出口创汇，而建设兵团所种植的长绒棉，在海内外声名尤著。据说科研人员正在培植彩色棉花，“垄种彩羊”不久也要在天山南北遍地开花。

星汉先生一席话，令我深思许久。几天后我们赴喀纳斯，途经石河子，看到大片大片一眼望不到边的棉田，但见白花花的棉朵正在枝头绽放，长绒棉披枝而垂，真的有如羊毛一般，始知“垄种羊”之说是极富想象力的。继而想到，行路解惑与读书释疑是不可偏废的，不知非，岂能言是？星汉先生姓名与余一字之差，尝戏言乃自家兄弟。又言琦者美玉也，而汉者银汉也，“星汉灿烂”，可谓大矣，故汉当为兄。然齿序则琦长汉两岁，为兄为弟一时难断。

又，曩读金元间文史典籍，屡见忽必烈“金莲川幕府”之说，前贤时俊多在括注中称“在滦河上源”，然仅得纸上文释，未获全知者。今夏又有承德之行，由避暑山庄而坎上木兰围场，于河北与内蒙古交界处（已入内蒙地界），寻访滦河源头，得见漫山遍野皆金莲花，金灿灿，黄盈盈，不择地势，不问用否，一味怒放，率性绽苞，活得个轰轰烈烈，真个是“生生死死随人愿”。面对满眼金莲花，我的心头陡起阵阵震撼，原来这就是金莲川。川者，平野也，原上也。查《元史》之《世祖本纪》，有云：“岁辛亥，六月，宪宗即位，同母弟惟帝最长且贤，故宪宗尽属以漠南汉地军国庶事，遂南驻爪忽都之地。”可知忽必烈受命出镇漠南汉地，置藩邸于金莲川，此地蒙语称谓是爪忽都。原想，即是滦河上源，水一定很大，不意竟是一条宽不逾三米，深不过齐腰的小河，再溯向内蒙古，它应该就是闪电河了。我们乘皮筏在河中漂流，思绪随波荡及13世纪。辛亥岁为公元1251年，忽必烈于此置藩邸距今已有750多年了。世事沧桑，巨变不知凡几，唯有金莲花，仍在自由自在地绽放着。归途，购得干金莲花一大包，当地人称以之泡茶，喉润嗓明，其效不亚于胖大海。

归来查《广群芳谱》，不见载有金莲花，唯《清稗类钞·植物》有云：“金莲花，草本，蔓生，直隶、山西等省有之，一名金芙蓉、旱地莲。茎卧地，出多枝，叶圆，有缺刻，似荷叶而小。夏季叶腋开花五瓣，瓣萼皆深黄，瓣心有红点，色甚艳。至秋，花干而不落。康熙时，圣祖赐以此名，高宗亦有诗咏之。”这后面几句，就是蛇足了。金莲花之名，金元时就有了，不必等清圣祖赐名，徐珂显然是弄错了。

读书充其量为知之，行路则由知之而好之，二者参悟，庶几可得乐之之境。

梨花开未

早听说丰县大沙河两岸万亩梨园奇绝壮观，美不胜收。一位供职于丰县的校友告诉我，每年春来花发，在一片新绿之中，梨园如乱琼碎玉，千树万树，晶莹剔透；香雪海里，宛若仙境。当此时节，便是周遭的嫣红姹紫，也都成了梨花的陪衬。他几乎每年都邀我去一睹万亩梨园的丰采。遗憾的是，总是为俗务缠身，未能成行。

今春冷空气频繁，料峭寒风不时袭来，不知为什么往丰县赏梨花的愿望却格外强烈。我发了条信息给丰县的校友："梨花开未？将欲追寻梨花梦境，可否？"不料等来的回复却是："今年春寒，节气推迟至少一周，四月八、九日来，可圆梨花之梦。"一时间虽说有几分失落，却于期待中有一种莫可名状的激情在燃烧。

期待其实也很美，因为期待中往往会浮想联翩。日前曾在电视上听到史依弘于维也纳金色大厅唱《中国贵妃》，真的是如痴如醉，击节再三。《中国贵妃》不同于传统京剧《贵妃醉酒》，曲词大约是新的创制："梨花开，春带雨；梨花落，春入泥：此生只为一人去……"显然，这是点化白居易《长恨歌》中的名句"玉容寂寞泪阑干，梨花一枝春带雨"。耐人寻味的是，白诗一经流传，梨花仿佛成了寂寞意象的一个符号，同时也就成了凄美意境的一种"能指"。如"苏门四学士"之一的晁补之就曾写道："赖有乐天春雨句，寂寞从此亦馨香。"（《和王拱辰观梨花二首》其一）元好问《梨花》诗中亦有"梨花如静女，寂寞出春暮"句。明人杨基则谓"一枝寂寞开逾遍，朵朵玲珑看应眩"。如此，凡写梨花必称寂寞，其例句在古代诗词曲中可谓汗牛充栋。东坡写梨花，于寂寞中更添惆怅："梨花淡白柳深青，柳絮飞时花满城。惆怅东栏一株雪，人生看得几清明。"（《东栏梨花》）情调更复低迷。唯因是故，杨基才说："东坡先生心似铁，惆怅东栏一株雪。"（《北山梨花并序》）

何以梨花总让人感到寂寞惆怅，陡生一种淡淡的愁绪呢？想来是因为它的花期特别短的缘故吧。许多美的东西大凡如此，所谓惊鸿一瞥，稍纵即逝是也。看日出，观晚霞，望虹霓，指蜃楼，无不如此。记得小时候我家后园有一株老梨树，印象里花期不过三五天，最盛时也就那么两三天。徐凝有一首《玩花》诗，写的正是这种感觉："一树梨花春向暮，雪枝残处怨风来。明朝渐校无多去，看到

作者于丰县万亩梨园

黄昏不欲回。”马致远的曲子说得更是急切，于“东风唤醒梨花梦”时，索性守在那里，为的是不误花期：“梨花树底三杯酒，杨柳阴中一片席，倒大来无拘系。”（〔般涉调·哨遍〕）

终于盼到了四月八日，我们一行三人驱车来到了大沙河畔。宿雨初霁，天清日朗。入得梨园，但见千株万枝，映日怒放。梨花海中，游人如织。园丁们三三两两正忙碌着，他们手执竹竿，为梨树人工授花粉。一株“梨树王”前挤满了游人，间或传来阵阵惊叹声。这是一株树龄至少有半个世纪的老梨树，它的树冠阔大，笼盖三四十人不在话下。其时花发正旺，团团簇簇，冰清玉洁，百媚千娇。陆续来祈福的人们，在“梨树王”的老干新枝上挂满了红绸带，春风拂来，宛如跳跃的火苗。园丁们还根据不同的树形，将硕大的梨树命名为“夫妻树”“合家欢”等等，在树下竖起小木牌，惹得许多人在树下争相拍照。艳阳当空，春风拂面，人们徜徉于梨花海中。梨园深处，不时传来笑语声声。

我走近一株亭亭如盖的梨树，攀起一枝在手，仔细观察一朵梨花。恍然悟到人们所以将其与雪花齐观并举，不仅因其花瓣洁白，还在于它与雪花一样，均是六出。细细看去，梨花并非纯然白色，其花芯处呈微妙的绿色，即俗称豆青色，但淡极了。尤其是它的花蕊，竟然五颜六色，令我禁不住为之猛然一震。而它的真正可人之处，更在于花芯里尚滚动着宿雨，这差不多即是它令人寂寞惆怅的深层原因了——人们将其与泪珠紧紧联系了起来。朱淑真《梨花》诗中说：“朝来带雨一枝春，薄薄香罗蹙叶匀。”说的就是初叶如眉，新花似睛。

我们在梨园中盘桓终日，薄暮时分，沿着大沙河边一条小路，顺便去看了看上世纪五十年代末老知青种下的大片梨园，依依不舍地结束了丰县万亩梨园之行。晚餐定在一家农院式的餐馆，房前屋后仍是梨树，真是“千树万树看未了，小径更入梨花村”。丰县校友有意让我们品尝农家风味，餐桌上有知了，有榆钱，更有土鸡蕨菜。席间，一位同行的校友吟诵一联古诗，是晏殊《寓意》中的两句：

梨花院落溶溶月，柳絮池塘淡淡风。

大家都醉了。

泼翠凝红榴花拆

又是五月的风，又见榴花吐火。

去年初夏，曾见报载，莫愁湖百岁石榴王开花。略云：孙中山先生 1912 年元月为纪念北伐阵亡将士，在粤军北伐军总司令姚雨平倡议下，61 位阵亡将士遗骸被运回南京，安葬于莫愁湖南岸。孙先生亲书“建国成仁”四字墓碑，黄兴撰写“粤军殉难义士之碑”。孙中山先生还带领同仁在粤军墓周边种下石榴，如今只剩下这棵一根七株的老树，被誉为“金陵石榴王”。

读罢这则消息，猛然想到石榴花开如火如荼的热烈景象，令人惊心动魄。想来孙中山先生之所以在粤军义士墓边种植石榴树，寓意是深长的。一则榴花如血，殷红绚烂，警示人们莫忘先烈们为革命抛头颅洒热血的丰功伟绩；二则榴花之红乃谓正红，亦即中国红，似在提醒人们风起云涌的大革命和拉枯摧朽的北伐如燎原烈火，其历史功绩永载史册，光焰长存。

又是五月的风，又见榴花吐艳。秦淮河边的石榴树，迎着初夏的阳光迸绽怒放，分外耀眼。什么是中国红？去看看那灼灼如烈焰的榴花即知。苏轼诗云：“应怜百花尽，绿叶暗红榴。石榴有正色，玉树真虚名。”何谓正色？无非是指正红，即所谓真色，亦即中国红。差足近之的还有南国的凤凰树和红棉树，后者又称英雄树，其花皆正色，其红皆能令人联想起义军之旗帜，烈士之鲜血。说来有趣，其花“有正色”的石榴，相传却偏偏是外来树种。《广雅》上说，石榴“一名若榴”，乃出于西域的安石国，故又名安石榴。据传汉张骞出使西域，从涂林安石国“得其种以归”。《笔衡》上又称其名金罂，说是避吴越王钱镠之讳。《本草》则称其名丹若，谓“若木乃扶桑之名，榴花丹赪似之，故称”。安石又作安息，为伊朗高原古国名。然也有不同说法，确认石榴是当然的华夏大地土产。《宋史·张畅传》：“石留（榴）出自邺下，亦当非彼所乏。”或许石榴自古中外皆有，属同科而品种略有不同罢了。

历来吟咏石榴的诗词歌赋不知凡几。江淹、傅玄、应贞、沈约等人皆有《石榴赋》。傅玄赋云：

其在晨也，灼若旭日栖扶桑；其在昏也，艳若烛龙吐潜光。苞玄黄之烈辉，缘炜晔而焜煌；发朱荣于绿叶，从时风而飘扬。……

应贞赋云：

光明磷烂，含丹耀紫；味之方神，色丽琼蕊。遥而望之，焕若随珠耀重渊；详而察之，灼若列星出云汉。……

与赋的铺排张扬韵味不同的是，诗歌显得凝练、深邃，境界清奇，意态可掬。以唐人为例，“元白”似对榴花情有独钟。白居易酒后微醺，不言为酒所致，乃言“醉为海榴开”，因了一片泼翠中的簇簇凝红迷醉了。元稹一口气写了二十首，题作《感石榴二十韵》，其中“风翻一树火，电转五车云”，堪称咏榴佳句。至于王维的“夕雨红榴拆”句，则写出了榴花绽放的动势，正所谓是“明漪绝底，奇花初胎”“生气远出，不着死灰”（《诗品》）者也。宋人咏榴花，当属苏舜钦的《夏意》为妙，其着眼处在光线的作用：“别院深深夏覃清，石榴开遍透帘明。”欧阳修的《西园石榴盛开》亦相仿佛，真切揭示出晨光熹微中榴花给人的别样感受：

荒台野径共跻攀，正见榴花出短垣。
绿叶晚莺啼处密，红房初日照时繁。

元明以降，咏榴诗给人印象较深的亦不乏其例。如元人杨维桢的《咏石榴花》，乃言榴花虽不争春，却为初夏平添了几分俏丽，四时各有佳处，何必厚此薄彼：

密幄千重碧，疏巾一捻红。
花时随早晚，不必嫁春风。

被称作“精神飞翔的诗人”高启，亦有一首脍炙人口的《榴花》诗：

日炙态常醺，香生若自焚。
夜来端午宴，淡却美人裙。

前二句实写，“取语甚直，计思匪深”（《诗品》），犹掉臂而出，不假思索。然“香生若自焚”句则无意于佳而自佳，令人读罢难忘。后二句用反衬法，从色彩的视觉冲击力入手，自是奇想。

诗人们偏爱榴花，盖因其热烈而不妖冶，新奇而无媚态，生香活色，真与不夺。“香生若自焚”的精神，尤其耐人寻味。这大约正是孙中山先生在粤军义士墓边栽种石榴树的寄托所在吧。榴花坐果后，便是碧紫透红、丰润甘甜的果实，它也是中国画画家喜爱的题材。

又是五月的熏风，又是榴火正红的时节。

“双明砚”小记并铭

乙酉清明前一日，有皖南之行。恰值一年好景，春色宜人之际，一路赏春，其乐融融。近午，在西递村游览古民居。偶于一小肆之中，见一椭圆形歙砚置几上，其形端正大气，线条流畅洗练，与不同材质、无端镌龙雕凤之俗砚，不可同日而语。此砚长尺有盈馀，宽逾五寸，高约二寸许，重足有十数斤。且砚堂宽敞阔大，砚池深凹形美。擎于阳光下视之，天然纹理清晰可见：左有一圆环形，环中隐约见一楔形斑点，分明一个象形“日”字；右为一弯月形，类橘瓣而弦弧大，活脱一甲骨文之“月”字。左右匹配，距离相当，合而为一古文字“明”，周遭尚依稀布几丝云纹。反复摩挲，心中慨叹：天工之妙，似此曷极！更妙在砚池乃依月形纹理而凿，亦是月形，而砚堂则整体上依势成圆形，因又呈一“日”字。于是，砚堂与砚池又构成一更大之“明”字。未知砚工是否发现这一秘密，余一旦悟出，遂叹为观止。

是时，肆中只一女孩料理。询其值，答曰：“两百六十。”忖度之，已觉开价并不高，购意已定。适同行者中二三同好一再砍价，谓只值零头。女孩曰：“石料来价每市斤五元，制砚不过赚些工夫钱，果有意购之，非百元不能出手。”诸同好遂携余做离去意，终以八十元成交。一路细想，家庭小作坊凿磨此砚已属不易，那女孩亦是百般无奈，曾嗫嚅：“半月未开张矣。”况满歙地砚台汗牛充栋，填街塞巷，生意之清淡不言而喻。而眼下微机横陈，鼠标键盘铺天盖地，其数量更胜于砚台多多，连硬笔已近废弃，谁还视一顽石为宝？便是喜翰墨者，终是极少数，且彼等当不缺砚石。余得此已是二十馀方，端、歙、澄泥、鲁、蜀诸砚置于匣中，不过收藏罢了。想至此，不免心中顿起一丝悲凉，亦觉肆中女孩似有不尽委屈。

归来细赏，此“双明砚”委实大妙。翻阅邓之诚《古董琐记全编》，多有述及歙砚者。始知歙砚多无纹理，亦无端溪所谓“眼”者。此砚天然纹理，凑成天趣，实属罕见。又云：大约明以前歙产砚式率端方正直，有雕琢文饰者至罕。而“双明砚”古朴端庄，浑然天成，大有古风，亦属佼佼者。又检宋陶穀《清异录·文用》，知歙砚古即有所谓月研（砚）者：“月研，形象之，歙产也。”宋赵希鹄《洞天清录集·古砚辨》则云：“歙溪龙尾旧坑，色淡青黑，湛如秋水，并无纹，以水湿之，微似紫，干则否，细润如玉，发墨泛油，并无声……故难得，大者极不过四五寸，多作月研，就其材也。”可知所谓“月研”，是就整体形状而言，而“双明砚”中藏“月”字乃在纹理，其大逾尺，且一应均为手工琢磨，就更属极为难得，当以宝之矣。因是故，铭之曰：

日月炳焕，砚边细裁。发墨如漆，纸上云霭。天公之美，人巧不乖。摩挲再三，陋室添彩。偶然得之，喜出望外。顾二娘[①]知，倾羡再再。传与子孙，代有文脉。

① 顾二娘：明末清初制砚名家。黄莘田有诗赞之曰：“古款遗凹积墨香，纤纤女手带干将。谁倾几滴梨花雨，一洒泉台顾二娘。”又阮吾山《茶馀客话》云：“吴门顾青娘，王幼君治（制）砚，名闻朝野，信今传后无疑。”

秉烛阅沧桑

浏览各大媒体的征文、征图，以及央视的“图说三十年”系列，引发了我无边的联想和不尽的感慨。青藏铁路高架下成群的藏羚羊奔腾而过的画面，尤为令人震撼。传说中麻姑曾数见沧海桑田，真不知她若得见神州改革开放以来这三十年的巨变，该作怎样的唏嘘感叹！

近年来跑的地方很多，每每乘银鹰遨游天际，或是乘动车和谐号驰过原野，抑或在纵横绵亘的高速公路上听聆耳畔的瑟瑟风声，总是会忆起“古诗”中“相去万馀里，各在天一涯；道路阻且长，会面安可期”的句子来，油然从心底升起欣欣然的意绪，大有“如此江山如此人，千年不遇我逢辰”的豪气。想来古人所以将离别写得那样哀而动人，说到底无非是当时交通不发达，故往往将生离与死别联系在一起。如今的孩子理解古典诗歌之所以不能透入一层，感受得更深切，怕是与此一节感受上的障蔽有关。

去年夏末秋初，曾到机场送别女儿赴欧洲，我多少还有些凄凄然的离愁别绪，而她却说朝发暮抵，小小寰球，也就八九个小时，说回来就回来了。情绪异常轻松。在机场高速路上，我看到中间绿化带上花团锦簇，嫣红姹紫，榆墙松塔，衬托其间。其中有一种开紫红色花的灌木，既非紫薇，亦非夹竹桃，忙问女儿那是什么花。答曰：“好像是日本晚樱。”我禁不住赞叹：“多美的一条路呵！”一路上看到车流穿梭，风驰电掣，感慨之馀，不能不浮想联翩：速度改变了空间，记忆拉近了历史。不必回到往古，便是三十年前出行之不易，也是记忆犹新的。1978 年，我考取了广州中山大学的研究生。负笈岭南，家在塞北，每每往返一次穿越七省市，要在路上颠簸好几天。那时候穷书生是买不起卧铺的，纵使咬咬牙想奢侈那么一把，也买不到，因为当时一列车也只挂一二节卧铺车厢，出公差的也得提早排大队，那年月买张火车票谈何容易！绿皮车的硬座也要预定。还记得我的老母亲半夜里爬起来为我排队买火车票，北方的大冬天，冻得病了一场。特别是寒暑假期间乘火车，人挤得快成了纸板人。好不容易找到座位坐下来，你就甭想再走动了，过道上挤满了人。晚上趴在列车小茶几上睡觉，座位下面横躺竖卧都是疲倦得进入黑甜乡的乘客。拂晓，迷迷糊糊中感觉到车厢晃动，一阵咣啷啷响声之后，列车徐徐减缓了速度，停了下来。睡眼惺忪中透过车窗向外望去，像是到了一个小站。揉揉眼睛抹了把脸，定睛一看，站牌上白底黑字赫然写着："黄粱梦"。不禁哑然失笑，睡意顿消。心想如何教吕翁也授我一枕，再睡一会儿，趁黄粱未熟早些到达目的地吧。"黄粱梦"是京广线由北向南邯郸站前面的一个小站，此时此刻，如梦如幻，颇以流离邯郸道上的卢生自况自嘲，苦笑而已。眼下，列车不断提速，动车之外，京沪、京广高铁已在建设，"一日千里"的成语已无法形容今天人们出行的速度。日前从上海乘动车回南京，下了火车不出站换乘地铁，在灯火绚烂中，脑海中生出无限遐想：三十年巨变观之不尽，正如"古诗"中所说的那样，"何不秉烛游"呢！于是在石头城下，秦淮河边，一边散步一边放纵思绪，煞是惬意。袁枚在他的《随园诗话》里曾写下这样一则：

余幼时《赋古离别》云："无情生山川，无情造舟车。今日君与妾，遂至泪盈裾。"后五十年，见陈楚南有句云："天不欲人别，星辰分方隅。地不欲人别，山河界道途。吁嗟古圣贤，乃造舟与车。"

陈楚南较袁随园心胸开阔多了，舟车之造超越了方隅道途，不啻圣贤有情之举。今天的舟车，还有飞机，已非古人所能想象。上面的陈诗似乎还可以再加上两句："吁嗟今圣贤，出行一何速！"

沽美酒罢醉春风

石韵文心斋主横江龙君，痴于石，耽于艺。其对南京的雨花石，更是沉湎弥深，情有独钟。尝言：身居南京者，仅只一般了解雨花石的可贵是不够的，直须沉潜于雨花石的缤纷世界，一灵咬住，透入它的魂魄，方能真正揭示其文化意蕴和艺术价值。所谓玉不琢不成器，而雨花石则是天工化物的艺术品，它恰恰是拒绝雕饰的。水，只要有水的润泽，它就会如芙蓉绽放般展现其多姿多彩，是人巧无论如何也无法比拟的自然艺术品。明山秀水之画幅，园林苑囿之佳趣，人马舟车之游弋，草木虫鱼之涌动，一应生命之有形与无形，皆寓其中，实可谓方寸之上，气象万千。石不在大，有水则灵，形不在具，似与不似间方妙。那些殚精竭虑求其形，又冠以刻舟求剑式的标题，将一枚好端端的雨花精品看“死”了的藏家、赏家，无异于是在亵渎甚至糟蹋这大自然的精灵。雨花石是鲜活的生命，是实在的灵魂。

我对雨花石赏玩未久，浸淫不深，闻其高论，为之一震，不能不颔首称是，心有戚戚焉。

日前江龙君在电话中告诉我，他偶得一雨花精品，谓其瑰奇与妙曼非言语所能描述，令我在家中恭候，他即刻持石前来共赏之。于是我几乎是要沐浴焚香，烹茗以待。稍顷，江龙兴冲冲叩门，我们围坐观石。

此石呈橙黄色基调，外形宛若长圆纨扇。细细观之，依稀可见小桥流水，山石亭阁，暗绿簇红之中，人头攒动，仿佛一幅热闹的游春图。猛然间联想起杜甫的《丽人行》："三月三日气象新，长安水边多丽人……"我拍案而起，脱口而出："丽人行，活脱脱老杜诗意！"江龙却笑着说："我觉得此石朦胧中颇似大观园，虽不能确指怡红院、潇湘馆的所在位置，却是大写意的泼墨泼彩。上品雨花石应以意境为美，过于具象反非佳品。'丽人行'也好，'大观园'也罢，有了具体标题就设置了审美局限，纵使一定要题名，也以模糊、微茫些为好。不若暂付阙如，以俟高明吧。"届时江龙将此石照片一帧，置于一小镜框中以赠，命我反复细赏，择日再议题名之事。

大约一周之后，江龙邀请常国武先生、俞律先生和我一道聚会。有酒盈樽，品茗助兴，大家放言晤谈，略无滞碍。话题自然离不开那枚罕见的珍品雨花石。俞老只用三个字喻其神："春之梦"。俞老一言既出，众皆赞叹，谓其得当。一个“梦”字，切中肯綮，直取神韵。因情生梦，如幻似真，缥缈之际乃见佳胜。宴罢，我与江龙在饭店大堂中又谈了很久，直至夜深尚无倦意。看起来，江龙拖着我也成了石痴。乘车回家的路上，我的脑子里不知为何冒出了两个曲牌的名字：“沽美酒”与“醉春风”。未知这是第几感？想想席间与常、俞二老把酒畅谈之欢，有赖美酒助兴；而那枚神奇美妙的精品雨花石，不是也可以名之曰“醉春风”吗？

春游南太行

己亥暮春，安林兄相邀南太行之旅。我们分别从北京与南京出发，在新乡卫河之滨会合。新乡的朋友们热情迎候，并细心安排好了行程。

一大早，我们驱车奔向南太行的群山险壑，但见峰峦林立间云雾缭绕，悬崖绝壁上青松挺拔，沟壑纵横中春水跳脱，山坡向阳处杂花争艳。有一种类似迎春花的灌木，漫山遍野，一片金黄。同行的新乡朋友说，那就是连翘，一种中药材。它与迎春花的最大区别是其花落后结籽，晒干后即可入药，而迎春花落后是不结籽的。又说，太行山里野生中药材种类繁多，可谓一个偌大的中药宝库。我们的车子有意开得很慢，以便大家对南太行获得一个总体印象。

虽说已是暮春时节，举首望去，却是满眼新绿，可知这里的春事较江南迟了许多。我们来得正逢其时，恰是卫河两岸春色浓郁的当口。说起来卫河是一条充满诗意的河

南太行一景

流，溯源可直追《诗经》时代。《诗·卫风》中的名篇乃至邶、鄘，皆与这条河关系密切。王国维说：“太师采诗之目尚仍其故名，谓之邶鄘。然皆有目无诗，季札观鲁乐，为之歌邶鄘卫，时犹未分为三，后人以卫诗独多，遂分隶于邶鄘。”（《北伯鼎跋》）一条源远流长的卫河，流淌着风诗的韵律。卫河发源于今山西陵川太行山麓，流经今河南新乡、鹤壁、安阳，沿途汇入淇河、安阳河等水系，流至今河北馆陶又与漳河汇合，是为漳卫河，流入今山东临清后汇入南运河，最后至天津汇入海河，奔向大海。春秋时卫地之河，汇入天津卫之海河，取首尾两个“卫”字，名之“卫河”。王国维以为邶是殷之北，即燕（今河北），鄘与奄声近，奄地在鲁（今山东），而邶鄘“有目无诗”，于是采诗者将多诗的卫诗一部分隶属于邶鄘，可见卫诗是一大宗，且被之于卫河流域。观南太行之山峦，既有北方山势之雄阔浑穆，亦不乏南方山势之温润婉转，气象万千，姿态独异。南太行山河表里，形成了诗歌的摇篮。卫河流经今四省一市，流出去的不仅是诗歌，更有一种坚忍不拔、穷则思变的精神，也就是“愚公移山”的大无畏精神。远古之太行、王屋二山，均在今河南省。传说王莽岭是神话传说“愚公移山”的发生地，它位于晋豫交界地区，即山西省晋城市陵川县与河南省辉县市接壤处。传说中王莽岭也是老子西行途经和写作《道德经》的地方。此外，俞伯牙流传千古的琴曲《高山流水》，据说也创作于此。而它的得名，则是因为汉代所谓新朝王莽追赶东汉光武帝刘秀时，曾在这里屯兵。如今它既是国家级地质公园（典型的喀斯特地貌），也是国家级 4A 级景区，号称“太行之尊”。整个景区方圆有 150 多平方公里，想来一天之内游遍，是不可能的。而这一带的挂壁公路举世闻名，理应先睹为快，况且在悬崖上用钢钎铁锤硬是凿出一条公路，也最能体现“愚公移山”精神和百折不回的英雄气概。

我们奔向山西陵川县。路上经过一个阔大的林场，顺便游览了箕（jī）子山森林公园。这里的森林覆盖率在95% 以上，山上山下到处是绿油油的油松。它其实是王莽岭范围内的一个景点，山上有箕子洞、谋棋岭、象天枰等。箕子名胥余，殷商贵族，是帝辛（即商纣王）的叔父，因封于箕地，爵为子，故称箕子。他是殷末周初著名的巫学家，占卜宗师，并擅长观测天象，授时制历，箕子山正是他观测天象的地方。纣王时箕子官至太师，与比干、微子并称“商末三贤”。纣王荒淫无度，“三贤”屡屡谏言，结果比干被杀，微子避祸出走，箕子被囚。周武王灭商后，箕子远走辽东，武王曾劝其归顺周朝，不从。临行前写了一篇《洪范》留给武王，主旨是天子应施行仁政。箕子又是围棋的发明者。在谋棋岭上，随处都可拾到一种黑白两色的小石头，其形酷似围棋子，传说是仙人在此下棋，打翻了棋盘所致。我们每人都拾得几颗，以作纪念。

我们在陵川住了一夜，结识了不少新朋友。翌日清晨，春光明媚，天气响晴。在王莽岭各景点游赏之馀，心里一直想着去看挂壁公路。离开王莽岭时已是下午了，我们的车子在盘山路上行驶得飞快，大家有些担心，开车的小伙子说他对这里的山路非常熟悉，开快些无妨，想让大家尽快看到挂壁公路。坐在车上回首上午的经历，王莽岭留给我的印象是：奇险、壮阔、幽峭、恢宏，不愧八百里太行一颗明珠之誉。车子终于开进了锡崖沟村，陵川的朋友们陪同我们进入了挂壁公路。这是一条 7.5 公里长、“之”字形穿越绝壁的公路。陵川人从 1962 年起，经历了整整 30 年坚苦卓绝的努力拼搏，硬是用钢钎和铁锤凿出的一条世界上绝无而仅有的公路，也是世界上罕见的一道奇险的景观。假如将废弃的钢钎堆积起来，怕是无异于一座山丘，锡崖沟人为这条人世罕见的路牺牲两人，伤残十馀人，用血汗乃至生命创造了如此令人震撼的人间奇迹。30 多年后，锡崖沟南面的河南省辉县市的回龙村，在村党支部的领导下，继承了前辈人的“愚公移山”精神，村民们在“太行赤子”张荣锁书记的带领下，又凿出了一条 8 公里长的 S 形挂壁公路。这里的地形更为复杂，要劈开 9 个山头，转弯处施工难度很大。回龙挂壁开通后，与锡崖挂壁连接起来，贯通了陵川与辉县，晋豫间距离拉近了，多了一条山里人走出大山的路途。走走挂壁公路，令人震撼的不仅是山势险峻与景观奇绝，更是令人肃然起敬，为太行山里人的英雄气概，以及他们造福子孙牺牲自己的深情，理应肃立合十，深深鞠躬。车子出了挂壁公路，即是有名的赤岩大峡谷。岂止是壮观与震撼，它简直是造物绝响。大峡谷延伸 15 公里，最高海拔 1700 米，最低跌入辉县市 300 米左右，谷深 800 多米，临栏俯首，惊出一身冷汗，且谷中风光旖旎，清泉飞瀑，触目皆画，神韵独绝。此是天工，而挂壁公路则是人巧，天工开物，人巧造福。

南太行七日，车程千百里，步履亿万馀，思绪则未知凡几。《卫风・考槃》云：“考槃在陆，硕人之轴，独寐寤宿，永矢弗告。”

深山里的小花

在山西陵川太行山深处，你除了为峥嵘而肃穆的险峰峻岭和峡谷沟壑所震撼之外，映入眼帘的各色花木也是不可忽略的，因为整个太行山区就是一座天然的中草药宝库。你看，山道旁、坡坂上，悬崖巅、沟谷底，随处可见形形色色的杂花野卉，红的、黄的、蓝的、紫的、粉的、白的，乃至赭色的、黑色的……山花竞绽放，千姿百态。连翘花与绣绒菊黄白交错，紫花地丁和山丹丹姹紫嫣红。还有许多叫不上名字，我们就不厌其烦地问结伴同行的陵川朋友，有的他们熟悉，如白头翁（奈何草）、黄连、沙参等，有的他们也不知其名称，而且学名与俗称都很复杂，譬如有一种既可食用又可入药开紫色小花的，有人说那是猫爪花，其茎和叶拌凉菜非常好吃，但也有人用手机查了一下，说它的学名是耧斗菜，猫爪花是俗称。更有人说“爪”不能读作 zhǎo，要发 zhuǎ 的音，大家笑了起来。看来无论是

南太行山上的大翅蓟

书本上的植物学知识，还是经验的日常生活习俗，我们都是“理屈词穷”的。

有一次在王莽岭上，我发现一丛小花，茎上有刺，互生的叶子两边带锯齿状，茎顶为球形，也长满细密的刺，球顶开紫罗兰色毛绒绒的花，非常奇特。我驻足观察，喊大家来看。有人蹲下凝视，用手机拍了下来。陵川朋友看了一眼，说这是大头蓟，学名叫大翅蓟，人们也称其大刺蓟，是药材，可治出血症，有凉血和止血功能。大家豁然开朗，一边叹喟此番不虚此行，增长知识，同时对先民在民族中医药学上的发现与发明由衷敬佩与景仰。有人大发感慨，讲起了神农尝百草的故事传说。

还有一次在红豆杉大峡谷，我在一堆硕大嶙峋的山石旁边，又看到了一束靛紫偏红的小花，它是在那样贫瘠、

作者在南太行山上

干旱的环境下顽强地绽放着，山风拂过，它不停地摇曳着枝干，显现出几分傲气，又带着一点调皮。我俯身细看，它颇似薰衣草，其叶子互生，花朵亦成对映互瓣，样子极为可人。于是站立其旁，让摄影家同伴为我拍照。这次陪同的陵川朋友熟悉此花，说它是对叶莲，又称败毒草，我国南北方皆有野生。其功能清热解毒，止血、止泻，特别对痢疾和便血症，有奇效。尤为可贵的是，它还有降血糖的作用。经查，对叶莲又是俗名，它的学名叫千屈菜，多年生草本，性味苦、凉，几十种中成药方子中要用到它，如千金散、时疫救急丸以及千柏鼻炎片等。民间所以称其为败毒草，据说将其与茯苓、甘草等组方，可治蛇鼠咬啮。爱尔兰人为千屈菜取了个奇怪的名字，叫“河畔迷失的孩子”，未知何以名之。

远足游历，饱览山水形胜，登高望远之馀，脚下亦不乏可观之处。有人去拾石，有人观鱼虫，在太行山里，不可忽略那些野生的小花，脚底下的风景亦自迷人。陶渊明独自春游，“欣慨交心”，他的目光是“景物斯和”之中“有风自南，翼彼新苗”(《时运》其一)，观察极其细微。山野中的小花，静静地开着，默默地伫立，不争奇而奇，不斗艳而艳，即使枯萎，亦可入药，拜其所赐，解人病痛，它们是值得赞扬的。帕斯卡尔说：“探求真正的美好——普通人把美好寄托在幸运上，在身外的财富上，或者至少是在开心上。哲学家已经指出了这一切的虚幻，而把它寄托在自己力所能及的地方。”（《思想录》）由山中野花，联想到翻山越岭的采药人，乃至心存解人倒悬的中医师和民间郎中，他们的寄托是何等的美好啊！倘若将山野小花人格化，它们的寄托岂不也是在“自己力所能及的地方”嘛！

翻看在太行山里用手机拍摄的许多野花图片，一种异样的思绪油然而生。还是陶靖节说的好：“我爱其静，寤寐交挥。但恨殊世，邈不可追。”（《时运》其三）

马六甲散记

大约是中学时代学地理的印象吧，马六甲这个地名深深扎在我的脑海中。一则是觉得它怪怪的，什么名字不好叫，偏偏叫个马六甲；再则以为它八成是遥不可及的，比天涯海角更杳昧难期。不意在我过了花甲之年后，却真的来到了这里。故当我在马六甲开讲座时，第一句话就是：我终于来到了美丽的马六甲，儿时并不知道马来西亚，但早就晓得著名的马六甲海峡了。言毕，座中一片唏嘘感叹。

马六甲海峡位于太平洋与印度洋之间，是海上丝绸之路的要冲，其地理与商贸地位都非常重要。马六甲的得名，据悉是因为一棵树。传说古马来王朝的一个王子，猎时为追逐一只鼠鹿（其肉是美味佳肴）至此，在一棵树下歇息。他问左右随从曰："此何地？"答曰："未知。"又问："此树何名？"答曰："马六甲树。"王子沉吟道："如

马六甲街道一角

此，就称这里作马六甲吧。”这个传说在当地人人耳熟能详，郁达夫的《马六甲游记》中也曾提及。问题是何以树叫作马六甲？我猜想可能与树叶的形状有关。“甲”字有时是“蹄”的意思。这不禁使我想起早年负笈广州，寓所前有几棵阔叶树，其叶形很像两个心形并列，开红花，很美，人称“红花羊蹄甲”树。熟视之，叶形果然颇似放大了的羊蹄印。想来马六甲树的叶子也略似某种动物的蹄印吧。可“马六”所指为何种动物，却通翻典籍而无征。或许正是那王子追猎的鼠鹿之马来语音译亦未可知。带我们游马六甲的是培风独立中学的校长赖兴祥先生，他在马来西亚可谓大名鼎鼎。赖校长告诉我们，那棵树早些年还在，游人到了马六甲，当地人即引领人们去指认。如今树已渺若黄鹤，不在了。说这话时，我看出了他那一脸的沧桑感与无尽的惆怅意绪。他还说，由于鼠鹿肉味甚佳，也被人们猎食殆尽，眼下这种只有马来半岛才有的动物早已绝迹了。听了这番话，大家都默然无语，感到若有所失。

马六甲市不算大，但一整天跑下来也只能是观其大略。给我的印象是极美的，它堪称黄金半岛上的黄金海岸。登高一望，海碧天蓝，蓊茏葱郁自不必说，绿树丛中层见叠出的红顶楼宇、葡萄牙人城堡的遗址，以及圣保罗教堂、荷兰总督府等遗迹，参差中错落有致，色彩对比强烈且谐调。还有那街上跑来跑去的印度人花车，马六甲河两岸色彩缤纷的小吃帐篷，都为这个海滨城市平添了异域情调。特别是历史风云和一系列殖民时代的遗址遗迹，更使马六甲具有一种特殊的韵味和文化的厚度。我注意到独立广场侧一棵不知有几百年的老树，颇似凤凰树。它虬枝缠绕，浓阴蔽日遮天。其树干需两三人方能合抱，枝干上覆盖着多种寄生植物。它像一位饱经沧桑的历史老人，不知见证了多少血雨腥风。16 世纪以来，西方殖民者纷纷觊觎着这美丽富饶的黄金半岛，争相从这里用坚船利炮打开缺口，以便长驱直入，鲸吞半岛并掠夺资源。1511 年 8 月 15 日，葡萄牙将领阿芬索阿布奎率 1400 兵员乘 19 艘巨船，用大炮轰倒了马六甲王朝，进而占领马来半岛。葡萄牙人欲长期固守黄金海岸，用暴力驱赶劳工在马六甲筑城。他们最初是在附近的回教教堂取石头，这是一种含有 80% 左右铁质的红色石头。它的生成需要适当的热带雨林气候，经过长时间的腐蚀，才能使沉积岩蜕变为铁锈石，其学名为 Laterite Rock（礁石）。它不仅坚韧、耐氧化，而且比纯铁更硬实牢固。我在遗址用手触摸了一下它锐利的棱角，差点划出血痕来。据说此石长时间浸泡在水里，就可以切割加工，一经暴露在空气中，立刻变得坚硬无比，且不易被腐蚀和风化。葡萄牙人在用完附近的红铁石后，就逼令劳工从乌贝岛、爪哇岛、瓜拉宁宜和直落马士等地采石运到马六甲。至 1512 年 1 月，红石城堡筑成，名之为 A Famosa，乃是著名之意。这样的城堡该称得上固若金汤了吧？孰料荷兰人于 1641 年 1 月从海上向葡萄牙人开了火。荷兰人连续 5 个月用密集的炮火轰击马六甲，终于取代葡萄牙人成了马六甲的新霸主。根据有关资料记载，荷兰人的入侵，是为了打破葡萄牙人和西班牙人垄断欧洲香料市场的境地。在政府的支持下，荷商组织了荷属东印度公司，直接用武力来开拓东方香料市场的新通道。荷兰人宣称："谁是马六甲的主人，谁就掐住了威尼斯的咽喉。"威尼斯是当时欧洲香料市场最大的集散中心，而马六甲及整个马来半岛则是盛产香料原料的天然基地。这也透露出了香料市场在当时欧洲经济中有多么重要。1670 年，荷兰人又重建圣地亚哥棱堡，在葡萄牙人城堡基础上，进一步加固防御系统。

史料记载，葡萄牙人所建的五角城堡内有数口清水深井，在靠近马六甲河口处是城堡的城门和切入海水的棱堡。河口设有税关，来自世界各地的商贾云集在此，想必当年这里曾是热闹非常的。葡萄牙人记载，当时城堡内外流传着超过 80 种语言。涨潮时载重 200 吨的空货船争相泊岸，川流不息。后来荷兰人将棱堡增建至 9 个，是印度至东亚区域中最古老最大的欧洲城堡。荷兰人在马六甲经营了一个半世纪，英国人又来了。英军总指挥威廉古哈于 1807 年下令用炸药炸毁城堡，以显示其新霸主的气势。起初英国人想以人力毁掉城堡，无奈劳工们的铁锤硬不过那麻面的红锈石，不得已只好使用大量炸药。地面上的城堡在硝烟中倒下去了，但城基仍在。据说地面上城有多高，地底下的墙基也有同样的高度。马六甲州政府于 2001 年 11 月 7 日宣布，在建英雄广场时挖出地下城墙；2006 年 11 月 26 日又宣布第二次挖出地下城墙。可见毁掉一座城堡并非易事，它的遗迹在，历史也就历历在目。我们环绕英雄广场一周后，去看了地下城墙，确实非常壮观。我一边走一边想，这该凝结着多少劳工的血汗呵！

走出广场，赖校长要带我们去吃极饶特色的“娘惹”餐。娘惹，指嫁与马来人的华族妇女，相反华族男子取了马来族妇女为妻，则称之为“峇峇”（baba）。娘惹和峇峇往往是烹饪高手。迤逦而行，我们来到只有本地人才能找到的一个小铺面。攀上狭窄的木楼梯，我们在二楼坐下来。照例是每人一碗“煎兜”（一种特色冷食）消暑。“煎兜”

是马来语译音，既与“火”无关，又非煎炸食品。它以刨冰为主，浇上椰糖（椰花制成的红色糖浆），杂以绿色麦粉制成的寸许长的细条，当然少不了各种植物香料。街上随处可买到“煎兜”，但这家“娘惹煎兜”着实不一般，大家连连赞叹，觉得绕了些路来寻此美味太值得了。正餐是“娘惹海鲜面”，不消说更加精彩，以至过后想起来还不禁垂涎。

下午赖校长安排我们去拜访一位画家，画家是地道的马六甲人，我们期待着他给我们讲讲马六甲更多的历史和现状，据说他也是一位实业家，非常健谈。赖校长说画家准备好了功夫茶，要与我们好好摆摆龙门阵。

马六甲市有一条文化街，弥漫着浓郁的中国传统文化气息。一些地域性的会馆、会所多集中于这条街上，如广东会馆、潮州会馆、海南会馆、广西会所等。记得刚到马六甲的晚上，在吃过印度人街边“妈妈档”之后，赖校长等培风中学一干人曾带我们逛过文化街夜市。这里的一切的确极饶南洋风情。从薄暮时分开始，整条街便开始热闹起来，五光十色的灯火之中，人流熙熙攘攘。各种当地的土特产、小吃以及工艺品琳琅满目，充街填巷。转角处有一个小广场，一座不太大的舞台上，正在举行一场辩论会，台下挤满了不时参与论辩的市民听众，他们在讨论着与选举有关的、人们普遍关心的时事政治问题。徜徉在这古旧与新潮融合无间的长街上，热带水果的香甜气息阵阵袭来，海南鸡饭的香味也夹杂其间，为人平添了几分醉意。大家走得热了，照例到一家小吃店品尝“煎兜”。客随主便，我们在里间落座。赖校长介绍说，这家店铺颇为有名，不仅饮品做得地道，其店面与后宅也是荷兰殖民统治时期的典型建筑。在征得店主同意后，我们深入后宅，参观了一番。整个建筑纵向百米有馀，浑如一条小街。与铺面相连的后宅，何止三进四进，怕是五进六进有馀。起居室、卧房、仓库等一应俱全，甚至连甜水井、马房也在同一中轴线上。据说荷兰人卖房基地时，只论店面横向尺寸，而不管纵向距离，即是说东西尺码量定后，南北（纵深）随你造多长，于是便有了这种特殊的建筑。何以荷兰人以此算法卖地皮，我们百思不解，只是觉得开埠的华人聪明绝顶。有趣的是，相约与我们会晤的画家也有这样一套荷兰殖民时期建造的老宅。

画家姓何名国荣，斋号“鹏志堂”，其意大约是从《庄子·逍遥游》中化出。画家的店面是两层楼，很是宽敞。他经营的是古旧家具及原木制品，两层楼大店面摆放得满满的。一进店就是一件原木书画案，案面足有五平方米，厚度近一市尺。画家说它是一棵树的横断面，只有热带雨林才能长得出如此大的优质红木。马来西亚的热带雨林靠近赤道，终年高温潮湿，阳光充沛，不分季节，降雨量频密。雨林的植物大体有五个层次，自上而下分别为乔木层、藤木层、灌木层、草本层与苔藓地衣层，此木显然来自乔木层，故采伐不易，愈益珍贵。鹏志堂主人清瘦而神采卓异。他抽着烟斗，带我们从一楼步入后宅，他兼营的工艺品相当驳杂，又都那么有趣，均是东南亚一带的精品。他不用空调，调节室温时一按开关就有太阳雨从天井上方降下。落座后我们都很惊异，外面响晴的大太阳，怎么天井中一阵骤雨？画家说这是他自己设计的、花很少的钱即可纳凉的一套设备。显然，画家是一个很有情趣且极会享受生活的人。一个破旧的喂牲畜的马槽，经他简单处理后变成了极饶艺术趣味的小靠几，他的功夫茶具、烟灰缸等，都别出心裁，使人把玩无厌。此外，旧时的马棚也被改造成别致的花房，总之，主人的情趣几乎随处可掬。我们聊了很久，他建议我们顺路去看看三宝井和汉都亚井，还有海边的葡萄牙人村。看来我们得要调整行程，考虑是否要在马六甲多逗留两天了。但又觉得留下一点遗憾也无妨，套用旧联语来说，就是“好书不厌看还读，佳景何妨去复来”。

槟城印象

槟城位于马来半岛（西马）的西北端，与吉打州紧挨着。我们午饭后从丹绒马林出发，一直向正北，再转向西北，几乎穿过了整个霹雳州，近三百公里，傍晚时到了乔治市。乔治市是槟城州的治所，它实际上是紧挨着马来半岛的一座岛屿，以一条东西走向的海峡大桥与同属槟城州的北海相连接，而北海则东与吉打州毗连，南与霹雳州接壤。

来到槟城，就已听说乔治市是有名的旅游观光区，槟城之得名乃是因为那里多槟榔树。康有为、孙中山等近代史上著名的政治家、文化名人均在槟城侨居过。还听说中国一部名为《夜月》的电影，正在那里全程拍摄外景，影片以孙中山先生 1926 年客居槟城的生活为题材，想来拍得一定很美，因为槟城是典型的热带风光城市。既到槟城，首先映入眼帘的便是随处可见的槟榔树。与椰树相较，槟榔树多了些优雅与宁静，倘若将椰树比作活泼好动的风中

槟城街景

少女，槟榔则有如娉婷静女，那珠圆玉润的红玛瑙般的串串果实，恰是她颈项间的美丽饰物。无论是行道树、庭院树，还是广场上的绿化带，槟榔树总是那样高挑、突显，这一点似乎与木棉（英雄树）颇为相似，它们总是翘首沐浴着阳光。在片片蓊茏葱郁的丛簇中，槟榔树一定是高出别科植物一头，向着阳光和雨露顽强地展开怀抱。

槟城、新加坡及马六甲，同属早期的海峡殖民地。1826年，英国殖民者设立了归驻在加尔各答的不列颠东印度公司所管辖的所谓海峡殖民地，并由最初的槟、新、马渐渐向整个马来半岛扩张，故槟城有着与马六甲一样的殖民地经历。看看槟城的街道与建筑，还有那百年以上的榕科行道树，历史的影子挥之不去。槟城主要街道的行道树，除了亭亭玉立的槟榔树，就是一种榕科的参天古木，炎炎烈日中，你只要走进这样的街道，便会在林荫下神清气爽。如此巨大的行道树，真的是难得一见，罕有其匹。

槟城是华人聚居的地方，马来人、印度人相对较少，因而游览时与当地人交流起来比较方便。在参观泰国寺院与缅甸寺院时，我曾与一位当地的华人老者攀谈起来。老者说，真正的善男信女来这里的并不多，人来熙往的主要是观光客。泰国寺院中的大卧佛以及缅甸寺院中的古菩提树，极为有名。此外是建筑的特色，泰式以吊楼的奇诡著称，缅式则多塔楼，尽管都是镂金错彩、雕门画壁，不同风格与韵味还是一望可知的。经他这么一指点，细细品味一番，倒也长了不少见识。我细致地看了看那棵围起来的菩提树，但见老干新枝，绿意盈盈，每片心形的叶子都油光锃亮，的确是不一般。我在栏外拾得一片菩提叶，悄悄夹进一本旅游画册中。

除了热带海滨城市所特有的美之外，槟城给我留下最深的印象是当地华人浓重的宗法观念与伦理思想。在马来西亚，华人社会有数千个宗乡社团，每年的“春祭”和“秋祭”，华人以宗姓为主所举办的祭拜宗祖的活动异常热闹。除了宗乡团体主办的集体祭祖活动外，绝大多数的华人家庭，都在家里设案敬献“三牲”和花果等，拜祭祖先，同时率家人扫墓敬祖祭宗。清明节前后，我曾亲眼看到当地华人浩浩荡荡奔赴各大“义山”祭拜时的盛况。在槟城，我们参观了一处邱姓的宗祠，它是国家级文物保护单位，近年来因参观者众多，索性将其名之为“槟城龙山堂邱公司”，作为一个历史文物和珍贵古迹，供人们参观游览。这个邱姓宗祠的祠堂，巍峨壮丽，金碧辉煌。大殿匾额曰“福德堂”，木石结构，精工细作。两廊宽敞开阔，青琐门窗，刊石镌砖，画栋雕梁。远观之，飞檐上龙凤呈祥，翘然翼动，令人叹为观止。大殿石级之下，两侧是画戟与告牌，南面是一个可容千人的小广场，中轴线上，与大殿相对的是一个坐南朝北的戏台，戏台虽略小于“福德堂”，却也飞檐灵动，饰物跃起。当即我从不同侧面拍了不少戏台的照片，以作为古代戏曲史研究的资料。我上课的班上有一位叶姓同学，她告诉我叶姓祠堂也很有特色，有时间不妨去看看。我这才恍然明了，原来在槟城，类似的祠堂还有不少，邱姓龙山堂不过是一个突出的代表罢了。返程的车上，我一直在想一个问题：海外的华人尊祖敬宗的宗法观念何以如此浓重？当地黄姓人的《祖训歌》中有几句，似可释我悬疑：

骏马匆匆出异方，
任从胜地立纲常。
年深外境犹吾境，
日久他乡即故乡。
……

华人骨子里的望乡情结其实是无法割舍的。

伫立莱茵河畔

孟秋时节，恰逢天气晴快，似乎穹宇蓦然间变得异常高远豁朗，尽管暑气尚未完全消去，但德国西部名城杜塞尔多夫气温却在20℃以左右，颇为舒适。鹄望已久，我终于伫立于莱茵河边。

少年时代曾陶醉于罗曼·罗兰笔下的莱茵河。傅雷先生翻译的《约翰·克里斯朵夫》，反反复复，不知读过了多少遍，有些章节几乎可以大段背下来。那是平明出版社的四卷本，开本近于方形，很特殊。后来不慎失落了一本，以人民文学出版社版配齐，因其是用平明版旧纸型翻印的，开本完全一样，这套书我至今还重点收藏着。临去欧洲之前，禁不住又浏览一遍，莱茵河的波涛声和教堂的钟声于是又萦回于耳边。

“江声浩荡，自屋后上升。”

“早祷的钟声响了，无数的钟声一下子都惊醒了。”

“天又黎明，黑沉沉的危崖后面，看不见的太阳在金色的天空升起……”

傅雷先生的译笔何等曼妙！读来令人目醉神迷。

在杜塞国际机场下机伊始，我就迫不及待地对来接机的女儿说，我要到莱茵河边看看。女儿告诉我她的住处离河边很近，散步时即可走过去。时近中午，到女儿家放下行囊，我们乘车去老街吃午饭。吃过饭，女儿笑着问我：“您好像急着要看莱茵河，‘新莱茵散步道’就在附近，要不要到河边走走？”我急切起身应道：“要得，要得！”从老街出来，向北散步到史蒂夫特广场，顺便参观了圣拉姆本图斯教堂。这是老城旁一座古老的罗马天主教堂，它建于1394年，已有600多年的历史了。相较于著名的科隆大教堂，这座教堂别是一种韵味，土红色楼座，绿色尖顶，色调单纯，古朴典雅，是哥特式建筑中不多见的简约明快风格。据说其外观虽简，里边装饰却非常精美。藏品也特别丰富，我在想，克里斯朵夫小时候听到的波涛声和钟声，是否就是由此发出的呢？至少那“无数的钟声”应该包括这里所传出的吧。我们知道，克里斯朵夫是以贝多芬为原型的，而贝多芬的出生地波恩离这里也不过70公里，所谓“无数的钟声”，当是指莱茵河边许多教堂的钟声。如此漫无边际地遐想着，不觉已步入河边散步道。这是一条沿河长廊式人行道，步行道上有长椅，也有供休闲的各种设施。沿途既可欣赏两岸风景，亦可坐下来喝杯咖啡，当然也可以享受黑加尔啤酒和北莱茵特色美食。女儿告诉我，散步道很长，从城堡广场至莱茵公园，一直到传媒港，有数公里。人们在这里享受着慢节奏的休闲时光。我看到有在长椅上静静读书的人，甚至有在石阶上躺着的裸晒者，更多的是酒吧中浅酌低语的情侣，以及神情轻松洒脱的中老年人。整个长廊中人声鼎沸，座无虚席。我素来不喜欢热闹，遂与女儿说，想到一处宁静的莱茵河边，一个人走走。女儿说，吃过晚饭可以从她家散步过去，那里很美，傍晚没什么人，还可以看夕阳。

晚饭后，我一个人从 KAISERSWERTH 区女儿家出来，徒步走向莱茵河边。按女儿指明的方向，经过一大片田野间的小路，看到了不远处一排排高大的树木，匆忙间一阵小跑，说不清是情绪激动还是因跑步而心律躁动，我感到有些喘息——夕阳下波光潋滟的莱茵河映入眼帘。屏住气息，坐在大树下，我望着落霞辉映下色彩缤纷的河面，陷入了沉思。罗曼·罗兰在《约翰·克里斯朵夫》卷七初版序中写道：“我觉得约翰·克里斯朵夫的生命像一条河。”克里斯朵夫是英雄，贝多芬更是英雄。第三交响曲《英雄》、第五交响曲《命运》，均是贝多芬重要的作品，他一生所有作品所描写的正是一条人生长河，有如莱茵河一样，有急流险滩，也有静谧安详；时而汹涌澎湃，时而

莱茵河

温婉柔和。总之，人生长河应该是丰富多彩的。夜色慢慢降临，耳边响起贝多芬《月光交响曲》的旋律，想象着朱丽叶塔的样子……

从树下起身，走过宽阔的滩涂，近距离面对莱茵河水，伫立良久，思绪万千。博尔赫斯说得好：“没有比思考更复杂的享受了，因此我们乐此不疲。”莱茵，是清澈明亮之意，眼前的河面在夜幕下泛起粼粼波光，仍是那么明亮。对岸灯火映在水面上，闪现出微微抖动的金色曲线，啊！这欧洲的母亲河，德国精神的象征，欧陆文化的摇篮，孕育了多少伟大的灵魂，历史文化的巨人！马克思、歌德、海涅、贝多芬……群星灿烂，不胜枚举。出生于莱茵河流域弗莱堡的马丁·海德格尔说：

人安静地生活，哪怕是静静地听着风声，亦能感受到诗意的生活。

伫立莱茵河边，注目茫茫河水静静流淌，矫首望星空，风细细，拂我衫。海涅的歌就在耳边：“星星挂在天幕上面，像世界之灯，永远安宁。”诗意的生活大凡如此吧。

罗卡角秋思

欧陆行止，令人流连忘返的去处数不胜数，而葡萄牙的罗卡角（Cabo da Roca），是无论如何也要身临其境一番的，它是全世界公认的五十个最值得游览的景观之一，也是吸引旅游者的金字招牌。

罗卡角，是毗邻大西洋的一处险峻而又优美的海岬，它位于葡萄牙的最西端，也是欧亚大陆的西极。我们这个星球上有多处所谓的天涯海角，罗卡角才真正称得上名副其实的天之涯，海之角。诚如16世纪葡萄牙著名诗人路易·德·卡蒙斯（Luís de Camões）所言："陆止于此，海始于斯。"（Onde a terra acaba e o mar começa）

初秋的伊比利亚半岛，天朗气清，万物化醇。晨光熹微中，我们从里斯本出发，驱车一直向西，沿着滨海大道，奔向罗卡角。路很宽阔，叫不上名字的行道树非常别致，南欧亚热带景致尽收眼底。30多公里的车程，半个多小

罗卡角崖顶

时即到了。下车伊始，但见大海茫茫，无际无涯，天影波光，相映成趣。海面在阳光作用下，变幻着色彩：远处是湛蓝中透出靛紫，近处则是类于绿松石般诱人的淡青，而脚下那雪白的浪花，一波又一波，叠跳着猛烈地冲击嶙峋的岩石。海鸥盘旋在晴空欢叫，仿佛是在招呼、迎接远方来客。踏着松软的海滩沙路，我们终于走到了拔地而起的悬崖下。昂首仰望，近 150 米高的峭壁，有如雄踞的卧虎蟠龙，那狭长的馀脉，似倚天巨臂，欲将浩瀚的大海揽入怀抱。一阵海风吹过，巉岩发出悠悠呼啸声，令人不寒而栗，不禁想起老子的名言："天地之间，其犹橐籥乎？虚而不屈，动而愈出。"

朝暾渐朗，海面上色彩瞬息又变，海天一线处泛起镶金的玫瑰色。沐浴着朝晖与晨风，我们拾级而上，攀上了崖顶的开阔处。这里别有天地，红顶白身的瞭望塔下，绿茵围绕，塔顶在阳光下熠熠生辉，与远处的石碑遥相呼应。石碑无碑额，其顶端是一个面向大西洋高矗的十字架，碑身上刻有经纬度以及卡蒙斯那著名的诗句，人们纷纷在塔前拍照。山顶风很大，是大西洋强劲、雄悍的风，吹得人站立不稳。凭栏远眺，碧海苍莽无津梁，高天邈杳更迷濛。蓦然间，王勃《滕王阁序》中的句子跳了出来："天高地迥，觉宇宙之无穷。"还有杜少陵"穷秋立日观，矫首望八荒"之感喟，一并从脑际迸发出来。罗卡角，是唤起诗思之所在，想来卡蒙斯应该就是站在这悬崖之巅，面朝大海，若有所思，遂诗兴勃发的吧！此刻，我们也伫立在高高的山顶，极目日照沧溟，遥瞻大西洋奇绝景色，一边想象着诗人吟诵时的情形，一边为眼前壮丽的美景所陶醉。同行的葡萄牙朋友指着邈远无垠的海面告诉我们，彼岸即是美国的波士顿，乘上邮轮或登上飞机，便可跨越大西洋。想想看，我们这个星球，说大就大，说小便小。就人类感觉而言，世界不可谓不大；而以浩瀚无极的宇宙观之，真的是小小寰球，沙粒尘埃而已。遥想500多年前，哥伦布与麦哲伦辈横跨大西洋，发现新大陆，不失为人类之壮举，然从宇宙的角度而言，则何足道哉！于是心中陡然升起一种难以言说的宇宙意识。不知为什么，我们虽身处异域奇境，却无丝毫漂泊之感。有人将罗卡角及附近的卡斯卡伊斯小城喻为“欧洲的三亚”，如此说来，我们似乎尚未走出国门。不是游子，亦非漂泊，只为“陆止海始”这大自然鬼斧神工之造物杰构所震撼，遂逆元人马致远《天净沙·秋思》之意，反其道而口占同调牌小曲：

悬崖险壑山花，矗碑镌句绝佳，胜境罗卡堪夸。朝暾晖洒，海天披遍明霞。

“话语尽，音乐始”

——拜谒两个伟大的灵魂

从杜塞尔多夫到伯恩，著名的旅游景点很多，繁华热闹处亦夥。如杜塞的国王大道，号称世界上最优雅的购物大街，还有被誉为世界上最完美的建筑、中世纪欧洲哥特式建筑艺术的代表作科隆大教堂，以及波恩久负盛名的樱花大道等等。这些地方我几乎都是匆匆走过，觉得美则美矣，但人头攒动，过于喧嚣，对于素来好静的我，颇不适宜。至于购物逛街，就更是兴味索然了。卡尔维诺说：“写旅行笔记的注意事项是尽量少描写大家看到的风景名胜，避开重现拥挤的人群爱去的地方。”（《一个乐观主义者在美国·纪念名胜》）

有两处必须面对的圣地，那就是海涅和贝多芬的故居。

先是在杜塞的老街附近，我来到海涅故居前。这里是Bolker街53号，很普通的一幢米白色小楼，正面墙上饰有海涅的青铜浮雕像，楼下现在是一家书店。1797年12

杜塞尔多夫海涅故居

月 13 日，海涅生于莱茵河畔一个犹太人家庭，也就是在这幢小楼中，他度过了自己的童年和少年时代。海涅不仅是一位卓越的诗人和散文家，也是一位评论家和思想家。在波恩大学获得法学博士学位，其间曾与马克思有过亲密交往。海涅的主要成就显然是在诗歌创作上，被誉为“德国古典文学最后的代表作家”。其实他在音乐方面造诣也非常深厚，其具有浓郁民歌风的诗作，很多被著名作曲家谱曲，广为流传，有的诗歌还反反复复，为多位不同的作曲家所青睐并谱曲。如诗人的名作《罗蕾莱》，曾由弗里德里希·西尔歇尔谱曲，久被传唱，为人们所熟稔。歌中写道：

莱茵河静静流淌，
映着傍晚的馀晖，
岩石在熠熠闪亮。
一位少女坐在岩顶，
美貌绝伦，魅力无双。
她梳着金色秀发，
金首饰闪闪发光。
她用金梳子梳头，
还一边把歌儿唱。
……

罗蕾莱本是莱茵河流域传说中的女妖，但在海涅笔下她是一个美丽的姑娘。为这首叙事诗谱曲的不止西尔歇尔，许多作曲家们对此诗情有独钟。海涅有一句名言："话语尽，音乐始。"诗歌与音乐历来是难分难解的。我更喜欢诗人的一首《眼睛、月色和阳光》：

如果春天同着阳光来临，
花儿便叶茂蕊放；
如果月亮开始冷泛银光，
星儿便在其中荡漾；
如果歌手看到两只甜蜜的眼睛，
歌儿便涌出他的心房。
眼睛、月色和阳光，
这些使我多么欢畅，
但世界却并不总是这样。

海涅一生坎坷，中年以后得了瘫痪，所以他说世界并不总是那么美好。47 岁时病情恶化，晚年极其痛苦地度过了 8 年“床褥墓穴”般的生活，于 1856 年 2 月 17 日病逝于巴黎。

在海涅故居前盘桓良久，想了很多。诗人的旷世杰作《罗曼采罗》正是在病痛残酷折磨中完成的（1851），这是怎样一种超人的意志力啊！这让我想起了另一位莱茵之子，同样伟大的灵魂——乐圣贝多芬。他们的命运是那样的相似：都是莱茵之子，出生地相距不过 70 公里；生来皆是为艺术而不懈奋斗；生平坎坷却一直与命运抗争；一个瘫痪，一个失聪，病痛均不能阻碍他们艺术创作的火热激情；冥冥中天钧在耳，诗歌与音乐形同水乳，“话语尽，音乐始”……

波恩贝多芬故居

到波恩一路询问，辗转几条街巷，终于寻到了城北波恩巷 20 号（贝多芬出生时这座房屋为博恩加赛 515 号）。这是一幢两层楼粉白色民居，看上去极其普通。院子里有几尊简洁的黑色雕塑，楼下是卖纪念品的店面。讲解员的热情招呼，藏品的丰富多彩，都令人流连忘返。没能攀上贝多芬出生时的顶层阁楼，好像那里正在修葺，未免有几分遗憾。贝多芬成年后离开家乡，四处漂泊，但对家乡眷恋不已。他在1801年6月29日写给韦格勒的信中说："我的家乡，我出生的美丽的地方，在我眼前始终是那样的美，那样的明亮，和我离开它时毫无两样。"莱茵河是流淌的音乐，我始终觉得贝多芬的音乐作品中依稀蕴藏着莱茵河的韵律以及他眷恋故乡的情结。罗曼·罗兰在《贝多芬传》中写道："他却从没忘记莱茵河畔的故乡，庄严的父性的大河，像他所称的'我们的父亲莱茵'；的确，它是那样的生动，几乎赋有人性似的，仿佛一个巨大的灵魂，无数的思想与力量在其中流过；而且莱茵河流域中也没有一个地方比细腻的波恩更美、更雄壮、更温柔了，它的浓荫密布、鲜花满地的坂坡，受着河流的冲击与抚爱。"

贝多芬大半生被疾病折磨着，不仅耳聋日愈加剧，还为长期的胃痛和腹泻所苦，身体极其虚弱。但他以惊人的毅力，从未停止音乐创作。他说："噢，要是我能摆脱这病魔，我愿拥抱世界！我的青春，是的，我觉得它不过才开始，我不是一向病着么？近来我的体力和智力突飞猛进。"（1801年11月16日致韦格勒书）这是精神的力量，是与命运抗争超乎寻常的伟力！在同一通书信中，贝多芬奋力喊道："我要扼住命运的咽喉，它决不能使我完全屈服，——噢！能把生命活上千百次真是多美！——我非生来过恬静的日子的。"（傅雷译文）两个伟大的灵魂，心亦相通，他们都热爱生活，向往美好，同时又觉得世界并不总是那样美好，"世界不给他欢乐，他却创造欢乐给予世界！他用他的苦难来铸成欢乐，好似他用那句豪语来说明的——那是可以总结他一生，可以成为一切英勇心灵的箴言的：用痛苦换来欢乐”（罗曼·罗兰《贝多芬传》）。贝多芬是这样对待生命，海涅亦复如是。两位巨人是同时代人，又都是波恩大学的校友。我在波恩大学的草坪上徘徊，仿佛听到贝多芬《欢乐颂》的旋律，它是音乐家创作高峰期的杰作，也是交响音乐与人声相结合的典范，歌词是席勒的诗，自然也是贝多芬自己最得意的作品之一，后来它成为欧盟的盟歌。

“话语尽，音乐始”。

德国大学城印象

去年夏秋之交，在德国参观了几所大学。尽管是学校的假期，大学城里很宁静，却也获得了极为深刻的印象。

德国的大学城与我们的大学城完全不同。我们的大学城往往集中了多所大学，而德国的所谓大学城，则是指一个城市中一所大学遍及全城各处，即非校园式大学，其各个系科、专业的建筑分布于城市的不同角落。说来有趣，有的学校学生去上课至少要骑摩托车或自行车，甚至要乘地铁或火车。这样的大学城以北威州为多，如波恩大学、波鸿鲁尔大学、亚琛工业大学、明斯特大学、杜伊斯堡–埃森大学等。这类大学完全是开放式的，但它与美国大学的开放型也不同。美国的许多大学虽然没有围墙，校园相对还是集中的。在德国，“大学城”的称谓简直就是波恩市和明斯特市的代名词。波恩大学的主楼在前选帝侯宫殿旧址，即辛登堡广场旁的市中心，处于两座空置的大主教

波恩大学

城堡之间，其他院系共 371 座建筑散落在城区各处。主楼前的大草坪很宽阔，有如一湾绿色的湖泊，周遭有纵横交错的林荫小路，是人们休闲聚集和读书的最佳场所。波恩大学的前身是波恩科隆公国学院，建于 1777 年，是 18 世纪启蒙运动的产物，至今有二百多年的历史了。海涅、贝多芬、阿登纳等，都是波恩大学的校友。坐在大草坪旁的长椅上，望着那古色古香的主楼，仿佛看到一系列伟大人物从林荫路上走过，禁不住从心底升起一种肃然起敬的意绪。就这样或坐或徘徊，我在那里耽搁很长的时间，波恩一日，难以忘怀。

说起德国的大学城，在我的印象里，最美也最为典型的还得数明斯特大学。

明斯特市位于北威州斯特伐利亚平原地区，是德国西北部一座温馨迷人的大学城，也是一座集古典建筑艺术与自然田园风光于一体的古城。巴洛克风格的华丽宫殿和巍峨古老的教堂相互映衬，是其老城区的特色。一条环形林荫大道美得令人窒息，双排菩提树浓荫蔽天，一边是一条小河，一边是掩映在花木中的贵族式城市住宅。环形路上自行车路与人行道分得清晰而明确。明斯特除了“大学城”的称谓，还被称作“自行车之都”，不到 30 万常住人口，拥有 10 多万辆自行车，仅在火车站旁的停车场就有 3500 个停放自行车的位置。据说一辆高档自行车的价格，超过一辆轿车，充分体现了德国制造的工匠精神。4.5 公里的环形路上，自行车是唯一的交通工具，这是世界上绝无而仅有的一道独特景观。自然，大学城里的师生每人必须有一辆自行车，否则会被人看不起，而且去上课或出行也不方便，须知这所大学里有近 5 万名学生啊！

明斯特大学是德国最大也是最著名的公立大学之一，它始建于 1631 年，上世纪初叶进入全盛时期，二战结束后成为德国令人向往的名牌大学，其法学专业在欧洲排名榜首，名声最大。这所大学的校训精警而又耐人寻味，只有四个字："求知·生活。"其实翻译成"求知·人生"似更为贴切。知识是人生必不可少的动力，脱离了人生哲学的知识怕是会失去活力。故这里的"生活"或"人生"不可理解为物质层面的生存，它应该是含有哲学层面的深意。

明斯特城市不大，却有90座教堂，30家博物馆。它原本是比较传统的天主教城市，因为一所大学坐落于此而显现出勃勃生机。一位中国留学生告诉我，至少有10万多人是大学里的人，占到了全城人口的三分之一以上。你走在环形林荫路上，人群中有许多是慕名而来的旅行者，平时小城宁静安详，疏疏朗朗。更因其气候温润，景色宜人，被联合国评为国际生活环境最佳城市。

登上火车回望，隐约仍可瞥见那高大的菩提树。再见，明斯特!

小城故事多

葡萄牙的卡斯卡伊斯(Cascais)，是一个美丽的海滨小城，从踏上欧陆开始，就不断有朋友说起它，说那里四季如春，是典型的地中海气候，日照时间长，空气清新，人们过着慢节奏的小镇生活。又说那里有碧浪清波，梦幻沙滩，到处是绿地鲜花，满城的休闲酒吧；还有棕榈成荫，椰枣成行，红瓦白墙和民居别墅，以及 19 世纪欧洲风格的建筑等等。然而说得更多的则是小城故事和它的轶闻传奇。于是，朋友们约好，尽早安排去那里先睹为快。

九、十月是伊比利亚半岛游赏的黄金季节。恰逢九月中旬，我们从里斯本的 Cais do sodre 火车站，乘一列一直沿着海边行驶的列车，奔赴卡斯卡伊斯。一路上，车窗外的海景在亚热带植物掩映下，已足以令人沉醉。因沿途多是特色小镇，列车站距很短，速度自然也就不快，像是有意让乘客饱览窗外的美景。不知不觉中，不到一小时，错

卡斯卡伊斯街景

落于山坡上一片片红瓦白墙的房屋，映入眼帘。沐浴着金秋的艳阳，我们从车站漫步到了市政厅前的小广场。小城不大，虽号称葡国第三大城市，实际上或可称其为小镇。它方圆不过百十平方公里，常住人口只有 18 万多一点，市中心也只有一条主干道。市民住宅家家花团锦簇，站在高处瞭望，色彩杂错绣成堆，真的是如诗如画，美不胜收。听同行的葡萄牙朋友介绍，这里原本是一个小渔村，因其风景秀丽优美，气候凉爽宜人，逐渐发展成避暑胜地和旅游景点。据说19世纪中叶，国王费尔南多二世特别喜欢这里，将其辟为避暑行在，此后贵族们纷纷从各地涌来，造别业，度假日，人流如潮，络绎不绝。因而人们便称这里为“国王和渔夫之城”。至19世纪后期，国王唐·路易斯一世进一步对这里进行大规模营造。传说因里斯本夏季酷热难当，路易斯国王常常汗流浃背，情绪焦躁。有一近身宠臣遂向国王描述了卡斯卡伊斯渔村的凉爽宜人和风光旖旎，是避暑休闲的好去处，国王立即决定将那里建成王室的避暑山庄。随即大兴土木，修建1处行宫和5个别墅。很快，达官贵戚及财阀商贾一应云集于此，使小城渐趋形成一个集休闲度假和经贸往来于一体的国际化城市。与这情形相似的还有我国的深圳，也是由一个小渔村发展为国际化的名城。只是深圳发展的速度之快，是无可比拟的。此外，还有德国的杜塞尔多夫（Dusseldorf），阿拉伯联合酋长国的迪拜（Dubai），亦属此等。前者位于杜塞尔河流入莱茵河处，先是有了耕作和捕鱼为生的部落，慢慢发展成北莱茵－威斯特法伦州的首府。德语中的Dorf，是村庄之意，最初那里也只是一个小渔村。迪拜亦因明媚的阳光、美丽的海滩而吸引来客，终于由一个小渔村发展成为国际化名城。然而，这些名城似都没有卡斯卡伊斯传奇故事那样多。

二战期间，由于葡萄牙是中立国，同盟国和轴心国双方均可自由出入。卡斯卡伊斯在当时聚集了大量间谍和特工，小城一时谍影重重，盘根错节，你来我往，热闹异常。20 世纪轰动全球的罗曼蒂克爱情并充满惊险的传奇故事，是英国温莎公爵与美国平民辛普森夫人一段惊心动魄的情史。英王爱德华八世对两度离异的美国平民辛普森夫人一见钟情，不惜一切代价要与她结为伉俪。1936 年 12 月 10 日，他竟毅然绝然地放弃了王位，一心去追求自己的爱情。退位后的爱德华八世爵位是温莎公爵。因英国王室及社会舆论对温莎夫人压力越来越大，公爵愤而携妻离开英国，于 1938 年在巴黎定居。二战爆发，公爵夫妇历经辗转，于 1940 年到了中立国葡萄牙，定居在宁静、优美的海滨名城卡斯卡伊斯。尾随公爵夫妇而至的还有一大批英、德两国的特工与间谍。纳粹德国盘算着扶持温莎公爵，建立一个傀儡政权，以便尽快控制英国。而英国也嗅到了德国纳粹的阴谋，双方就此展开了激烈的暗战。希特勒亲自召集群僚，制定了一个在卡斯卡伊斯绑架温莎公爵的方案，以英国王位及 5000 万瑞士法郎的优厚条件诱逼公爵就范。盖世太保头目舒伦堡奉命急往卡斯卡伊斯，准备以邀请公爵一同打猎的借口实施绑架行动。英国军情五处适时破译了纳粹的密电，双方在小城展开了空前惊险而激烈的争夺战。丘吉尔首相派特使蒙克顿紧急飞抵卡斯卡伊斯，宣布英王室任命，请温莎公爵即赴巴哈马群岛任总督兼军队司令。英国的设法干扰使纳粹绑架阴谋落空。情急之中，希特勒迫不及待地命令立即实行第二套方案。他们找到公爵夫人的一个密友，指使其出面邀请公爵夫妇到靠近西班牙的一处度假村休闲观光，准备秘密动手绑架。不料英国特工再次截获了纳粹的情报，蒙克顿当面向公爵说明了纳粹的阴谋，由苏格兰多名特工陪同公爵夫妇，于1940年11月17日登上“艾克斯凯利伯”号游轮，紧急驶往巴哈马群岛，彻底粉碎了纳粹的阴谋。

更为有趣的是，007系列小说的作者伊恩·佛莱明也与小城有着密切的、割舍不断的联系。佛莱明曾是路透社远东特派记者，后改行成为证券经纪人。1939年5月，精明强干的佛莱明为英国皇家海军情报局局长戈佛雷所赏识，成为情报部门的一名中尉。由于他工作业绩出色，很快成为英国情报部门重要头目之一，为戈佛雷所依重。1942年，佛莱明被任命为情报突击队指挥官，组成一支代号为“30AU”的小分队，这是一个由2名军官和7名海军陆战队士兵组成的精英特工突击队。他们接受的第一个任务是营救阿尔巴尼亚国王索古夫妇，将其从纳粹占领区解救到卡斯卡伊斯。佛莱明一手策划并成功实施了这一行动。先是设计让国王夫妇扮成两名清洁工，混出由纳粹卫兵严守的寓所；接着又设置了一场车祸，以分散卫兵们的注意力。与此同时，将国王夫妇化装成葡萄牙商人，搭乘一艘意大利游船，顺利安全地抵达卡斯卡伊斯，后又安排转移到了美国。佛莱明在卡斯卡伊斯工作了很久，为英国皇家海军情报局做出了杰出的贡献。1945 年 11 月，他退役后，对风云变幻的大西洋边那座海港小城念念不忘。50 年代，他旧地重游，面对这曾经险象环生的“间谍之城”，凝视着海湾的美景，触景生情，往事历历，涌上心头。他下榻在海边的太阳酒店，开始构思 007 系列小说。酒店旁边有一家欧洲最大的赌场，007 系列小说的开篇《皇家赌场》正是在太阳酒店中完成的。此后，他在牙买加的一座别墅中，以每年一篇的速度，连续完成了《永远的钻石》《女王陛下的特工》等系列作品。如今人们通过詹姆斯·邦德形象，是否依稀可见佛莱明的身影？

里斯本拾趣

说起葡萄牙首都里斯本，人们想到的无非是C罗和葡式蛋挞。其实这个古老的城市是极饶独特风情的，好玩、有趣处颇多。戊戌夏末秋初，笔者在里斯本逗留近一个月，所见所闻皆赏心悦目之事，兹寻摭趣事以记之。

里斯本的街道，特别是老街，均以各色小方石铺就，图案化组合，很有味道，也极其别致。远远看去，富于立体感。倘若是在广场上，大片的嵌石图案，与周遭建筑和雕塑相映成趣，就更美了。有一次在一条老街上，忍不住近距离俯身去看地面，竟与一位大胡子行人撞了个满怀，对方抱歉一笑，非常友好，同时也满脸狐疑，边走边回头看，以为我在地上找什么东西。

同行的女儿告诉我，这种路面很古老了，做工细致，也很结实，偶有破损，及时有人来修补，它是里斯本的一

里斯本嵌石图案化街道

个特色，也是人们怀旧的一种历史记忆。

法国以高卢雄鸡为国家形象，不乏见于旗帜和足球运动员的运动服上。而葡萄牙人也以雄鸡为全民族的吉祥物，意大利语中甚至称葡萄牙人为PORTUGALLO，意为“公鸡之港”。公鸡形象虽非葡国官方国家象征，却深刻影响着民族文化和人们的审美心理。传说古代一位来自加利西亚的朝圣者，途径西部小镇巴塞罗斯，被当地人误认作偷窃者，要判其绞刑。朝圣者临刑前去见大法官，正赶上法官在用晚餐，被冤枉的朝圣者指着餐桌上一盘烤鸡说，它可以为我鸣不平。烤熟了的公鸡一抖身子，居然站起来对着法官和朝圣者引吭高歌。法官震惊之馀，赦免了朝圣者。于是，雄鸡形象便成为信任、公正和辩诬、好运的象征。当然，这只是一个传说，也可能只是一种附会，然人们将雄鸡视作吉祥物，却是不争的事实存在。无论是葡萄牙大街小巷的店铺中，或是旅游点的摊位上，你到处可见雄鸡形象的工艺品，琉璃的、软栎木的、泥塑的、塑料的，大大小小，五颜六色，都特别精美。更多的是印制考究的各种明信片、年历等印刷品，上面的雄鸡形象姿态各异，令人爱不释手，我不由得买了几张，后来又捧得一个昂首向天歌的泥塑大公鸡。因为我是属鸡的。

里斯本老城区地势忽高忽低，仿佛丘陵地带。有一种黄色的有轨电车，能爬缓缓的坡道，差不多有近百年的历史了。如今它已成为人们挥之不去的美好记忆，更是这个城市异于其他城市的独特标识。它体量不大，连坐带站充其量可容纳不到 30 人。上世纪 40 年代，欧陆各国都开始发展地铁等现代公共交通，有轨电车陆续被淘汰了。葡萄牙人在建设新交通系统时，为了延续城市特色、保留人们的历史记忆，有意保留了五条线路共 58 辆黄色小有轨电

里斯本黄色有轨电车

车。交通公司表示，今后也不会取消这张古老的城市名片。其中 28 路最为有名，它穿过老城区，直达圣乔治古堡。境外旅行者到了里斯本，往往都要慕名坐坐这迷人的小黄电车。女儿带我坐过一次，就碰上一场有惊无险的奇遇：我们上车甫一坐定，有两个穿着花哨的青年女子紧跟着站到了我的座位旁。车上原本是有座位的，可她们不坐，硬是要挨着我站在那里。其中一个用大包顶着我的左肩，脸上还挂着微笑。我女儿坐在我后面的位置，用手拍了拍我的右肩，轻声对我说：“小心你的口袋！”果然，我身边的女子从大包下面伸过一只手，摸向我的口袋。我下意识地猛一欠身，看了对方一眼，她照例冲我笑着，好像什么事也没有似的。到站了，女儿拉着我匆忙下车，那女子居然笑嘻嘻地向我们点头，好像还蛮有礼貌的。

在贝伦广场的树荫下坐了下来，女儿告诉我，那是两个吉普赛女郎，她们盯上我了。现在都以为中国人有钱，特别是中国老年旅游者，是她们行窃的重要目标。吉普赛人是不以小偷小摸为耻辱的，若是得手了，甚至会沾沾自喜，更会受到族人的夸赞。噢，原来如此，是叶赛尼亚呀，我口袋里并无钱包，只有一包中华香烟，早知道送给她们好了。

葡萄牙谚云：“关心孙辈，就种一棵栓皮栎树。”所谓栓皮栎树，即软木橡树，是葡萄牙的国树。在里斯本的大街小巷，或是葡萄牙任何一个港口村镇，都不难看到栓皮栎树皮制成的各种工艺品，如时尚包、手袋、桌垫、椅靠、杯托等，应有尽有，不一而足。特别是酒瓶软木塞，大量出口换汇，成为大宗产业。到葡萄牙人家里做客，触目可见栓皮栎制造的各种艺术品和适用器具。我女儿有一个闺密，特别喜欢这种软木制品，家中琳琅满目，比比皆是。她刻意收藏，乐此不疲，艺术品、实用品，兼收并蓄。她对我说，此物有真皮的质感，很温暖；同时又有棉布的特性，特轻柔。此二者之外，它又很挺括，有木材般的坚韧。如此者三，焉能不令人喜爱？经她一番阔论，我忙不迭地也去买了几件隔热的杯盘垫。

栓皮栎树长得很慢，树苗种下去，要 25 年才能剥第一层皮，以后每隔 10 年才能再剥一层，可知其成材不易，故谓爷种孙享。我国亦有谚云："一年之计莫如种谷，十年之计莫如种树。"种树可谓功在当下，利在子孙。不必是栓皮栎树，十年树木，百年树人，种树总是一种功德，关心子孙，泽被来者，莫如种树。

央求葡萄牙朋友，能否为我搞些栓皮栎树苗带回去。未知南欧植物，在中国能否成活？更不知飞机上能否携带树苗？

里斯本向北 100 公里处，有一个美丽的小镇，叫奥比都斯（OBIDOS）。小镇中有个很古老的城堡，始建于 12 世纪，是摩尔人建造的。1282 年葡萄牙人从摩尔人手中夺回这个小镇。1444 年，10 岁的国王阿方索五世和他 8 岁的表妹依莎贝尔在此教区教堂里举行了婚礼，国王将小镇作为结婚礼物赠与王后，这就是人们将奥比都斯称作"婚礼之城"的由来。此后葡萄牙人和欧洲人乃至全世界

奥比都斯城堡

的恋人们便纷纷来到这个“婚礼之城”，一边游览一边举行婚礼。我们是一大早从里斯本乘大巴车到奥比都斯的。在车上看到有两对恋人提着大包小包奔赴小镇，想来包裹中一定是备好的婚纱和婚礼用品吧。到了小镇上，看到一对对穿着礼服和婚纱的恋人，还有一队队缀满鲜花的彩车络绎不绝，小镇真的是名副其实的“婚礼之城”啊。

奥比都斯城堡是葡萄牙七大奇迹之一，雄伟壮观自不必说，城墙也很特殊，一面是箭垛，一面却没有护栏，走起来多少有些心惊肉跳，对于旅行者来说，或许要的就是这种感觉。绕城堡四边城墙一周，大约需一个小时，从高处俯看，美丽的白色小镇尽收眼底。白墙赭瓦，花团锦簇，多彩而安谧。奥比都斯不愧为大西洋边一颗璀璨的明珠。从城堡上下来，已近中午，我们步行到镇上，准备找一个午餐的地方。小镇不大，但很美，也很有趣，生活节奏是缓慢而轻柔的。一条较繁华的小街上，几乎全是远道而来的旅游者。街边上到处都在卖当地人自家酿制的一种特色酒（Ginja），据说是用樱桃酿制而成。有趣的是此酒配上一个巧克力杯，一杯一杯卖，1 欧元一杯，喝完酒再将巧克力杯子吃掉。我试喝一杯，甜酸适宜，非常爽口。再来一杯，意犹未尽，三杯下肚，一旁陪伴我的女儿不高兴了，厉声斥责："你要是再喝下去，我不给你付钱了。"我只好作罢。午餐时女儿告诉我，这种酒里斯本也有卖的，但这里是产地，最正宗。人们一般是作为餐后甜酒，以一杯为宜。它太甜，喝多了没好处。我赶忙争辩：老爸血糖不高。

圣胡斯塔升降机是里斯本鸟瞰全城的最佳处所，也是旅游者往往忽略的一个不可多得的景点。它不仅可以居高临下，一览周遭美景，其本身如同埃菲尔铁塔一样，是一个集功能性与艺术性于一体的人造器物。塔是建筑，升

圣胡斯塔升降机

降机是工具，结合起来便如罗兰·巴特所说的那样：“建筑物永远既是梦想物又是功能的体现者，既是某种空幻之表现，又是某种被使用的工具。”（《埃菲尔铁塔》）圣胡斯塔确与巴黎埃菲尔铁塔有些关联，它的设计者是埃菲尔铁塔设计者居斯塔夫·埃菲尔的学生劳尔·梅斯耶·达蓬萨 (Raul Mesnier Daponsard)。这是一个典型的新歌特式装置，始建于 1900 年，1902 年对外开放。最初是由蒸汽动力驱动，1907 年后改由电力升降。我是从一本画报上看到有这么一个去处的。在里斯本跑了不少地方，却始终未能窥得城市全貌，于是选了一个响晴薄日的好天气，拉上女儿，驱车直奔圣胡斯塔街。停好车后，想随意走走看看，从庞巴尔下街向高处漫步，到卡穆尔广场稍事小憩，继续往高处走，竟然不知不觉到了塔下，结果是免去了乘垂直升降机的过程，可直接通过旋转楼梯徒步登上观景台。如此，只收费 1.5 欧元，倘若是乘升降机，要收费 5 欧元。我们误走误撞，居然两个人省去 10 欧元，不免心中窃喜。

登上高台，天气晴好，心旷神怡。向远处望去，特鲁河入海口清晰可见，跨海大桥仅呈一线。俯身脚下，圣若热城堡和庞巴尔下城似掬手可触，街市建筑如积木，似摴蒱，红色屋顶，黄色楼身，在阳光下格外明丽。女儿来过这里，对里斯本也较为熟悉，权当导游。她指指点点，一一介绍，某街某巷，某市某区……末了她讲累了，又说口渴，建议到观景台的酒吧去喝咖啡，声称省下的 10 个欧正好够我们喝咖啡的。

都说葡式蛋挞是美味，少不了要去尝尝。里斯本卖蛋挞的地方很多，但最正宗、最有名的还是贝伦老区靠近杰罗尼莫斯修道院的一家百年老店。早在 19 世纪 30 年代时，修道院的修女们尝试着制作一种甜点，因其风味极佳，名声大振，后来竟风靡全世界，争相仿制，葡萄牙人就成了蛋挞鼻祖。从 1837 年开店经营，至今已有 180 多年的历史了。据说现在只有三个老的糕点师掌握配料秘方和制作方法，所有的仿制者均望尘莫及。我们慕名而往贝伦广场，很容易在街边找到了这家 Pastéisde Belém 蛋挞店。这是一幢米黄色三层楼，底层店面天蓝色店标格外醒目，门前地面上用彩色瓷砖镶嵌成大大的 1837 字样。上午 10 点不到，店前已是门庭若市，排起了一眼望不到头的长龙，可知其生意之兴旺。女儿去排队，我到店内坐下等候。此店门面虽不算大，里面却别有天地，听说有 400 多个座位。装饰也非常别致，色调以蓝色为主，墙裙是以类似中国青花瓷的瓷砖铺成，颇为雅致。

终于等到女儿捧着大纸袋来了，她好像买了不少。我品尝一只，的确不错。薄如蝉翼的酥皮，上面撒着糖霜和肉桂粉，入口即化，鸡蛋与牛奶的混合汁液也香醇可口。只是它太甜太腻，表面也烤得过于焦糊，总之没有想象的那么美妙。女儿买了 10 只，她说排一次队多买几个，回去慢慢吃。我在想，食物大凡是一种记忆，有时它又承载着某种历史意义，往往不同的人对一种食物感觉是差别很大的。

里斯本有一家私立博物馆 Museu Calouste Gulbenkian，非常有名，被公认为葡萄牙最好的博物馆。卡洛斯特·古尔本基安 (1869—1955) 是 20 世纪最杰出的艺术品收藏家之一。他本是出生于奥斯曼的中东商人，石油大亨，二战时避难于中立国葡萄牙。他热爱艺术，尤擅收藏，又有富可敌国的经济实力，故其收藏的艺术品极为丰富。绘画方面有伦勃朗、鲁本斯、米勒、柯罗、马奈、雷诺阿、萨金特等名家的精品；罗丹的雕塑作品就有五件，且均是名作；此外，中国瓷器、波斯陶器、日本漆器以及欧洲中世纪家具等，数量之多，难以计数。其中有一件清代十扇屏的中国大屏风，纯手工制作，镂金错彩，富丽堂皇，极为罕见。古尔本基安生前表示，为了表达对葡萄牙人民的谢意，希望以自己的名义创立一个基金会，将自己 6000 余件藏品公之于众。因为是私家博物馆，参观需购 10 欧元的门票。管理人员见我是中国远道而来的客人，又是老人，给我打了个对折，收我 5 欧元。陪我来的女儿因曾参观过，就到旁边图书馆看书去了。我一个人在博物馆中踯躅再三，流连忘返，整整参观了近 6 个小时，连中饭都没有吃。来接我的女儿打趣道，精神食粮有了，物质食粮也不能缺，遂捧出了面包夹香肠——午饭与晚餐并作一顿了。

博物馆是建在公园旁边的，吃过女儿带来的快餐，我们坐在公园的长椅上聊天，我点起一根香烟慢慢地吸着。一位穿着整齐的 40 岁左右的男子微笑着向我做着手势，估摸着他是想讨一根烟吸。我请他过来，遂给他一根中华香烟。他一边嗫嚅着一边做着手势，无非是在表示感谢。他掏出打火机，点燃了烟，吸了一口，向我伸出了大拇指，随即悠悠离去。“这个人是什么人啊？”我疑惑地问女儿。女儿脱口而出：“流浪汉。”我觉得好像在博物馆里见到过此人，在名画前他看得极为认真。“不对吧，流浪汉穿着那么整洁？而且花 10 欧元欣赏名画？”我仍是迟疑不解地自言自语。女儿翻阅着手里的书，漫不经心地说：“谁告诉你流浪汉就一定衣衫褴褛？又是谁规定不准流浪汉参观博物馆？”我茫然无语。

第二辑　夜读零札

梭罗的魅力

——读《梭罗日记》

说老实话，当人们起劲地推崇梭罗的《瓦尔登湖》的时候，我却未见出其有多么高妙来。于是作退一步想，必是翻译的问题吧。或许几种中译本都令人遗憾地未能译出其语言的鲜活，还有梭罗与自然相亲相爱的那种特殊的气息。有许多美的东西从甲种语言译为乙种语言时，未免困难重重，甚至是无法迻译的。譬如中国古典诗词曲译成洋文，怕是韵味将丧失殆尽；同样，好的西方文字译成中文，情况亦相仿佛。因而便大恨自己外语不精，否则找到原文原版来读即是了。

偶然得到一本《梭罗日记》，方读几行，就不能释卷，无论如何也放不下了。读着读着，渐入佳境，体会到了梭罗的深刻与精警，而这种深刻与精警，恰在毫不刻意、娓娓道来之中。他往往能于寻常细事中感知生命的律动，并用干净朴素的文字传达出来。我们不妨来看看这位来自大自然的诗人对现代城市的看法：

看到这些城市，谁又会说里面有生命存在呢？昨天我徒步穿越纽约，真人和活人就没有遇到一个。我更喜欢想想睡鼠和各种冬眠生物的群落，它们都有着充沛得都过剩了的精力，而人则日趋消瘦；……诗人便是睡鼠；……然而世间大多数人却在忍饥挨饿，像老鹰那样被迫不停地飞翔，期待着常常能捕捉到一只麻雀。（1843 年 9 月 24 日）

梭罗真是一位先知。他如果能见到后现代的城市里人的生存状态，未知该作何感慨！这位大自然的诗人一向认为“逍遥是一门了不得的艺术”（1841 年 4 月 26 日），强调的正是真正的人应该持有的适意生存法门，这与海德格尔“诗意生存”的说法异曲同工，不过梭罗要比海德格尔早至少一个世纪。海氏所谓“返乡就是返回本源近旁”的思想，在梭罗那里早已现身说法了：

我们活着就要与河流、森林、山峦交往，包括人类与兽类的交往。我们与这些事物结交得太少太少了！（1843 年 9 月 29 日）

值得特殊注意的是，梭罗这些思想的流露，一点也不晦涩，他往往是率意的、随机性的，或于景物的细致描摹中，或于取譬说理的巧思中，有时径直议论，于平白中见出深刻来。他善于细致深入的观察，直取事物的本质。如：

农夫与庄稼的生长和四季的周期同步，而商人则与市价的涨落同步。注意一下他们在街上走路的样子有多么不同。（1839 年 5 月 11 日）

这使我想起一位著名蒙古族作家曾说过的话。他说，你在呼和浩特大街上看吧，虽然大家都不穿民族服装，但你一眼即可看出哪一位是牧民。长期在马背上颠簸的人，走路是两边摇摆的。

梭罗的魅力既在于文字，又超越了文字。首先是他的真诚，他对大自然的深情与挚爱。然后才是他观察的精细与透辟。其诗人的气质和哲人睿智，则往往是深藏在歌颂自然景物的背后的。他自己说："我寻求与自然的亲近，了解她的脾气和行为方式。我最感兴趣的是原始的自然。"（1856 年 3 月 23 日）你看他写春天：

昨天我很高兴让雨淋得透湿。这场雨使春天提前了，把路途都铺设停当，山背后长久让冰雪覆盖的小径、溪流和板桥忽然都开了冻；仿佛我们外出一趟后返回了大地，愉快地发现万物都处于与我们离开时差不多的状态。

我们不穿外套就外出了，沿着街道闲逛，看刚刚出现的柳树的葇荑花序，还有槭树和榆树鼓起的花苞。……（1852 年 3 月 15 日）

梭罗对大自然的每一细微变化，都能保持着一种新奇和惊喜。他是自然之子。他更在本质上是一位激情终不衰竭的诗人。关于这一点，还是他自己说得更明白：

我有两本备忘录，一本记事实，另一本为诗歌而准备。可我发现在我的心里对两者总是分不清楚，因为最有意思最美好的事实显然要更具有诗意，而诗歌正是它们的成果。它们从地上被转移到了天上。我觉得假如我记的事实充满活力和具有足够的意义（也许更多地转化为人类心灵的内容），那么我只需要一本记诗歌的备忘录来包办一切。（1852 年 2 月 18 日）

由此可知梭罗的日记也好，《瓦尔登湖》也罢，包括《在康科德与梅里马克河上一周》在内，都可以视为诗，也只能视其为诗。他的“一本包办”说，亦与海德格尔的“一切真实道出的话语都是诗”的思想不谋而暗合。

文学作品中人物的名字

长期以来，我笃信“开卷有益”四个字。

偶然翻阅伊塔洛·卡尔维诺的一本非虚构作品集《文字世界和非文字世界》，其中有一篇短文，题作《人物与名字》，非常有趣，也颇为耐人寻味。卡尔维诺说：

> 我认为人物与名字非常重要。写作过程中，当我需要引入一个新人物的时候，我头脑里对这个人物形象已经非常清楚了。于是我停下笔，开始寻找一个最适合他的名字，这个工作常常要进行好几个小时，直至找到为止，我才能继续写作。

这位二十世纪意大利大师级的经典作家和文学评论家，思致之敏锐与写作态度之谨严，令人肃然起敬。他的这番话既是经验之谈，更是匠心独运之论。虚构类叙事性作品，无论小说、戏剧，乃至影视剧等，只要是塑造人物，就一定要给人物一个名字。以中国的四大名著而言，《红楼梦》中721个人物的名字，堪称绝妙。主要人物贾宝玉及十二钗不必说，就连众丫环和众家人的名字也使读者过目难忘。《三国演义》的情况特殊，主要人物都是历史人物，不劳作家命名，而应故事情节需要添加出的虚构人物，其名字均非草率而就，随便而得。如第87、89、90回写降伏孟获，添出南蛮军中许多人物，孟获之兄孟节，孟获之妻祝融夫人，以及带来洞主（孟获妻弟）等，名字都贴切有趣。从87回起，除却孟获一人之外，南蛮军中部将及其亲属，都是虚构人物。这么多的人物要命名，是要费一番揣摩的，况且，全书要添加的虚构人物不止这几回，还有许多。《水浒传》与《三国演义》的情形有些相似，宋江等历史人物不论，其虚构人物较《三国演义》更多。据前人考据，杨志、史进、张顺、张横、李逵等，是有原型的，但在小说中皆被演义化、艺术化了，亦即近于虚构人物了。《水浒传》中人物的名字连同绰号广为流传，家喻户晓，其精思妙构令人叹为观止。至于《西游记》中艺术形象的名字，更是人神熔铸，异想天开，布在人口，妇孺皆知，自不待言。

我国优秀的经典文学作品中人物的名字，深入人心、活生生难以磨灭的例子数不胜数。譬如鲁迅先生小说中的人物形象，之所以有血有肉，栩栩如生，与其名字这个符号是紧密相连的。孔乙己，是绰号，也是名字，何等奇妙，又是多么恰切！此之可谓适合；阿 Q，更加奇绝，千寻万觅而不得，索性符号化了，绝对是神来之笔！更勿论闰土、祥林嫂、华老栓以及四铭、吕纬甫等等。鲜活的形象是与非他莫属的符号化名字，难分难解，水乳交融的。对照时下，我们那些虚构类作品中人物的名字，往往草草而成，纯属生造，一望即知未曾仔细斟酌，认真思考。如此，便透露出假撇与造作来，令人心生隔膜，还谈什么艺术上的生动自然，不可移易？其感染力则可想而知了。

卡尔维诺说自己要用很长时间寻找人物的名字，一定要使名字适合人物的性格、命运，诚为一个严肃作家的智者之言。如他的代表作《树上的男爵》，主人公的名字柯希莫（Cosimo），是希腊神话中神的名字（Kosmas），同时也有冒险的意思。男爵与其父亲之间的冲突无法调和，就跑到了树上去生存。柯希莫这个名字兼有神奇与冒险之意。是再恰当不过了。他的恋人叫薇莪拉 (Viola)，不得已远嫁印度。此后柯希莫陷于孤独，而薇莪拉在遥远的东方，日夜思念着意中人，回忆起曾经两情相悦的美好时光。薇莪拉的意思是琴，小提琴。琴可奏出欢乐，亦可弹出忧伤，用意含蓄有味。值得称道的是，卡尔维诺不仅悟到了此中微妙的奥秘，而且能在写作过程中体现出其中消息的魅力。他的文学作品很多，人物形象的名字也就不胜枚举，但有一点非常清楚，即每个人物形象的名字都是他深思熟虑的结果，亦即寻找到最合适的为止。有趣的是，不限于小说创作，在非虚构作品中，卡尔维诺对笔下人物的名字也特别讲究。如他曾应邀到日本访问观光，写了一组“所见之物”，其中有一篇题作《第九十九棵树》，说的是邀请方特意为他雇了一个司机兼作导游。大约是不大习惯称呼日本人的名字，或许是日后凭记忆写文章时，忘记了那日本司机的名字，于是索性称其为“不二先生”。这位“不二先生”风趣而健谈，很像我们北京的哥，一路上滔滔不绝，为卡尔维诺讲述所到之处的掌故和逸闻趣事。大师就是大师，千八百字，就将“不二先生”写得活灵活现。关键是“不二先生”这个名字，绝了！不二者，唯一也。还真有点日本人名字的味道，但它绝对不是那司机的真实姓名。如此巧思妙得，令人拍案。

可见无论虚构或非虚构作品中人物的名字，绝不可随心所欲，轻易为之。有道是：此中有匠心，就里藏学问。

卡尔维诺生于古巴，是在离哈瓦那不远的圣地亚哥－德拉斯维加斯。他母亲用心为儿子取名“伊塔洛”，以寄托对故乡的深切怀念。伊塔洛，即意大利之意。其母对人名字的特殊依重，饱含深情。想来当是这个基因传给卡尔维诺了吧。

雪夜所思

去冬今春，南京几次晚来欲雪，开始时雪片很大，纷纷扬扬，颇为壮观。后来不知怎么就渐渐消歇了，终未能蔚为冰天雪地的银白世界。这对于生于北国的我，不能不从心底里感到莫名的惆怅和若有所失。

入夜，雪花又开始飞舞。是旧历的年底，雪花平添了浓重的年味和迷离的童话意趣。我以为，雪的可爱之处恰在于它的某种神秘感，更在于它所承载的轻逸与凝重。你看，飘飘洒洒的片片雪花，何其轻盈，多么柔美；遥想高原上的雪山冰川，又是何等的凝穆，怎样的威然！更不要说雪山和冰川的骄子——那奔流腾涌的江河了。显然，雪花之轻中蕴藏着重。轻与重，乃一体之两极，着实叫人思索不尽。

轻逸与凝重，是老大一个哲思题目。有很长一段时间，我对昆德拉的《生命中不能承受之轻》很是费解，尽管看过不少各家的阐释，却仍不能释怀。倒是卡尔维诺的解读，庶几贴近些。他在《未来千年文学备忘录》中说：

> 《生命中不能忍（承）受之轻》（The Unbearable Lightness of Being）实际上是对生活中无法躲避的沉重表示出来的一种苦涩的认可……对于昆德拉来说，生活的沉重主要存在于威迫，把我们裹得越来越紧的公共和私人事物的小孔眼大网般的威迫。他的小说告诉我们，我们在生活中因其轻快而选取、而珍重的一切，于须臾之间都要显示出其令人无法忍受的沉重的本来面目。

原来昆德拉要揭示的正是沉重。他既不是反说也不是旁敲侧击，与象征、隐喻等修辞格也搭不上界，他是从本质上说，正如要说雪山和冰川的凝重，而涉笔于美丽的、轻飘飘的雪花。这与庄子所说的“天下莫大于秋毫之末，而大山为小”（《庄子·齐物论》）有相通之处。庄子所言“大山”即太山，指的是泰山。泰山小而秋毫之末大，理趣寓焉。这与相对主义毫不相干。

说来生活中到处可见的无非琐事，无非是轻，但生命本质上却是重。与沉重之为两极的轻逸，乃是重的另一种显现形式。人有时不惮于承受重，却不能忍受轻。因而卡尔维诺才说，“轻是一种基于哲学和科学的观看世界的方法”。对于文学来说，“这种轻来自写作风格，来自诗人驾驭语言的能力，完全独立于诗人自称所要遵循的哲学学说”。他还列举了《十日谈》中卡瓦尔康蒂（薄伽丘笔下一个诗人兼哲学家形象）的诗句：

清新的空气流遍破晓的黎明
还有徐徐落下的白雪，寂静无风

卡尔维诺说：“‘还有徐徐落下的白雪，寂静无风’这一行，但丁在《地狱篇》中稍加改变后引用：‘有如大雪在无风的山中飘落。’这两行诗几乎完全相同，但是表达的思想却完全不一样。”这里所说的思想的不一样，指的是前者“有如世界上美丽事物的目录一样的一系列形象”，而后者则是“在谈论轻微的事物时，看来也是要表现这种轻微的沉重感”，并借以说明“正因为我们明确知道事物的沉重，所以关于世界的由毫无重量的原子构成的这一观念才出人意表。同样道理，如果我们不能体味具有某种沉重感的语言，我们也就不善于品味语言的轻松感”。说得再清楚不过了，雪大约可以作为我们深刻理解轻与重（包括哲学和文学意义上的）之活的标本。美丽的雪花虽然可以使我们产生许多联想，但轻与重的联想可以说是其中最为重要的。雪片构成了雪山冰川，而琐事则构成了生活。

然而，雪有时又具有遮蔽性，即“白茫茫一片大地真干净”。表面的干净遮掩了许多的不干净，轻覆盖了重。

这很有意味，其中蕴含着几乎难以言说清楚的玄机。譬如阐释就是一种蔽障，尤其对诗，似乎越阐释就越背离了诗的旨趣。海德格尔正是在这样的意义上说，对诗歌的阐释终究都“脱不了是一场钟上的降雪”（《荷尔德林诗的阐释》）。这个思想来源于荷尔德林的诗：

这并非稀罕之事
犹如那晚餐时分
鸣响的钟
为落雪覆盖而走了调

海德格尔说：“这句诗听来就像散文，但其诗意却绝无仅有。”真正的诗必具有某种歧义性，从某种意义上说，对于真正的诗的任何阐释都是徒劳的。或许一切的对诗之阐释，都是隔靴搔痒，隔着钟上厚厚的雪去敲击，那钟声百分之百要走调的。诗无须解释，只需默默去诵读，静静去思索联想。雪，本质上是诗。故，对雪的解释显然也是困难的，对这大自然的精灵的试图言说，似乎也是不必要的。面对雪，只需无语冥想，素心观照，无论是面对袅娜多姿的片片六出冰花，还是遥望巍峨肃穆的雪山冰川，以至俯瞰奔流不息的滔滔江河。

雪，是天女撒播的花片，它让我们思索不尽，联想无穷。

内心话语都是诗

春之杪，夜雨潇潇。展卷读元曲，思绪有如缕缕雨丝润泽大地，淅淅沥沥，点点滴滴，既甘美又抚慰，或许还杂以些许的轻愁，滋味极为微妙。

望着窗外粉团似的樱花，在灯影中纷纷飘零，猛觉得春事已尽，春天渐行渐远，惜春之情油然而生。常常想到现代人对季候的漠然，于忙忙碌碌中错过了多少美好的东西！达利就曾发自肺腑地告诫人们：“时光是我们不多的珍宝之一，世间的其他东西都不复存在。”他还说：“我与其说是生活在现在，毋宁说是生活在过去。因此，在记忆中，我是普鲁斯特的追随者。”普鲁斯特是追忆主义者，他在《追忆逝水年华》中有一句名言：“唯一幸福的岁月是失去的岁月，唯一真实的乐园是失去的乐园。”可见，普鲁斯特与达利都不仅珍惜眼下的时光，更偏爱逝去的美好记忆。悠然过了花甲之年，才切实体会到时光对一个人生活的意义。同时，也真心领会了追忆是人生中弥足珍贵的最美好的东西。

元曲家们是不会轻易错过美好春光的。薛昂夫有一首带过曲〔双调·楚天遥过清江引〕，题目是《送春》，曲子是这样写的：

有意送春归，无计留春住。明年又着来，何似休归去？桃花也解愁，点点飘红玉。目断楚天遥，不见春归路。春若有情春更苦，暗里韶光度。夕阳山外山，春水渡旁渡。不知哪搭儿是春住处。

深情款款，送别春天犹如送别自己的亲友，寻寻觅觅，难分难舍。似较辛稼轩的《摸鱼儿·更能消几番风雨》更为亲密。无独有偶，贯云石也有一首同题的〔双调·蟾宫曲〕

问东君何处天涯？落日啼鹃，流水桃花。淡淡遥山，萋萋芳草，隐隐残霞。随柳絮吹归哪搭？趁游丝惹在谁家？倦理琵琶，人倚秋千，月照窗纱。

与前引薛曲不同的是，此曲仿佛是闺妇在送春。同样是千寻万觅，追逐着春之脚步。耐人寻味的是曲家的那份真挚与倾心，娓娓中所流露出来的那份天真，读来真是令人心旌摇曳，目醉神迷。里尔克说得好，“可以这样解释艺术品，它假扮成以某个记忆，经历或事件为托词而发出的内心深处的自白，可以脱离它的创造者独立存在”（《关于艺术》）。以上两首《送春》曲，均可以视为一种“内心深处的自白”。无论是男人的内心独白还是女人的内心独白，亦无论是假以怎样的“托词”，皆可以作为艺术品而独立存在。王国维曾言，“元人之于曲，天实纵之”。这样一种自由自在的形式，似更适于内心独白。按马丁·艾思琳的说法，内心独白本质上是属于戏剧的，故散曲与剧曲难分难解，血肉相连。

内心独白不仅可以抒情，也可以极饶理趣。且看马致远〔双调·夜行船〕套的前四曲：

天地间人寄居，来生去死嗟吁。就里荣枯，暗中贫富，人力不能除取。

〔乔牌儿〕自然天付与，强得来也不坚固。有人参透其中趣，何须巧对付？

〔锦上花〕富贵无骄，贫穷何辱？贫不忧愁，富莫贪图。富依公，天能佑护。贫富人生，各人命福。

〔幺〕富呵享富来，贫呵乐贫去。就里无钱，尚良欢娱；袖里黄金，倒有嗟吁。一日勾来，如何做主。

此套曲纯是议论，却不嫌空泛。平朴道来，照直说去，亦“内心深处之独白”也。曲中所言“命福”亦非寻常宿命论或世俗迷信，乃指际遇遭逢，即儒家所言天命，相当于西方哲学中的“第一因”。在元代士人看来，便是所谓的“命”。就中寄寓着一代文人无尽的牢骚与愤懑。时下人们热议“幸福指数”，马致远安贫乐道的人生态度，无论出于怎样复杂的原因，或多或少还是会给予我们一点启迪的。

里尔克所说的“内心深处的自白”，与海德格尔所言“发自内心的真实话语都是诗”，可谓所见略同。里尔克自己的诗可作注脚：

谁此时孤独，就永远孤独
就醒来读书，写长长的信
在林荫路上不停地
徘徊，落叶纷飞

这无疑是“内心真实的话语”。海子的诗亦是“内心真实的话语”或言“内心深处的自白”：

从明天起，做一个幸福的人
喂马、劈柴、周游世界
从明天起，关心粮食和蔬菜
我有一所房子，面朝大海，春暖花开

无论昨天还是今天，五方异域，殊途同归。元曲中的佳作，亦不例外。

抱朴守拙　天真绝俗

——读陶小札

重读《陶渊明集》，愈益觉其人格精神真淳可掬，亲切蔼如，其诗亦冲淡高远，历久弥新。

陶渊明是真正意义上的、彻底的隐者。一旦与仕途决绝，他便断然回归田园，且义无反顾，终生不悔。古来隐士，历代不乏，不可谓不多。尤其在易代之时，就更是屡见而不鲜了。然而，就中真正意义上的、无怨无悔的隐者，实可谓凤毛麟角，屈指可数。或是受到政治上的排斥与挤压，不得已而为之；或是抱定正统思想，易代而不仕；甚或是以退为进，乃是为了博得一个高蹈远隐的高士声名，以待征召。至于像舒位挖苦陈眉公（继儒）那样，矫揉造作，装腔作势，甚至干谒攀附，贪名图利者，就只能算作假隐士了。舒位小诗颇为有趣，不妨录下，以博人一笑：

装点山林大架子，附庸风雅小名家。
功名捷径无心走，处士虚声尽力夸。
獭祭诗书称著作，蝇营钟鼎润烟霞。
翩然一只云中鹤，飞来飞去宰相家。

“獭祭”二句要稍稍解释一下：獭，是一种以鱼类为主要食物的两栖哺乳动物，它的皮毛很贵重。獭捉到了鱼并不急着吃，而是一条条将鱼摆放整齐，再依次抚弄之，样子像是祭拜鱼一般，古书上称之为“獭祭”。待到玩弄够了，獭才把鱼一条条吞食掉。这里是以“獭祭”来比喻东抄西袭拼凑起诗文著作，沽名钓誉，以欺骗世人。“蝇营”句是说削尖了脑袋钻营，收藏古董字画，以显示自己是博雅之士。

还是回过头来看陶渊明。他的归隐田园固然有着种种社会原因，如同王瑶先生所说的那样，他“从少年时代起就经历了很多政治上的纷扰，所谓‘弱冠逢世阻’；后来由出仕到归隐，更遇到了晋宋易代的变迁；他对当时的政治是很不满的”（《陶渊明集》前言）。但陶渊明归隐的根本原因，恐怕主要还在于其“本性”，即所谓“少无适俗韵，性本爱丘山”（《归园田居》其一）；或所谓“悲风爱静夜，林鸟喜晨开（《丙辰岁八月中于下潠田舍获》）。人各有所志，亦各有所适，故偏爱自然也就不同。渊明热爱山水林泉和田园风物仿佛是与生俱来的，或言是从骨子里就固有的。他自己就说："我爱其静，寤寐交挥。"（《时运》其三）交挥，在这里就是交集或交加之意。自然，《时运》一组四首诗有追慕古风之意。《论语》中曾有曾点向孔子述志的记载，即"侍坐章"。渊明郊野独游，遥想"童冠齐业，闲咏以归"的诗意生存方式，心驰神往，感慨无限。然"我爱其静"的"静"字，又何尝不是渊明本真性情的流露呢！正因为其性情使然，他才能从最平常的景致风物中去发现无穷无尽的美，你看，无论是旧林、故渊、村舍、麦田、归鸟、炊烟、狗吠、鸡鸣，还是春蕖、秋莲、花药、霜菊、风竹、独树、虚舟、逸棹，甚或衡门、荆扉、茅檐、井灶，一经渊明诗笔点染，无不美得使人目醉神迷，眷念不已。这是因为诗人将其拳拳赤子之心投注于客观景物，写景写情，了无滞碍。这正是王国维在《人间词话》中所说的"不隔"。再看《时运》其一：

迈迈时运，穆穆良朝。袭我春服，薄言东郊。
山涤馀霭，宇暖微霄。有风自南，翼彼新苗。

南风吹拂，嫩绿的新苗轻轻摇曳，好似插上了翅膀。此等意境该是何等美呵！

时运，是四时运行之意。这组诗写暮春之时一人独游，在领略万物生机勃发时细致入微的感受。便是"邈邈遐景，载欣载瞩”。翻成语体，即是远眺近望，欣喜不已，百感交集。渊明乐于独游，感受亦自独到。他关心的是“新苗”长势，追慕的是“清沂”遗风，其乐融融的是“称心易足”的淡泊生涯。这就与“二谢”纯然欣赏山光水色的山水诗划开了界限，多了一份“陶然自乐”于躬耕生涯的情愫。这是谢灵运与谢朓的山水诗所不曾具备的。如谢灵运亦独自流连于山明水秀之中，但他始终是一位看客，用今天的话说，充其量是好游赏的旅行者。这与渊明将自己融化于大自然中，物我两忘的境界是迥然有别的。换句话说，谢公衣食无忧，雅好游赏，但他始终是站在风景之外；而渊明则与山水田园休戚与共，融为一体。细细咀嚼，这个差异是不难体味得到的。“昏旦变气候，山水含清晖。清晖能娱人，游子憺忘归”，这是谢灵运《石壁精舍还湖中作》中的句子。显而易见，这位康乐公着意处在于自娱，只不过是游乐而已。非其笔致不美，亦非技巧不高，关键是气息与格调。看客与“居常待其尽”于山水田园中者是判然有别的。谢公的“池塘生春草，园柳变鸣禽”（《登池上楼》）固为名句；其“初篁苞绿箨，新蒲含紫茸”（《于南山往北经湖中瞻眺》）句亦自体贴入微。然楼上观、湖中望总嫌隔那么一层，不若渊明“晨起理荒秽，带月荷锄归。道狭草木长，夕露沾我衣”来得透入更深切。至于渊明《饮酒》其五中“采菊东篱下，悠然见南山”以下数句，就更是不可企及了。细究就里奥要，怕皆为人格精神使然，而不在诗法文字之间。谢灵运在永初三年为永嘉太守后，游水玩水，“民间诉讼，不复关怀”。其山水诗绝大多数是作太守之后写的，故其人其诗都是无法与渊明同日而语的。盛唐山水田园诗的代表人物王维也大倡隐逸，然而他一直是若即若离，亦官亦隐，算不上真正的隐者。虽说他在艺术上成就极高，却也难以与渊明比肩。其名作《渭川田家》《山居秋暝》等，亦不免“心缠机务，而虚述人外”（《文心雕龙·情采》语）之嫌，且“随意春芳歇，王孙自可留”二句，亦不过是一种羡情罢了，与真隐仍有隔膜。“田父荷锄至，相见语依依”等句，与渊明“时复墟曲中，披草共来往。相见无杂言，但话桑麻长”（《归园田居》其二），以及“山涧清且浅，可以濯我足。漉我新熟酒，只鸡招近局”（同上其五）等，亦无法比拟。一个在看，一个在做；一个在其中，一个处局外。晚年的王维有了些变化，如《春中田园作》，情调已近渊明，看其前四句：

屋上春鸠鸣，村边杏花白。
持斧伐远杨，荷锄觇泉脉。

可惜类似作品数量并不多。而陶集中此等“抱朴含真”的作品俯拾即是。

将谢灵运、王维与陶渊明的诗作简单加以印读比较，并非只是要比出一个高下，而是要知人论诗。前人谓谢有句无篇，王艺术上的成功掩饰不了思想上的单薄，非是无根之语。《东坡志林》上说王维“诗中有画”、“画中有诗”，诚为知者之言。如果说王维诗是“画境”，那么渊明诗就是“化境”。渊明一片神行，直入大化之境。细绎陶诗的艺术渊源，可窥见其远汲汉乐府，近取《古诗十九首》的来龙去脉，这正是古体的传统。钟嵘曾谓后者是“惊心动魄”“一字千斤”（《诗品》）；明人谢榛又谓“平平道出，且无用功字面，若秀才对朋友说家长（常）话”（《四溟诗话》）；甚至有人称《十九首》为“诗母”（明陆时雍《古诗镜·总论》）。确得《十九首》精义又能付诸诗思者，唯渊明独领也！

渊明之隐，与其人格精神是息息相通的。他其实并不一概地反对出仕，只是至死不肯与趋名逐利的世俗浊物同流合污罢了。他的可爱处还在于自己退隐了，但并不以己度人，劝人也像他那样远隐高蹈；相反，正直的友朋出仕，他又鼓励他们去建功立业，担起社会责任，表现得十分豁达。《与殷晋安别》诗节末云：“良才不隐世，江湖多贱贫。脱有经过便，念来存故人。”江湖，一般认为是渊明自指，脱，在这里是倘若之意，后二句是说如有便经过我这里，别忘了朋友间聚一聚。又《五月旦作和戴主簿》有云：“迁化或夷险，肆志无窊隆。即事如已高，何必升华嵩。”戴主簿，生平事迹不详，想来与殷景仁一样，也是渊明的好朋友。诗中的“迁化”，指自然界运转，宇宙自然以自己的规律推移变化，或险或夷（顺），不以人的意志转移，只要“肆志”（顺遂自己的志向），便无所谓高下。华嵩，即华山与嵩山，均指神仙或隐士居所，此代指隐逸。诗中的窊隆，指高下。窊，音 wā，这里犹洼；隆，突起，此指高处，可见他一点也不矫情，主张遂情率性，自然而然，于人于己皆如此。

渊明崇尚自然，这个自然显然不仅仅是指通常意义上的自然界，而主要是指人性的本真，即人未被异化的那种“抱朴含真”，有如“厥生初民”一般的淳真朴厚。自然，是庄老思想中的概念范畴，其实即道。渊明虽熟读儒家经典，服膺儒术，然其道家观念似更浓重些。有的学者甚至认为有时他将孔子学说也道家化了。如《时运》四首即是明例。当然，渊明对释家也或有涉取，却并不归命于佛说。渊明诗中从不避谈死生之计，“居常”、“乘化”、“大象”等道家语不时被阑入诗中，足见其对道家观念已了熟于心。此外，《挽歌诗》三首也可作为注脚。

前贤有言，人品即诗品。陶诗格高，要在其人品格高远，朱子说：“晋宋间人物，虽曰尚清高，然个个要官职，这边一面清淡，那边一面招权纳贤。渊明却真个能不要，此其所以高于晋宋人也。”（《语类》卷 34）话说到了点子上，是为真知渊明者。近现代人论及渊明，话说了许许多多。其中梁启超的话似颇为剀切，他称赞渊明是“极热烈极有豪气的人”，是“缠绵悱恻最多情的人”和“极严正——道德责任心极重的人”（《陶渊明文艺及其品格》）。陶诗表面上平淡实则平中出奇，看上去近枯而实腴，质而绮，素而丽，非读之再三，绎之往复，是难以领略其大美的。梁氏不仅读懂了陶诗，而且读懂了渊明其人，故能出言不虚，切中肯綮。说来笔者更欣赏的是宗白华先生对渊明的评价，觉得宗先生较前人更透入了本质：

深于情者，不仅对宇宙人生体会到至深的无名的哀感，扩而充之，可以成为耶稣、释迦的悲天悯人；就是快乐的体验也是深入肺腑，惊心动魄；浅俗薄情的人，不仅不能深哀，且不知所谓真乐。

这是说渊明能深哀，知真乐，对宇宙人生体会极深。接着宗先生又说：

陶渊明的纯厚、天真与侠情，也是后人所不能到处。

（《论〈世说新语〉和晋人的美》）

我们不妨来看看渊明的“深哀”：

采采荣木，结根于兹。晨耀其华，夕已丧之。

人生如寄，憔悴有时。静言孔念，中心怅而。

《荣木》一组四首前有小序，谓“荣木，念将老也”。荣木指木槿，它的花朝开夕落，渊明由此想到人生的短暂。其与《杂诗》其五中所言“古人惜寸阴，念此使人惧”用意相近。“静言”句的意思是说凝思静想。言，语助词，无义；孔，犹甚。

再看渊明的“真乐”：

息交游闲业，卧起弄书琴。

园蔬有馀滋，旧谷犹储今。

营已良有极，过足非所钦。

春秫作美酒，酒熟吾自斟。

弱子戏我侧，学语未成音。

此事真复乐，聊用忘华簪。

（《和郭主簿二首》其一）

不必解释，此写“傲然自足”，更复天伦之乐。渊明心迹神态，栩栩如生，如在目前。

耐人寻味的是，如此一位可亲可爱的大诗人，生前却是相当寂寞的，便是所谓“虽留身后名，生前亦枯槁”。人们读懂陶渊明，是在他身后一百多年后了。即是说过了三个朝代，渊明的人格与诗品才逐渐显示出其美的内涵来。想想时下的一些怪现状，商业炒作，浮华包装，一个作品今天刚出来，明天就说成是经典，是不是名利心太重了呀？今天的作品如何评价，在文学史上占有怎样的地位，应该由后人来说才算数吧？读读陶渊明或许能使我们清醒许多，这大约可视为读陶的一点额外收益。

“精神飞翔的诗人”高启

明初诗人高启，是一个早熟的天才。他 16 岁时即与青少年时代的朋友组织了一个诗社，就是所谓“北郭十友”。“北郭”，就是城北的意思，因他们都住在靠近苏州北城墙附近，故称。时值元末动乱时期，“北郭十友”经常聚集在一起赛诗，并模仿科举糊名的形式，以诗会友，切磋诗艺。据正史记载，高启得过第二名，也拔过头筹。高启做诗，兼擅诸体，尤工于乐府诗和七言歌行。《四库全书总目提要》评高启诗称其“诗才富健”，“为一代巨擘”。并说：“启天才高逸，实据明一代诗人之上。其为诗，拟汉魏似汉魏，拟六朝似六朝，拟唐似唐，拟宋似宋，凡古人之所长，无不兼之。”又说：“特其摹仿古调之中，自有精神意象存乎其间。”显然，拟古只是形式体裁上的需要，而在精神意象上，高启是有自己的追求的。如他的乐府诗创作，除了继承古乐府的精髓之外，能紧密结合现实社会生活，对人民群众寄予深切同情。他的《养蚕词》《打麦词》《采茶词》以及《田家行》等，都是如此。我们知道，高启元末隐居于吴淞青丘（今属上海市），自号“青邱子”，他对江南一带的农村生活是相当熟悉的。如他在《养蚕词》中劈头里就写道：

东家西家罢来往，晴日深窗风雨响。

既是晴日，缘何屋子里传出风雨大作声呢？原来是蚕吃桑叶，沙沙作响。养的蚕多了，声响聚集，便似风雨之声了。若此等，没有实际的生活体验，无论如何是写不出来的。此诗的尾句是：“檐前缫车急作丝，又是夏税相催时。”关心民瘼的情愫，自然流出。

毛泽东非常喜欢高启的《梅花诗》，曾于练字时抄了一首（原作一组共九首），并加了一行小字批语：“高启字季迪，明代最伟大的诗人。”这自然可视为毛泽东对高启诗的评价。这首《梅花诗》是这样的：

琼枝只合在瑶台，谁向江南处处栽？
雪满山中高士卧，月明林下美人来。
寒依疏枝萧萧竹，春掩残香漠漠苔。
自去何郎无好咏，东风愁寂几回开。

其中颔联似为曹雪芹所偏爱，《红楼梦》第五回十二支仙曲中的《终身误》有句：“空对着山中高士晶莹雪，终不忘世外仙姝寂寞林。”后者显然是从前者点化而来。不过，曹雪芹化用得十分巧妙，浑然无迹罢了。

可惜的是，这位年轻的诗人只活了 39 岁，就被朱元璋借故腰斩于市。先是朱元璋于开国初下诏令高启入朝编修《元史》，授翰林院国史编修。书成，又擢高启为户部侍郎，启固辞不受，毅然归隐。后朱元璋借口高启牵连苏州刺史魏观案，将其杀害，这是封建统治阶级扼杀天才诗人的血腥暴行。闻此岂能不令人扼腕、浩叹！若天假其年，高启无疑可成为文学史上的一流大家。与李太白一样，高启也以谪仙自况：“本是五云阁下之仙卿，何年降谪在世间？”他以心游八极、“坐令无象作有声”的恢宏气势，翱翔于诗国之中。正是从这样的意义上，日本学者吉川幸次郎才称誉高启为“精神飞翔的诗人”。吉川氏指出：“他（指高启）认为只有凭借精神的飞翔创造诗的意境，才是诗人的任务。……真正的飞翔，至少是更为高远的飞翔，则只有到高启这一特异的天才，始有可能做到。他的诗，是南宋以后成长起来的市民诗的顶峰。”（《明诗概说》）

高启是一位天才诗人，同时也是一位学者，但他绝不把学识与思想生硬地带入诗歌创作，他看重的是激情。正如其友李志光所言，高启“上窥建安，下逮盛唐，大历之后，则藐之”。高启认为大历之后的诗，已失去了激情。今天我们吟哦高启“白下有山皆绕郭，清明无客不思家”（《清明呈馆中诸公》）的名句，仿佛可见诗人激情喷涌的姿态。时下诗人，恐怕所缺者正是“激情”二字吧。

透视“戏说”与“薄写”

在时尚文学领域与以电视为主要媒体的大众文化娱乐场合，“戏说”之风愈演愈烈，大有非“戏说”不写，舍“戏说”不拍（演）之势。先是，“戏说”仅限于历史人物，一时间荧屏上触目即是宽袍大袖、顶戴花翎；后来不论题材不择人物，皆将“戏说”视为法宝，无不可拿来“戏说”一番，不是连阿庆嫂也成了“戏说”的矢的了吗？真不知“戏说”之风何时消停。

“戏说”之风，不知所起。或以为始作俑者是港台地区的电视剧编导，实则不然。细究起来，怕是舶来之物。迈克·费瑟斯通曾尖锐指出：“从前被当作历史事实、并为社会科学界所小心翼翼对待的东西，现在被从一种更为自由自在的时尚的角度来对待。从最坏意义上讲，后现代主义使‘薄写’历史的手法合法化，‘一切都消失了’，或者说，对证据的别具一格的运用，最终支撑了证据被吞噬消隐的论断。”（《消费文化与后现代主义》）费瑟斯通这里所说的“薄写”，其实就是我们所说的“戏说”。将严肃的历史事实用“自由自在的时尚的角度来对待”，本质上是游戏化的抢滩掠地，最终当然是一切都不复存在了。一切服从于商业化利益，这正是消费文化的命根子，你叫它丢了命根子它还能存活吗？这大约就是“戏说”与“薄写”使一些人乐此不疲的根本原因吧。反过来说，当“一切都消失了”时，电视剧和时尚文学也就必然还原为一种游戏了。这时，电视剧与程序化的电子游戏机本质上就没有什么区别了。充其量前者是由编导操作，而后者是由游戏者按程序自己操作罢了。前者似乎更能满足惯于偷懒的受众。这里除了“操作主义”的空空洞洞之外，别无其他。社会科学家所以小心翼翼对待历史人物和历史事实，那是一种科学精神，也是一种人文关怀，显然是来不得半点“戏说”的。然对“戏说”乐此不疲者或要辩解，我不是历史学家（社会科学家），我是在创作文艺作品。文艺作品难道就不要严肃思想，只剩游戏（娱乐）空壳了吗？何况你取材于历史，你就要受到历史事实的制约，不能任意胡编乱造。历史剧创作，同样少不了文献支撑的严肃性和人文关怀的警示性。将历史宰割得人事皆非，再加上缺乏人文精神，“戏说”自然就会成为影视圈的唯一法宝了。反正大家谁也没见过古人，更不可能亲历历史事实，历史题材不是较现实题材更好蒙人了吗？这是何等荒谬的误区呀！

费瑟斯通所说的“对证据别具一格的运用”，乃是一种机智的婉讽，说的正是对历史事实的滥用，其结果当然是历史事实的缺席直至被吞噬。看来将历史与文学拿来一味消遣、娱乐是有害而无益的。对于学者来说，它败坏了历史与文学，可谓两败俱伤；而对于一般受众，则会产生误导，它的虚拟与仿真以及“假作真时真亦假”的“光晕”，会使人们认“戏说”为历史事实。特别是对儿童与青少年，一旦先入为主，纠正起来格外困难。还不要说一般受众，怕是读书人也会被搅得糊涂起来。黄侃先生曾说：“士大夫多有以《三国演义》为《三国志》者，故《三国演义》之误人，较《红楼》《水浒》尤过百倍，以其淆乱史事也。”（《量守庐讲学二记》）黄侃先生对通俗小说的态度我们这里不论，兹仅以事论事而已。可举一个小例子：有一部电视剧将孝庄后下嫁多尔衮描写成权力之争，是为其子福临争皇位而行韬晦之计，是忍辱负重；后来又有一部电视剧则将这件事描写成是由于爱情，不厌其烦地演绎着一幕幕矫揉的所谓爱情。历史事实其实非常简单，孝庄后嫁给多尔衮，明明是古代北方少数民族的一种习俗——收继婚制度的结果，与忍辱负重和爱得死去活来风马牛不相及。倘若你有写爱情的瘾，何不彻底虚构一对情场男女，为什么非要到清宫里去讨生活呢？

游戏的侵入，使得我们的荧屏仿佛闹热非常，一片繁荣，其背后隐藏的恰恰是一种为利益所驱动的粗劣与鄙俗，操作化和技术化生活，也恰恰是艺术创造精神的日趋失落。不是吗，媚俗可以赚钱，有名有利，何乐而不为呢？于是，一部东西（还是不称作品吧）赚了钞票，你就等着瞧吧，翻模和换汤不换药的、千篇一律的、毫无个性的东西就会接踵而来，人家才不管你腻歪不腻歪呢！戴安娜·克兰曾援引吉特林的话，揭露美国电视工业的把戏，似也足以引起我们的深思："电视工业提供了一种重新组合的文化，在这种文化中，新产品被用于模仿过去的成功之作，将几个同类产品的特点结合在一起，或使用过去在其他媒体中获得成功的作品，如模仿畅销书或成功的百老汇戏剧，通过吸收成功节目的特征和根据这些节目创造新节目，电视的派生产品（Spin-Off）将这些重新组合的策略应用到它自身的媒体之中。"（《媒体与都市艺术》）说得更明确一些，就是一种拼凑与组装——典型的文化工业生产。好莱坞的电影生产情形也差不多，其原创性的东西不能说一点也没有，但少而又少。我们的情况虽说还没"发达"到这种地步，文化工业的端倪却已然露出。"戏说"风的甚嚣尘上与媚俗趋利风的有恃无恐都是明例。

热衷于"戏说"者，骨子里是又想赚钱又想偷懒，全无精品意识和创造性精神。近读维特根斯坦的名著《文化与价值》（《混合的评论》），受益匪浅。维氏引朗费罗的诗，表示对艺术创作中一味模仿的唾弃，以及对创新精神的礼赞。朗费罗的诗是这样写的：

在艺术的早年
建设者们精心地锤炼
每个细微难见的部分
因为神灵处处可见

维特根斯坦在引诗后面加一行字："这可以作为我的一个座右铭。"善哉，斯言！

维特根斯坦说："我不能创立一个学派是因为我真的不想被人效仿。无论如何都不想被那些哲学期刊上发表文章的人效仿。"他是独特的、孤标独格的思想家，他是那样憎恨着毫无个性的模仿。对浮躁与媚俗他同样深恶痛绝。他说："哲学家们应该这样来相互致意：'慢慢来！'"这与艺术上精心锤炼细微难见的部分是相一致的，艺术与哲学的道理原本就息息相通。他认为："一个不会撒谎的人已经是有足够的独创性了，因为，任何值得向往的创造力毕竟不可能是一种聪明的把戏，抑或是一种个人的怪癖，不管它是如何表现的。"这使我想到我们一些有"戏说"瘾的人，他们是在耍小聪明，似乎也有怪癖，而且从"戏说"历史人物进而"戏说"历史，也是在撒谎，他们的创造力更是无从谈起，因而除了爆烈炒作和自我吹捧之外，便没有什么事情好做的了。

“戏说”也好，“薄写”也罢，都与真正意义上的艺术创造相去甚远。当他们一个个俨然以艺术家自居、感觉特别良好之时，不知怎的令我们油然感到一种莫名的悲哀，同时想起歌德那段深刻的警语：

莎士比亚给我们的是银盘装着金橘，我们通过学习，拿到了他的银盘，但是我们只能拿土豆来装进盘里。

退一步说，毕竟莎士比亚是旷世奇才，不好比的。罢了，土豆就土豆吧，可你也不能将腐烂了的土豆装进盘子呀！

事实上对于“戏说”专家们闭门造车、肆意捏搓历史事实，无端拔高或贬低历史人物的做法，不断有有识之士陆续指出，批评文字屡屡见诸报纸杂志。令人百思不解的是，批评归批评，揭露任揭露，一些有“戏说”癖者就是无动于衷，依然我行我素，一部接一部，乱纷纷你方唱我登场，直欲在“戏说”法宝庇护之下，子子孙孙，永保用享。有什么法子呢？还是维特根斯坦说的好：

比如说，没有比在历史书中唠叨原因和结果更愚蠢的事了；没有比是非不分、半瓶子醋更愚蠢了。——但是，谁有希望光凭跟上说说就能制止他们？（这就像是我试图通过谈论去改变女人和男人的穿着打扮。）

看来还真的是没办法，人们只有等待。君不见喇叭裤等时髦装束上世纪八十年代初盛极一时，如今虽未绝迹却也稀见了。倘若我们谈论“戏说”与“薄写”，真的有如谈论“女人和男人的穿着打扮”那样，那么，天呀，让此等风浪趁早落潮吧！可怜见，“神灵处处可见”。

何处无明月清风

——读魏长吉《眼疾患者的心声》

中秋节前夕，包钢的朋友给我寄来9月6日的《包钢日报》，看到第三版上长吉的一首诗，使我的眼睛为之一亮，顿觉一阵清新明快的气息扑面而来。一口气读完这首近百行的诗作之后，心潮澒洞，情不能已，且感慨无尽，思绪翩然。

包钢是充满诗情画意的一块热土。自上世纪五十年代末以来，激荡与滚烫的诗句，一直伴随着铁浆钢花，流溢着、喷薄着，生生不息。至今我仍清楚地记得诗人李瑛那出人意表的诗句："钢铁大街的名字取得好，要不早就压弯了。"

那是一个铿锵的时代，经历过那个时代的人不会忘记。至于包钢的第一代诗人，如纪征民、王维章、叶文彬等，更是我的诗友同好。每每忆及他们，总是会想起海德格尔的名言："人们充满劳绩，却诗意地栖息在大地上。"

海德格尔所说的“诗意地生存”，以及“真实的发自内心的话本质上都是诗”，在包钢的诗人们那里其实并不深奥，他们始终都是在身体力行着。特别是物质生活匮乏的时代，包钢诗人的诗作与钢铁是同步丰产的。显然，诗的果实是精神层面最灵透的东西，其与物质需求仿佛并无关系。并非越穷越出诗人，但“诗穷而后工”的“穷”字确实值得反复玩味。将此“穷”字仅仅理解成穷形尽象与觅字求句，怕是说不通的。怀旧总是会杂以伤感，包钢第一代诗人中有些人已然作古，这不禁令我油然哼出李叔同《送别》歌词中“知交半零落，一壶浊酒尽馀欢，今宵别梦寒”的句子来。然而，诗如石火，包钢的诗歌传统而今仍绵亘不绝，薪火相传。时下，在绝大多数报章杂志纷纷趋于时尚化的浮躁氛围下，诗已被挤压得无立锥之地。报纸副刊能坚持为诗歌留一席之地，《包钢日报》堪称独步，令人不能不为之翘指。

我以为，长吉的这首诗好就好在能于平实中体现出一个“真”字。诗人摒弃了五光十色现代派的晦涩与费解，娓娓道来，一气呵成，借患者之声吻，将高莉莉教授的高尚情操揭示得细腻而真切。可以说，诗人走的是传统写实主义路线，依稀可见出古乐府诗的神采。这里没有造作，更没有故为高深，一如花萼乍绽般自然而然。诗人从眼睛对个体生命的价值与意义入手，开始了他的吟唱。人们常说，眼睛是心灵的窗口，这无疑是切入得很巧妙的。诗人同时写到了“器械的声响”“秒针的嚓嚓”，通过“见”与“闻”的渲染，用“以客行主”的手法，突出了眼科医师的形象，并进一步洞开“患者”的心扉，一泻心声，使叙、议与抒情描写自然穿插，从而结构全诗。“我躺在手术台上”一节，写得尤有激情，也格外动人。诗人不仅写出了高莉莉教授医术的精湛及学术上的建树，更写出了一个高尚医师的人格精神与其终极人文关怀的可贵之处。读罢全诗，笔者不能不对高教授敬畏有加。敬者，在于她坚守“岐黄济世”的传统医德；畏者，则是指她将科学技术与人文关怀融为一体，敢于向造物挑战极限的强烈个性。即是说，诗人通过细节和插叙成功地写出了人物的精神风貌。

长吉的这首诗也写得比较放逸，然放中却有节制，精心选取细节，巧妙插入叙、议，将抒情、叙事、议论有机结合起来，并将这一切艺术手段服务于人物塑造的宗旨，从而见出人物形象的真性情来。这很不容易。借叙述人（在叙述学中非指作者）之声吻写出意境，且能做到自然妥帖，正是诗人的匠心所在。这令笔者联想到不久前读到的另一首好诗。今年春夏间，笔者在马来西亚黄金半岛任教半年，偶尔在一本不起眼的文学刊物上，看到一首题为《搬家》的小诗，是假借孩子的声吻来表达环境意识的一首既朴素又优美的作品。兹录在下面，一则可以对读发明，二则可与读者共赏：

妈妈呀妈妈，我们又要搬家吗？
我们搬到高楼去，小鸡搬到哪里去？
森林搬到工厂去，鸟儿搬到哪里去？
垃圾搬到小河去，鱼儿搬到哪里去？
高山搬到大海去，海水搬到哪里去？
烟雾搬到天空去，蓝天搬到哪里去？
妈妈呀妈妈，游戏怎么搬到电脑里？
屋子怎么越搬越高？朋友怎么搬进了电话里？
电视怎么越搬越大？天空怎么越搬越小？
太阳怎么越搬越热？妈妈呀妈妈，
我不要天天听电子鸡聒噪！

这是大马华人女性诗人郑秋萍的一首得奖作品。它与长吉的诗有不少共同处：一是借他者声吻以抒情怀；二是不趋前卫，以朴茂的诗歌语言见长；三是题材上都不刻意求新，但开掘很深。我之所以将此二首诗齐观并论，主要是想说明，诗的高境界往往朴实、真率，虽不能说追求前卫就一定无好诗，但至少可以说，朴实、真率的作品更动人心魄。日前有朋友索字，嘱写“此间有高山峻岭，何处无明月清风”一联，我将其下联拿下来作此短文的标题，其意无非是说，在塞北，处南洋，都不乏清风明月般的好诗。

我知道长吉偶尔也写写旧体诗词，有些作品写得韵致颇高，很有灵气的。他的记忆力极好，悟性又好，在诗歌创作上是大有潜力的。《论语》有云："知之者不如好之者，好之者不如乐之者。"长吉写诗，毫无功利目的，只是爱之弥深罢了。故其出手不俗，想他完全可以攀上"乐之者"的高度。有趣的是，长吉的大名与唐代诗人李贺的字完全相同，焉知后之来者不能霑润前贤，成为诗坛名家！

2007 年 9 月 15 日夜于秦淮河畔之茗花书屋

书法与文学

时下书法圈热闹异常，所谓书法家汗牛充栋，书法艺考趋之若鹜，网络书法培训班如雨后春笋，无休止的书法展览，层出不穷的书法博、硕士，屡见不鲜的书法拜师行大礼仪式……岂止是热闹而已，简直就是一幕幕你方唱罢我即登场，令人目不暇接的壮阔活剧！

或问：我们需要这么多书法家吗？如此热闹，好耶？恶耶？我们的传统书法艺术是不是变味了呢？

且今之多数习书者，只知一味书写，并不深究书法艺术的本质，甚至不明真正意义上的书法为何物。

有人说，书法是一种文化，而非一门技术或手艺。也对也不对，所言似太笼统，大而化之，等于没说。文化无所不包，举凡人类物质、精神活动及其产物皆是文化，故此言大而无当，无法揭示出书法的本质。也有人说书法是哲学、是国粹、是中国传统艺术等等，恐亦未能切中其奥要。其实书法就是书法，它是独特的形而上之“道”，非形而下之“器”，称之为“书道”，约略近之。从严格意义上说，书法是守静之道，它纯属个人行为，是关乎个人心境、意趣的沉浸，是人格修为、人格塑造的精神活动。所谓“古之学者为己，今之学者为人”。一个人习书法与别人无关，与生计无关，更与名利无关，纯然是个体生命中性耽痴迷的事体，是人格之务，灵魂之化，即“资质”。孔子云：“知之者不如好之者，好之者不如乐之者。”喜欢一种事物并致力于此，倾情于兹，以至乐此不疲，从而获得精神上的满足，这是一种心灵的超越，气度的升华。书法的魅力正在于此。

欧阳修在《试笔·学书为乐》中说：“苏子美尝言：‘明窗净几，笔砚纸墨，皆极精良，亦自是人生一乐。’然解得此乐者甚稀，其不为外物移其好者，又特稀也。余晚知此趣，恨字体不工，不能到古人佳处，若以为乐，则自是有馀。”以其为乐，不以其为苦，方得其真知。而且，此乐应是终其毕生之乐。仍是欧阳修所言：

自少所习事多矣。中年以后渐已废去，或厌而不为，或好之未厌，力有不能而止者。其愈久愈深而尤不厌者，书也。（《学书消日》）

苏舜钦和欧阳修深知书道之乐，深悟书道乃关乎心性超越之事，这是资性所然。明人项穆说，习书者仅具资还不够，还要致于学。“资不可少，学乃居先”。（《书法雅言·资学》）只有“资学兼长”，方能“神融笔畅”。不学犹面墙而立，是走不远的，苏舜钦、欧阳修均为诗人、学者，苏更是一位声名显赫的大书家。“资不可少，学乃居先”八个字，当是习书者终生不可稍忘的警醒之语。苏文忠公曰：“退笔如山未足珍，读书万卷始通神。”胸无点墨，且懒于读书，天资无论多高，习书断然无益。

萧娴先生说得好极了：“书学离了文学，便成梁上君子。”这里的文学，并非仅指通常意义上的小说、散文、诗歌、戏剧等文学作品，而是泛指读书，即文章之学。人文、社科甚至自然科学的典籍，都应囊括其中。特别是萧先生所说的“梁上君子”也不能简单理解为《水浒传》中鼓上蚤时迁类的人物，即贼、偷儿。其取意在“梁上”二字，是说不读书者弃学而单纯习书法，就悬空了，没着没落，很危险，也很可怕。比喻得何等巧妙啊！

书道之美，最能体现中国艺术精神，也最能体现中国古典美学意蕴。除了资、学二者之外，还有一个“法”的问题。书法、书法，一定是有法可循的。书法有法，也无法。法是初级阶段必须遵循的东西，基本规矩，如临帖、读帖，如结字、用笔、用墨、点划使转乃至章法、行气等等，即手上功夫。有人说这些基本的东西，两个小时就讲完了，怕是也没有那么简单。但有一点是清楚的，就是法极无迹，到了一定的程度，就无法了。因为世上没有不变的法。晚唐释亚栖说得好："若执法不变，纵能入石三分，亦被号为书奴，终非自立之体。是书家之大要。"当然，这是高级阶段的境界。按部就班，循序渐进，从有法到无法，乃是习书者不可不明之理。此与学亦不无关联。按之于庄子美学思想，书道乃是无用之大用，也有人称其为"小道"。然小道也是道啊！人们都熟悉《庄子》中的"庖丁解牛"故事，庖丁说其术"所好者道也，进乎技矣"。译作语体就是："我所爱好的是道，已经超越技术了。"进，这里是超越之意，即由技术层面升华到了道的层面。在道的层面上解牛，是"以神遇而不以目"，游刃有馀，不可控揣。这完全是一种精神状态，而非物质行为。书法，初而有法，迨其法极，法中见道，而不滞于法（技）。宋人晁补之将此理说得再清楚不过了：

学书在法，而其妙在人。法可以人人而传，而妙必其胸中之所独得。书工笔吏，竭精神于日夜，尽得古人之法而摹之，浓纤横斜，毫发必似，而古人之妙处已亡。妙处不在法也。（《鸡肋集》）

法可传可教，妙却非独得不可。独得何来，只能是学而不辍，胸中自有诗书，悟得书学精神，而非亦步亦趋，刻肖其形。以无形之学养润有形之字，庶几可渐入佳境。“书工笔吏”，即书匠也。那种将资、学剥离开来，埋头临帖，或帖也不临，一味以己意写字，就只能是写字而已，写到了皓首拄杖，充其量做个“书工笔吏”。孟子曰：“梓匠轮舆，能与人规矩，不能使人巧。”值得我们再三玩味。

读《祁彪佳集》

祁彪佳（1602—1645），明代政治家、戏曲理论家、书画家、藏书家。字虎子，一字幼文，又字宏吉，号世培，别号远山堂主人，山阴（今绍兴）梅墅村人。少即能文，天启二年（1622）进士，曾官至苏松巡抚，为官清廉，有政声。南明时迁大理寺丞，擢右佥都御史，巡抚江南。清兵挥戈南下，南都失守，继而杭州亦陷，彪佳即绝粒，作绝命词以尽节。其词末节云："图功何其难，洁身为其易。吾为其易者，聊存洁身志。含笑入九泉，浩然留天地。"词毕，欢然饮燕，无异平时。肃衣冠，投于寓园放生池柳荫之下，笑容可掬，颜色如生。彪佳与黄道周、倪元璐一样，忠贞守节，慷慨殉国，浩然正气，声壮河山。

彪佳擅书画，尤长于山水，深得倪、黄神髓，随意点染，即得妙趣，又不乏梅花庵（吴镇）之风。其戏曲作品有《全节记》传奇等，皆佚。唯戏曲批评理论著作《远

祁彪佳画像

山堂曲品剧品》存世，为治戏曲史学者案头必备之书。他强调戏曲创作的社会效应，主张“外御强敌，内除奸佞”；艺术上则力倡“词以淡为真，境以幻为实”。彪佳为文，简淡爽畅，古雅率真，尝读其日记，所获匪浅。其小品文，淡远清新，意味隽永，余随读随记，兹选九篇，可管见其文之妙焉。

水明廊

园以藏山，所贵者反在于水。自泛舟及园，以为水之事尽，迨循廊而西，曲沼澄泓，绕出青林之下。主与客似从琉璃国而来，须眉若浣，衣袖皆湿，因忆杜老“残夜水明”句。以廊代楼，未识少陵首肯否？

此为明末祁彪佳《寓山注》之第一则。寓山为祁氏私家园林，据《寓山注》文前小引，园始建于乙亥 (1635) 仲冬，经丙子 (1636)，直至丁丑 (1637) 夏，历时近一年半左右。祁彪佳自己说：“予家旁小山，若有夙缘者，其名若寓。”可见山不大，园亦非阔，名以寓者，大凡取“寓意则灵”之义也。

祁彪佳在明末不但是一位坚持气节、以身殉国的知识分子，而且是一位关心百姓疾苦、体恤贫弱的官吏。他于乙亥冬南归构园时，常常是自行设计并亲自动手，所谓“极虑穷思，形诸梦寐”，“朝而出，暮而归，偶有家冗，皆于烛下了之。枕上望晨光乍吐，即呼奚奴驾舟，三里之遥，恨不促之于跬步。祁寒盛暑，体栗汗浃，不以为苦”。正因为如此，他对园中一丘一石，一草一木，乃至亭、榭、沼、池才会充满亲切的感情色彩。

《水明廊》，写曲廊观水，突出的是明澈澄碧，清泠剔透。作者对水似乎有着特殊偏爱，以为园林中固不可无山石花木，然可贵者更在于水。无水则不能成园，无水亦不能焕发游兴。泛舟而来，山未穷而水尽，兴致不能不稍减。及待沿水明廊西向而行，蓦然又是一个水的世界：曲曲弯弯的池水，从郁郁葱葱的树林间穿行，蜿蜒潺湲，令人心脾清爽，神怡气畅。再看舟中的主人与客人，仿佛来于琉璃世界，脸上犹同洗濯过一般，连衣襟上都抖着湿气。这使人油然想起王维“山路元无雨，空翠湿人衣”的诗句。在中国古代建筑中，回廊是不可缺的，它既可供游人驻足小憩，又可将景观隔开，免得一览无馀。更有趣的是它也有窗子的取景作用，在廊的不同处看到各异的景致。宗白华先生说：“为了丰富对于空间的美感，在园林建筑中就要采用种种手法来布置空间，组织空间，例如借景、分景、隔景等等。借景又有远借、邻借、仰借、俯借、镜借等。总之，为了丰富对景。”（《中国美学史中重要问题的初步探索》，见北京大学出版社《艺境》）这里的“水明廊”既有借景、分景、隔景作用，同时它本身也置于景中。可见廊在中国建筑美学中的突出作用。祁彪佳有多方面的艺术素养，他是深明此中奥妙的。人值佳胜景物之中，随之而来的便是诗兴。诗兴勃发可以是口占自得，亦可能是忆起古人成句。在“水明廊”，作者忽然想起了杜甫《月》中的名句：“四更山吐月，残夜水明楼。”（见《杜工部草堂诗笺》卷二十七）只不过，这里是“以廊代楼”，老杜若观“水明廊”，该做何感想呢？

祁彪佳如此爱水，爱其“澄泓”，爱其犹如“琉璃”，不正反照出他的玉洁冰清，一片澄澈的人格品行吗！

踏香堤

园之外堤为柳陌，园之内堤为踏香。踏香堤者，呼虹幌所由以渡浮影台也。两池交映，横亘如线；夹道新槐，负日俯仰。春来士女联袂踏歌，屐痕轻印青苔，香汗微醺花气，以方西子六桥①，则吾岂敢。惟是鉴湖一曲②，差与分胜耳。

古来有所谓“敝帚自珍”的话，是说人们对自己的器物因了感情的缘故格外珍惜。其实，对于风景，人们亦常常融入浓厚的感情因素，诸如“月是故乡明”“水是家乡甜”之类，究竟故乡之月是否明于别处？家乡的水较他乡水到底甜否？事实是不尽然的。一段小路，因了常常走过，分外熟悉，你会发现它特别美；而另外的人从不曾在这里走过，他可能觉得那小路不过平平常常。这便是美学上的主观美与客观美问题。桑塔耶那对这个问题有过精彩的议

① 西子六桥：即西湖六桥。西湖，又称西子湖；六桥，指苏堤上的“映波”“锁澜”“望山”“压堤”“东浦”“跨虹”等六座桥。
② 鉴湖一曲：鉴湖的曲折回环处。鉴湖，即镜湖，故址在浙江绍兴西南，因此绍兴又有鉴湖之别称。

论，他在《美感·形式·以风景为例》中说：“自然风景是一种无定形的东西；它几乎时时都是气象万千，可以让你的眼睛有大量自由去取舍、突出和组合它的种种因素，况且风景寓意丰富，而感情刺激又颇为暧昧。要观赏一片风景就得加以组织，要爱好风景就得赋以德性……当我们学会了领悟；当我们逐渐喜欢捉摸轮廓展望远景；尤其是当山川景物对我们心理情调的更微妙的影响，变成那些地方的一种意味深长的表现，而我们的梦想又给它加上诗情画意，我们瞬间的幻想把它们化为洞天福地和缥缈传奇的许多寓意——那时我们便觉得风景是美的。”原本不甚美的风景，由于感情色彩的移入，会变美；本来就很美的风景，倘若移入浓重的感情色彩，无疑将变得更美。这是为什么呢？桑塔耶那说：“这是一种依赖遐想的美，是一种取决于把感情客观化的美。”

祁彪佳对他的寓山显然有着特殊的感情，他倾注了不少心血去构划、经营，又亲自动手修筑、整理，“构置弥广，经营弥密，意匠心师，每至形诸梦寐”。而且“寒暑劳役，几以是益我沉疴”（《祁忠敏公日记·居林适笔引》）。因此，他以“踏香堤”比诸西湖六桥，比诸苏堤、白堤，又比诸鉴湖一隅，以为其美不在诸方名胜之下。在作者眼中看去，柳陌、呼虹幌、浮影台，与踏香堤交相呼应，堤上新槐飘香，俯仰映日，美不胜收。至于男男女女舞袖踏歌，屐痕印于青苔之上，花香幽微，又杂以舞女香汗，大凡就是作者“依赖遐想的美”了。

足见祁彪佳无论是对风景的组织，还是德性的赋予，其悟性都是很高的。

让鸥池

寓之为山，善能藏高于卑，取远若近，而园足以贮之，池又足以涵之。池南折于水明廊，北近丰庄，中引踏香堤，而以听止桥为素湍回合之所。风动青波，縠文细展①；影接峦岫，若三山②之倒水。下及于夕霭斜晖，迷离芦蓼；金波注射，纤玉腾惊；四顾泱漭，恍与天光一色。主人于此，亦云乐矣。终不若轻鸥容与，得以饱挹波光，任是雪练澄泓，云涛飞漱，在鸥不作两观。翻觉濠濮之想，犹有机心未净。主人故不敢自有其池，而以让之鸥。但恐鸥亦见猜，避而不受耳。

古人常以“鸥盟”来隐喻退居林泉之想。所谓“鸥盟”或“盟鸥”都是指与鸥鸟为盟，同白鸥相伴。《列子·黄帝》上有这样一个传说：有人特别喜欢鸥鸟，每天

① 縠（hú）文细展：形容风吹水面，像绸纱一样绉起波纹。縠，绉纱一类丝织品；文，通纹。
② 三山：即海上三仙山。《史记·秦始皇本纪》：“海中有三仙山，名曰蓬莱、方丈、瀛洲，仙人居之。”

早晨都到海上去与鸥鸟相嬉戏。成群的鸥鸟飞到他身边盘旋，似解人意。后来他的父亲知道了这件事，就叫他捉几只回去。他再来到海上时，鸥鸟则在空中飞舞，不肯下来与他亲昵了。祁彪佳的这则小品表现的是他与鸥鸟的意会神交。他命池名为“让鸥”，分明是将自己与鸥鸟摆在同等的地位，欲将池沼之爱割与鸥鸟，追求的是一种恬淡自然、超脱尘世的志趣，景观之中自有人格气韵在。

明末社会日趋腐败，崇祯无论怎样也无法力挽狂澜，朱明王朝日逼崦嵫。祁彪佳早有归隐之想，《祁忠敏公日记》中《归南快录·小引》有云：“予谫陋甚，无用世才，乞归养母之志萌于初入西台时，迨巡吴之役意益决。”无奈两次上疏，均“未荷圣允”。后来终蒙恩准，“半肩行李，翩然就道。数年来怀思积虑，翘首企足以望者，而一旦得之，可谓快矣”。这是乙亥（1635）冬天的事。然而祁彪佳又是矛盾的：“予之所以切于求归者，夫岂真能超然自得、可以芥视轩冕乎！不过以乌鸟之私欲，修庭闱菽水之欢，而且于定省之暇，寻山问水，酬觞赋诗，一洗年来尘况耳。”（同上）祁彪佳真是坦率！他的南归有快亦有不快，他只是要走出热闹场，以“寻清凉境界，是则厌动喜静之常，不可与洒脱无累者同日而语”。明乎此，才能摸索到祁氏的心态意绪。而人之“乌鸟之私欲”，在古人常常是倦怠之后以求解脱的常情常理，“让鸥”之注脚恰恰在此。故与其说是“让鸥”，倒不如说是“招鸥”。鸥不来何趣之有？明乎此，才能领会“翻觉濠濮之想，犹有机心未净”之语。

祁彪佳自爱自家园林，以为其能“藏高于卑，取远若近”，诸般景致，“园足以贮之，池足以涵之”。见得园不在大，寓意则灵；池不在浩，有韵则美。丰庄、踏香堤、听止桥，都是作者亲自命名的寓山景点，处处透出作者对自家园林景色的流连与挚爱。因作者尤爱水，故对“让鸥池”更见喜爱之情。每当微风拂过，池水波光粼粼，周遭山峦叠印水中，犹如神仙境界；若在晚霞映照之中，迷离一片，芦苇荡风，蓼花含情；夕照金晖中，鸟雀惊飞，掠过水面；环顾水面，无限空濛，水色天光，浑成一体。饱览这一切美景的，要数白鸥。不管阴晴圆缺，还是静噪寂鸣，任尔风起雨涌，还是丽日和风，白鸥终不为所扰，依然故我，飞止自若，即“不作两观”。与白鸥相较，作者真有些自愧弗如了。作者心里常自以为“捐富贵、轻名利、弃爵禄”之“快然终身”者，更无一人，而自己的“求闲求静总为嗜欲所牵”，相形之下，白鸥较自己格调似更高。况且“名利之根隐隐盘踞，窃恐有触而发更无物相胜之，则亦毕其生于汩没而已，可不悲夫！予之所以快者正予之所以为愧者也”（《归南快录》小引）。基于这样的内心躁动和愧悔，作者自谓“机心未净”，是故愿以池让鸥也。

远 阁

阁以远名，非第因目力之所极也。盖吾阁可以尽越中诸山水，而合诸山水不足以尽吾阁，则吾之阁始尊而踞于园之上。阁宜雪、宜月、宜雨，银海澜回，玉峰高并；澄晖弄景，俄看濯魄冰壶；微雨欲来，共诧空濛山色。此吾阁之胜概也。然而态以远生，意以远韵。飞流夹巘[①]，远则媚景争奇；霞蔚云蒸，远则孤标秀出；万家灯火，以远，故尽入楼台；千叠溪山，以远，故都归帘幕。若夫村烟乍起，渔火遥明，蓼汀唱欸乃之歌，柳浪闻睍睆[②]之语，此远中之所孕含也。纵观瀛峤[③]，碧落苍茫，极目胥江[④]，洪潮激射，乾坤直同一指，日月有似双丸，此远中所变幻也。览古迹依然，禹碑鹄峙[⑤]，叹霸图已矣，越

① 夹巘（yǎn）：大小成两截而又相连的山。《诗·大雅·公刘》："陟则在巘。"毛传："巘，小山别于大山也。"

② 睍睆（xiàn huǎn）：美好的样子。《诗·邶风·凯风》："睍睆黄鸟，载其好音。"指的也是黄鹂鸣于柳间。

③ 瀛峤：池山。瀛，指池泽；峤，高而又尖的山。

④ 胥江：古代传说伍子胥死后为钱塘江潮神，故称钱塘江潮为胥涛，钱塘江也称胥江。

⑤ 禹碑鹄峙：禹碑高高矗立。禹碑，又称为岣嵝碑，碑原在湖南衡山县云密峰上，早已不存。传说夏禹曾在衡山（又称岣嵝山）得金简玉书，后人便伪造碑文，附会为夏禹治水时所刻。鹄即鹤，鹤颈长，故以鹄立以状高耸。峙，耸立。

殿乌啼，飞盖西园[1]，空怜斜阳衰草，回觞兰渚，尚存修竹茂林[2]，此又远中之所吞吐，而一以魂消、一以怀壮者也。盖至此而江山风物，始备大观，觉一壑一丘，皆成小致矣。

这一则写阁，如题所示，突出一个“远”字。景必以远观方妙，悠悠天钧，茫茫地表，极目放眼，乃见气派。在《妙赏亭》一则中，作者曾援引东坡写于匡庐之诗谈到这一层，然未能铺排开来，况亭与阁作用不同，取景之角度不同，所见自然各异。张岱以为亭榭楼台、曲径回廊可以使山水风月益增其妙，实是得观赏山水壶奥之论。阁名之谓远，非指阁建于远处，而是指依阁能得以远望。越中山水形胜，俱可在此饱览；若将诸山水合起来，非以远眺得之，而以无序相加，那就全失神韵而成沙盘模型了，故作者言“合诸山水不足以尽吾阁”，说的是欣赏角度、距离以至由此引起的不同感受。祁彪佳建阁于园之上，且

① 西园：汉代上林苑之别称。又，曹操在邺都所建园亦名西园。这里是泛指。

② 修竹茂林：这句点化王羲之《兰亭集序》意境。永和九年(353)三月三日，王羲之与友人四十馀人在会稽郡山阴（今浙江绍兴）的兰亭集会，“饮酒赋诗”，“畅叙幽情”，王写下了脍炙人口的序文，手稿即传为“天下第一行书”的《兰亭序》帖。王的序文中有“崇山峻岭，茂林修竹”之语。

“尊而踞”，道理在此。游北京颐和园，必登佛香阁，这时方见昆明湖水烟波浩渺，玉带桥果然一飘如带，远可见玉泉山，近可收石舫、长廊。见得阁必高踞，榭必临水，绝非任意为之也。王勃登滕王阁，乃见“鹤汀凫渚，穷岛屿之萦回”；更有“桂殿兰宫，即冈峦之体势”。人凭高阁，才得“披绣闼，俯雕甍”，若据岸临流，或泛舟水上，如何能见到“闾阎扑地”，“舸舰迷津”？至于“落霞与孤鹜齐飞，秋水共长天一色”之壮景，更是非临高极目所无法领略得到的。

阁不仅可以远眺，亦宜于俯看，若居之阁上仰望，就更是气象不同。观雪景，扪触到飞舞着的乱琼碎玉，置身于银色世界之中，那是一种感受。如若临阁而观雪景，感受则完全不同：素山玉岭，凹凸不平，宛如银海掀起的层层波涛；白色的山峦，相依相并，好似一座座擎天的白玉大柱。月夜登阁，皓魄犹近，清辉遍洒；一轮明月，犹如被洗濯了一般，纤尘不染，又像是玉壶冰盘，晶莹剔透。山雨欲来，山色罩雾，空濛一片。总之，这远阁是“宜雪、宜月、宜雨”，四时景致，各有迷人之处。然而，这所有的景色，都要以远望才得其佳妙。所谓“生气远出，不着死灰，妙造自然，伊谁与裁”（司空图《诗品》）！祁彪佳所说的“态以远生，意以远韵”，是中国古典美学中一个很有特色的观点，无论诗境、画境，还是园林景致，都是如此，值得我们深入探究。与此相联系的一个问题是，中国人这种远观的态度背后的潇洒风神。远观，就是隔那么一层，镜花水月，云遮雾罩，所谓“灯影似人人似月，十分圆处不分明”，这种审美心理在观景、观剧以及阅读欣赏文学作品的过程中几乎是完全一致的。你看祁彪佳“飞流夹巘”以下的妙赏，皆以远为宗，“远中所变幻”，无穷无尽，愈变愈新，愈变愈奇。倘若不远，飞瀑峡谷，云蒸霞蔚，万家灯火，千山万水，渔火遥明等等，便俱成死灰，全无色彩和韵味了。就连凭吊览古，也是一样，非远不能尽情完意也。凄凉与悲慨，亦以淡远出之，人照样自在潇洒，景观也在淡远和悠闲之中（或言更内在、更深邃中）物化为一种独特的审美情绪和人生观照，透出相当繁复的历史和人生的生动气息。这与西方人的审美经验是大不相同的。宗白华先生说得好：“希腊神话里水仙之神(Narciss)临水自鉴，眷恋着自己的仙姿，无限相思，憔悴以死。中国的兰生幽谷，倒影自照，孤芳自赏，却有春风微笑相伴，一呼一吸，宇宙息息相关，悦怿风神，悠然自足。”（《美学散步·中国艺术意境之诞生》）宗先生认为这正是“中西精神的差别相”。祁彪佳在这里流露出来的审美意识，值得反复玩味。

柳　陌

出寓园，由南堤达豳圃，其北堤则丰庄所从入也。介于两堤之间，有若列屏者，得张灵墟书曰“柳陌”。堤旁间植桃柳，每至春日，落英缤纷，微飔[①]偶过，红雨满游人衣裾，予以为不若数株垂柳，绿影依依，许渔父停桡碧阴，听黄鹂弄舌，更不失彭泽家风[②]耳。此主人不字桃而字柳意也。若夫一堤之外，荇藻[③]交横，竟川含绿，涛云耸忽，烟雨霏微，拨棹临流，无不率尔休畅矣。

祁彪佳的性耽山水园林，几近于痴，便是数株垂柳，一线新绿，也能使他流连不已，赏叹再三。他在殉节之前，曾感慨万端地对其子理孙说："若翁家居无甚失德，但耽玩泉石，营构多，是余过也。"（山阴杜春生辑《祁彪佳遗事》）祁彪佳临终之前何出此言？它与"含笑入九原，浩气留天地"（祁彪佳绝笔诗句）的豪迈气概怎的如此不协调？说来这一点也不矛盾。在明王朝面临覆亡、江山社稷将荡然付诸东流之际，祁彪佳痛心疾首，深深地感到个人对民族国家的一种责任感。国之不存，家亦将亡，耽玩泉石难道不是一种罪过吗？因此，在即将殉节那天夜里，他笑望南山，对契交祝季远慨然道："山川人物，皆属幻景，

① 微飔（sī）：轻轻凉风。
② 彭泽家风：指像陶渊明归隐后那样的生活风貌。陶潜曾为彭泽县令，故又称陶彭泽。
③ 荇藻：即荇菜，一种多年生水生草本植物，又称"莕菜"，可药用。《诗·周南·关雎》："参差荇菜，左右流之。"孔颖达疏："白茎：叶紫赤色，正圆，径寸馀；浮在水上。"

山川无改，而人生忽一世矣。”（祁熊佳《祁彪佳行实》）人之将死其言也哀，祁彪佳是何等矛盾！他的内心又是如何痛苦！了解到这些情况，我们才能真正懂得晚明小品的深层意蕴，才能领悟到为什么不能说它是一味颓废。张岱的作品情况也大致相仿佛。

此则写杨柳依依，桃红灼灼，笔调清隽爽利，意境亦明媚可人。所以名柳而不名桃，透露出作者喜淡远、爱恬静的审美情趣。桃花艳丽，过于耀眼，不若柳之翠碧清新，绿影依依，更其可爱。特别是写“渔父停桡碧阴”，乘凉小憩一笔，不仅增加了无穷情趣，更反映了作者一种善良待人的情愫。犹同李渔写《芙蕖》，重视的是荷花的实用价值，与一般写荷者旨趣大异。桃未结实之前，只是浓艳、华赡，而柳可乘凉，又绿得诱人，给人以清新和爽畅。祁彪佳好静厌噪，喜淡恶浓；“常焚香静坐，悟万物一体之旨”。把这些联系起来，可知彪佳“一赈剡饥，再赈全越饥”，“力为担荷”，“闻风乐施”（祁熊佳《祁彪佳行实》），不是偶然的。

写一行柳荫，寥寥数语，竟意趣盎然，且令人神往，实为不易。这大凡基于作者对山水园林的痴爱。张岱评祁彪佳《寓山注》有云：“主人作注，不事铺张，不事雕绘，意随景到，笔借目传，如数家物，如写家书，如殷殷诏语家之儿女僮婢。闲中花鸟，意外烟云，真有一种人不及知，而己独知之妙。”（《嫏嬛文集·跋寓山注》）“人不及知，而己独知”，是说痴于园林泉石，感受独特，故尔有真性情流露出来，出之以自然，毫无矫情做意，文之至味便不绝如缕，源源流出。张岱性情近于彪佳，亦以小品名世，深得其中奥旨微义，故论人评文能中肯綮。张岱还认为彪佳《寓山注》“非其笔墨之妙，特其见闻之真也。区区门外汉，何足以深语”（同上）。真，方能传情，方能动人。张岱到底是行家里手，所言颇为精辟。这对于我们读《寓山注》乃至其他晚明小品，是富于启发性的。

回波屿

烟波深处，有蜃结焉。一似峰随潮涌，岸接天回。客乍见者，惊谓海上三神山乃为鱼龙移至此耶？惧不可褰裳[①]以涉，则曲桥是其一苇矣。自桥而亭，得石梁，策杖过之，微径欲绝，从乱磊中蜂缀猿引，遂穿石门以上，回清弄影，便欲颉颃吾寓，几于夜郎王不知有汉大者。昔异僧披金山根下云，茎渐孤细，如菌仰托，此屿似之。当腹罅趾拆水穿入，其下石踞之若浮焉，环回相抱，曳带烟云，谢康乐“孤屿媚中川”[②]，便是此中粉本[③]矣。其或

① 褰（qiān）裳：用手提起衣襟。

② 谢康乐孤屿媚中川：晋代诗人谢灵运袭封康乐公，世称谢康乐。他的《登江中孤屿》诗中有“孤屿媚中川”句。

③ 粉本：画稿。清方薰《山静居画论》上有云：“画稿为粉本者，古人于墨稿上，加描粉笔，用时扑入缣素，依粉痕落墨，故名之也。”

怒而斗。水啮石如追蠡[①]，石不欲北，则出其雄桀者与敌。訇訇镗答[②]，如三万浴铁马上作鼓吹声。王季重评润州两点[③]，谓金宜游，焦宜隐，金宜月，焦宜雨，配此屿而为三，试问当置何语？

奇幻的海市蜃楼，缥缈的海上三神山，虽说是杳昧难凭，却能唤起人们的无限遐想。对于后者，我们今天可以肯定地说，那是子虚乌有，或许是羽客们的幻想，甚或纯是神话世界中的景象。而前者，尽管它亦非实相真景，却的确是一种奇观。光、影、雾，大气、潮汐、海涛，总之，水色天光，海上气象，偶然的综合作用，奇迹有时会出现在远方的海面上：楼台亭阁，宫室车马，更有人物冠盖，熙熙攘攘。自然界有时真是难以捉摸，怪怪奇奇，迷离莫测。我们现在当然可以对这一切做出科学的解释，然而古人呢？他们只知其虚幻，却解释不了这种现象，他们以为那是仙山琼阁，非人世俗尘所能有。这或就是海市蜃

① 追蠡：蠡，本指虫蛀木，引申为器物经磨损欲断碎。这里指水冲刷石头，石头被激穿。

② 訇訇（hōng pēng）：象声词，又作訇訇。訇，亦作砰。

③ 王季重评润州两点：指王思任（字季重）在《游焦山记》中的一段："试以金焦评之，金以巧胜，焦以拙胜；金为贵公子，焦似淡道人；金宜游，焦宜隐；金宜月，焦宜雨；金宜小李将军，焦则大米；金宜神，焦宜佛；金乃夏日之日，而焦则冬日之日也。"

楼与海上神山之间的联系吧。祁彪佳的寓山回波屿，是实地存在之物，想来岛屿不会很大，他何以将它写得缥缈神奇，无异于神仙所居之地？

“回波屿”在“烟波深处”，远远望去犹同海市蜃楼，海上仙山，被神龙异龟移到寓山之中。游客惊叹不止，一弯曲桥显得如同苇叶，过桥之客心悬神散，战战兢兢。作品起即巧布悬念，设迷幻，以淋漓奇气胜场。用笔也很特别，以结蜃和仙山的感觉领起全篇，遂使全篇笼罩在迷离奇诡之中。如此以虚用实，虚实相间的写法，使全篇俱活。作者手段于此见出一斑。写屿之形状，笔调也很特别。古人一向有山石为云之根的说法，那么“回波屿”也是“云根”啰。传说有异僧栽下“云根”，便成金山，其形若蘑菇状，茎细冠阔，“回波屿”的形状与其相似。“云根”之说十分有趣，与前海蜃、仙山并为奇幻。如是者三，使全文充满迷幻色彩。苏东坡在诗中也写到过“云根”。下天竺的惠净法师赠给东坡一块奇异的石头，东坡写诗云：“还将天竹一峰去，欲把云根到处栽。”又传说飞来峰原是印度灵鹫山的一个小峰，不知何时飞来与灵隐寺隔溪相望。原来“云根”也能飞，不只是靠高僧们去栽。如此说来，连贾宝玉也是“云根”哩，这块“娲皇未用”的顽石，竟被栽到青埂峰下，后来演出一部世人难解的《红楼梦》来。

若一味虚写，便不见了“回波屿”，祁彪佳毕竟是一位高明的画手。他写自桥而亭，十分细腻真切，微径之曲转，绝处又有蜂缀猿引，再几经寻觅，才得穿石门而达岛屿之上。写石缝吸水，乱石若浮在百股细流之上。石上水气氤氲，石丛如罗汉相叠，细流回环其间，使人忆起谢灵运“孤屿媚中川”的诗句。写水石相啮更为精妙，它们像是在恶斗，水欲穿石，却不能速胜，石亦不甘败北，以其棱然有芒角者敌之。细得不能再细，却又非描发画眉之谨毛之笔，生动传神之处，给人留下了深刻印象。这写法的格调，有些像齐白石草虫花卉的画法，大处泼墨如倾，细处可见蚱蜢足上冗毛、蝉翼脉络。祁彪佳此文高明之处恰恰在此。然而无论纵观屿的气象还是细写拾路上屿、水石相搏，都需要细致的观察和灵动的艺术触觉。大处虚了，小处亦虚，整个景象便模糊、混沌；小处实了，大处亦实，则总体呆板，了无生气。这是艺术创造的一般规律，然具体运用起来却又是灵活多变、相当复杂的。作者在不足三百字中极尽变幻腾挪之能事，诚为不易。

妙赏亭

寓山之胜，不能以寓山收，盖缘身在山中也。子瞻于匡庐道之矣。此亭不昵[①]于山，故能尽有山，几叠楼台，

①昵：亲近。这里指挨近，靠拢。

嵌入苍崖翠壁。时有云气往来缥缈，掖[1]层霄而上。仰面贪看，恍然置身天际，若并不知有亭也。倏然回目，乃在一水中激石穿林，泠泠传响，非但可以乐饥，且涤十年尘土肠胃。夫置屿于池，置亭于屿，如大海一沤然。而众妙都焉，安得不动高人之欣赏乎！

苏轼的《题西林壁》诗，以其特殊韵味为人们所熟知。“不识庐山真面目，只缘身在此山中”，实际上提出了一个欣赏距离问题。缘何身在山中就不识山的面目了呢？很显然，是因为失却了整体感，叶障目而不见山也。会欣赏画的人，总是要站开一定的距离，眯起眼睛。特别是幅面大的画，站近了看除了色块或墨团还有什么呢？正是因为这个道理，祁彪佳才说“寓山之胜，不能以寓山收”。李渔说：构造园林，须“自出手眼，创为新异”（《闲情偶寄·居室部》）。又言：“一花一石，位置得宜，主人精神已见乎此矣，奚俟察言观貌而后识别其人哉！”这话大有见地。祁彪佳自是高人，其精神于寓山园林中无处不在。名亭为“妙赏”，居亭必可赏心悦目，得见妙景。亭不傍山，正为观山色；亭依苍崖翠壁之上，则可四面来风，八方凭眺，更可置身于烟云缭绕之中，无异于仙山琼阁。倘

① 掖（yè）：搀扶，挟持。

若于亭中仰面，人如遨游天宇，乘雾驭风，几不觉身在亭间矣。蓦然回首，又见飞瀑湍流，湿气袭人，不但可忘饥渴，且能涤荡俗肠尘埃，濯人庸肌卑骨，使人气格变得高洁。经一番山水洗涤，幽韵陶冶，是否就能成了逸人高士，一时说不清楚，旷然超迈，脱尽尘冗似无可怀疑。大约正是从这个意义上，鲁迅先生才认为晚明小品“并非全是吟风弄月，其中有不平，有讽刺，有攻击，有破坏”（《南腔北调集·小品文的危机》）吧！

祁彪佳以为他的寓山“众妙都焉”，又以高士逸人自诩，恰正隐约透出一股辛酸。南归构园，含辛茹苦，志不让愚公，何也？无非为求暂时的解脱，不愿与腐败政治同流合污，他差不多是要把所有愧悔都彻底抛在脑后。劳役伤神，独处其苦，以乏其筋骨之劳而甩去一腔烦闷积怨。他在丙子岁 (1636) 日记中多次写到在寓山“垒石成峰”，他亲自指点匠工，有时也自己动手，甚至慨叹“予真愚公也”。一旦园成，看到自己的心血成了美景奇观，娱悦之情自然溢于言表。细绎此中彪佳心态意绪，不难见其芒角四射，亦不难见其惨淡经营中之苦涩。当然，投身于艺术创造中仿佛是可以忘忧的，亭之告竣之时，登亭妙赏也的确是赏心乐事，“仰面贪看”天上也好，“倏然回目”人间也罢，他从不曾放弃济世救民之想。果然，在国破家亡之时，他决不苟且，以死报国了。可见他在为官时“亟思散发投簪，以为快心娱志莫过山水园林”（《祁忠敏公日记·闲林适笔引》)，不过是一种无可奈何的寄托，其“卜筑之兴”亦只是遣怀散闷。而构园布景中隐约透出的主人精神恰是我们要细细品味的。犹如东坡的“何似在人间”词意，祁彪佳亦留恋人间，“倏然回目”反映的正是他内心深刻的矛盾。

小斜川

当凿池时，畚锸[1]才兴，石趾已棱然欲起。及深入丈许，岝崿[2]怒出，有若渴骥奔泉、俊鹘决云者。水入罅齿[3]间，微风激之，噌吰[4]响答，似坡老所记石钟山状。渊明春日之游，摩诘辋川所筑，将无是耶？舟泛让鸥池，由此及岸，有别径可达太古亭。川上多种老梅，素女淡妆，临波自照，从读易居相望，不止听隔壁落钗声矣。

祁彪佳构园，每每依自然条件而略饰点缀，在小小天地之中，塑出大气象来，这与他深厚的素养以及强烈而独特的审美感受息息相关。他自己说：“大抵虚者实之，实

① 畚锸（běn chā）：畚是用草绳或竹篾编的盛物器具，类似大筐，锸，即锹。
② 岝崿（zuō è）：亦作岞崿，山石高而险峻的样子。
③ 罅(xià)齿：罅，裂缝、漏洞。罅齿指岩石的缝隙有如犬牙交错。
④ 噌吰(cēng hóng)：亦作噌吰，象声词，多指钟鼓声。苏轼《石钟山记》：“大声发于水上，噌吰如钟鼓不绝。”

者虚之；聚者散之，散者聚之；险者夷之，夷者险之。如良医之治病，攻补互投；如良将之治兵，奇正并用；如名手作画，不使一笔不灵，如名流作文，不使一语不韵。此开园之营构也。”（《寓山注·引》）这番话可以说是他置园布景的精要之言。比如建太古亭，他“砍松葺茅，不加雕垩”。追求的是“太古之遗制”。此亭于“幽篁老干间，潇然独立”，与其他景点形成一种强烈对比，既可互补，亦见相映之趣。如泛舟于让鸥池，可取道小斜川登岸，穿小径，即可达太古亭。让鸥池水天一色，鸥鹭翩然；小斜川险峻奔突，硁硁作响；太古亭呢，则如老翁拄杖，潇然迎风。单看这一组景致，便足以见祁氏之匠心了。

“小斜川”大概是得名于陶渊明的《游斜川》诗及序，虽小，气象却目不暇接。它原是凿池时的偶然发见，寻石趾开凿下去，怪石耸立，形态各异：有的形同骏马奔向泉水，有的状如雄鹰击于长空。水流湍急，穿于石缝之间，由于石有空洞，微风吹过，便发出嗡嗡声响，似钟磬齐鸣，这情形有些像苏东坡在《石钟山记》中所描写的那样：“微风鼓浪，水石相搏，声如洪钟。”如此壮观的景象，恐怕陶渊明游春之时也未尝见过，便是王维在辋川所建别业，亦少此奇观。祁彪佳自我陶醉，津津乐道，仿佛天下美景奇观，尽在自家园中。说来造园是一种艺术创造，赏游又何尝不是一种艺术创造呢？赏游需要无尽的联想，丰富的学识，更需要忘我的热情，不消说，缺乏感情色彩的赏游总是兴味索然的。景观总然是客观的存在，人的眼睛所览也只能是一片或一段，不可能将天下美景尽收眼底，因此，没有想象的补充，景物便成了僵死的沙盘。祁彪佳善于以小见大，构园、赏景皆如是也。如同作诗品诗，须从“风正一帆悬”中看到和想到“潮平两岸阔”（王湾《次北固山下》）。或者说能于有限空间中“精骛八极，心游万仞”（陆机《文赋》）。这就是为什么祁彪佳能将一个小小川流，写得气象万千的道理。

芙蓉渡

自草阁达瓶隐，有曲廊。俯槛临流，见奇石兀起，石畔筼筜寒玉[①]，瑟瑟秋声。小沼澄碧照人，如翠鸟穿弄枝叶上。吾园长于旷，短于幽，得此地一啸一咏，便可终日。廊及半，东面有小径，自此而台、而桥、而屿，红英浮漾，绿水斜通，都不是主人会心处。唯是冷香数朵，想象秋江寂寞时，与远峰寒潭共作知己，遂以芙蓉字吾渡。

罗丹认为：“对于当得起艺术家这个称号的人，自然中的一切都是美的。”在艺术家眼里，“自然”虽无知觉，却是自己的知己。“花草树木，好像朋友那样和他谈话”。

① 筼筜（yún dāng）寒玉：均指竹。筼筜，指大竹；寒玉，指玉质清凉之物，此处代指竹。

"多结的老橡树告诉他说，它们爱人类，它们舒展枝条来庇护人类"。"花儿用妩媚的垂枝，用花瓣和谐的色调，同他谈话——花草中的一蕊一瓣，都是自然向他吐述的亲密的字眼"（《罗丹艺术论》）。这其实是艺术家对无限丰富多彩的自然界的一种深情挚爱，一种神会意领。当然，艺术家各各人格涵养不同，他们所创造的艺术灵境也就千姿百态。祁彪佳说主人之"会心处"乃在"冷香数朵"，因为它能在"秋江寂寞时，与远峰寒潭共作知己"。这"会心处"实乃一个画面，或言一种艺术境界，反映出作者审美观照中的独特取向。他追求一种清冷寒峭、幽韵灵动之美，这固与其天赋、气质以及生活经历有关，然更见其孤高品格。他出任苏松诸府巡按时，正值周延儒当国，周贪赃枉法，治政无力，激起普遍不满，宜兴民众甚至掘了周家的祖坟。祁彪佳不稍徇情，敢于同权奸做个对头，至使周衔恨切齿，欲图报复。后来祁彪佳终落得个降俸处分。看到朝政腐败，奸佞妄行，祁彪佳便以侍养老母为名上疏求归。家居九年，专事救荒赈济，爱民如子情愫从未稍减。后又应诏入京，担任考核官吏的计典，并疏劾周党羽翼吴昌时，朝野皆为之危惧，他却正气一身，凛然自若。如此人格操守，焉能不孤标独格，崇尚玉洁冰清！若联系祁彪佳的戏曲美学力作《远山堂曲品》和《远山堂剧品》，其审美取向也是暗合的。如他激赞徐文长的《四声猿》，谓"独文长奔逸不羁，不骫于法，亦不局于法。独鹘决云，百鲸吸海，差可拟其魄力”（《剧品》）。又如评孙仁孺《东郭记》云：“掀翻一部《孟子》，转转入趣。能以快语叶险韵，于庸腐出神奇，词尽而意尚悠然。迩来作者如林，此君直凭虚而上矣。”（《曲品》）他将以上二作均列入“逸品”，审美倾向和价值判断一以贯之。由此言之，祁彪佳称得上是一位真正的艺术家和评论家。

《寓山注》的“注”字，有“解释”之义，即讲明各个景点何以命名的缘由、依据。芙蓉渡未必真有芙蓉，但取其意象耳。此处芙蓉非指荷花，而是指木芙蓉。只有后者才在秋日开花，且耐寒不落，因又名“拒霜”。如是荷花，开在夏日，“秋江寂寞时，与远峰寒潭共作知己”的话便无着落了。此篇从“草阁”“瓶隐”写起，曲廊临流，寒玉秋声；碧池静园，径、桥、屿、花。作者迤逦道来，文眼明在“会心处”矣。小小篇什，曲折婉转，足见作者笔力。而与“冷香数朵”“秋江寂寞”“远峰寒潭”之相知相契、深情吐属，与罗丹心境又自不同，一为诗人之趣，一为画家之情，相通处只在对大自然的深情与挚爱。

读张岱《陶庵梦忆》

张岱文章好，妙绝千古。张岱的梦是对明朝旧日繁华的追忆，史景迁说，晚明“原来的社会一定非常富足，让他们的生活太值得玩味，或许这也间接证明了晚明是中国史上文化最繁华的时期”（《前朝梦忆——张岱的浮华与苍凉》中文版序）。追忆差不多是人之所以为人的本能，谁人没有旧梦？谁人未曾追忆自己逝水年华？故史景迁又说，张岱“就像我们一般，钟情于形形色色的人、事、物，不过他更是个挖掘者，试图探索深邃幽暗之境。他理解到只要有人追忆，往事就不必如烟，于是他决心尽其所能一点一滴挽回对明朝的回忆”（同上“前言”）。

张岱“梦忆”之文，短章传神，精粹绝伦。余读数遍，情不能已。乙酉冬令又系统读之，并作赏析文数篇，此选录六则。

文章有作法吗？仿佛有，又似乎没有。张岱记忆中点

张岱画像

点滴滴，乍看琐碎，细看妙不可言，古今无二，生活原本是琐屑中诗意无所不在，这大约就是张岱文章给予我们的启迪吧！

扬州清明

扬州清明，城中男女毕出，家家展墓。虽家有数墓，日必展之，故轻车骏马，箫鼓画船，转折再三，不辞往复。监门小户，亦携殽核纸钱，走至墓所，祭毕，席地饮胙[1]。自钞关、南门、古渡桥、天宁寺、平山堂一带，靓妆藻野，袨服缛川[2]。随有货郎，路旁摆设骨董古玩并小儿器具。博徒持小杌坐空地，左右铺衵衫[3]半臂、纱裙汗帨、铜炉锡注、瓷瓯漆奁，及肩彘鲜鱼、秋梨福橘之属，呼朋引类，以钱掷地，谓之跌成，或六或八或十，谓之六成八成十成焉，百十其处，人环观之。是日，四方流寓及徽商西贾，曲中名妓，一切好事之徒，无不咸集。长塘丰草，走马放鹰；高阜平冈，斗鸡蹴鞠；茂林清樾，劈阮弹筝。浪子相扑，童稚纸鸢，老僧因果，瞽者说书。立者林林，蹲者蛰蛰。日暮霞生，车马纷沓。宦门淑秀，车幕尽开，婢媵倦归，山花斜插，臻臻簇簇，夺门而入。余所见者惟西湖春，秦淮夏，虎丘秋，差足比拟。然彼皆团簇一块，如画家横披，此独鱼贯雁比，舒长且三十里焉，则画家之手卷矣。南宋张择端[4]作《清明上河图》，追摹汴京景物，有西方美人之思，而余目盱盱，能无梦想？

① 饮胙（zuò）：即吃喝。胙，本指祭祀用的肉食，此处用作动词。
② 袨服缛川：指黑色的礼服遍及河川、桥头。"缛"与上文的"藻"均作动词用。
③ 衵（nì）衫：即内衣。衵，贴身衣。
④ 张择端：北宋画家，字正道，东武（今山东诸城）人。早年游学于汴京，徽宗时供职翰林图画院，工界画宫室，尤擅舟车、街市、桥梁、城郭。他的《清明上河图》描绘了汴京清明时节繁盛、热闹的广阔景象，是美术史上有重要历史价值的风俗画杰作。

我国古代人民特别重视清明节，因为它是一个春天的节日，也是一个播种希望的节日。人们盛装艳服，“踏青”“祭扫”，就连长久禁闭闺中的妇女也能得到一次郊游的机会，到桃红柳绿、芳草如茵的大自然中去呼吸一下春天的气息。

张岱客居扬州，亲睹扬州清明盛况，不能不为其感染。他舒笔描绘，铺陈扬励，情调洒脱，不啻为一幅用美文描绘的《清明上河图》长卷。

扬州清明，全城毕出，家家上坟，户户祭扫。大街小巷，桥头郊野，到处是络绎不绝的人群。这里有“轻车骏马，箫鼓画船，转折再三，不辞往复”的清明节气氛，又有“监门小户”，祭扫后“席地饮胙”的情景。从钞关至平山堂，“舒长三十里”，可谓遥遥迢迢。钞关，在扬州旧城。李斗《扬州画舫录》:“自旧城东南角起，折而南，循运河而东，折而北，复折而西，极于旧城之东北角止，东与南北三面，约八里有奇，计一千五百四十二丈。门七，曰挹门，曰钞关。”南门，位于旧城正南，即安江门，又叫镇淮。古渡桥以石为之，距南门不远。“南门马头在响水桥下，市河出头钓桥北岸，循城南岸。沿中埂下岸，至古渡桥”(《扬州画舫录》卷七《城南录》)。天宁寺位于新城拱宸门外，为“扬州八大刹”之首。至于位于蜀冈之上的平山堂，更是扬州引人注目的名胜古迹。《扬州画舫录》卷十六《蜀冈录》有云：“今蜀冈在郡城西北大仪乡丰乐区，三峰突起：中峰有万松岭、平山堂、法净寺诸胜。”李斗还引《寰宇记》说：“宋庆历八年二月，庐陵欧阳文忠公继韩魏公之后守扬州，构厅事于寺之坤隅。江南诸山，拱揖槛前，若可攀跻，名曰‘平山堂’。寄魏公书有云：‘平山堂占胜蜀冈，一目千里。’谓此。”在这样广阔的画面上，作者只着“靓装藻野，袨服缛川”八个字，谓整个郊野、河川，均为鲜衣艳裳所晕染，亦为黑色的礼服所点缀。这就如同在明媚鲜妍的春的背景上，点染以不同的色块，整个画面更加明快、诱人。

张岱观察生活细致入微，又多奇思妙想，善于将独特的感受形诸于传神入化的细微末节之中，尤擅以简捷的文字构成画面。他写货郎、商贾、博徒、名妓、浪子、僧人以及说书瞽者、稚童婢媵，更写宦门闺淑、如云仕女，无不神情酷肖，无不姿态横生。每句都是一幅跃动的画面，组组画面又彼此映衬，连缀成长卷巨幅。文中以四字句排比，间或杂以多字句以错落之，不仅意境叠出，读来顿挫抑扬，声韵优美，几不异于一篇洋洋洒洒之“游春赋”。

他写人群，“百十其处，人环观之”，“立者林林，蹲者蛰蛰”……所谓“鱼贯雁比”，各色人等，林林总总，分明一幅扬州风情之风俗画。

他又写春景，“长塘丰草”“茂林清樾”，“日暮霞生，车马纷沓”……乱煞年光，无处不飞悬，俨然一卷生机盎然的春色图。

他以为扬州之清明，只有西湖之春、秦淮之夏、虎丘之秋，“差足比拟”。又以张择端《清明上河图》相比，给人一个完整的艺术印象，强调了其艺术的构思仿佛于长卷之构图。

与笔记杂纂类记载清明的文字相较，张岱此文的文学性显得强烈得多，艺术趣味也浓厚得多，除民俗史料价值之外，它在文学史上也是独标异格的佳作。

品山堂鱼宕

二十年前强半住众香国，日进城市，夜必出，之品山堂，孤松箕踞，岸帻入水。池广三亩，莲花起岸，莲房以百以千，鲜磊可喜。新雨过，收叶上荷珠煮酒，香扑烈。门外鱼宕，横亘三百馀亩，多种菱芡。小菱如姜芽，辄采食之，嫩如莲实，香似建兰，无味可匹。深秋橘奴饱霜，非个个红绽，不轻下剪。季冬观鱼，鱼艓千馀艘，鳞次栉比，罱[①]者夹之，罛[②]者扣之，簎[③]者罨[④]之，罥[⑤]者撒之，罩者抑之，罣[⑥]者举之，水皆泥泛，浊如土浆。鱼入网者

①罱（lǎn，又读 nǎn）：同罾，夹鱼具，亦指捞取。

②罛（gū）：大网。

③簎（cè）：以杈刺泥水中搏取。

④罨（yǎn）：从上覆盖下来的鱼网，俗称撒网。

⑤罥（xuǎn）：或从足作蹎，亦作罝，缚鸟兽之足也。

⑥罣：同挂。

围围，漏网者噞噞，寸鲵纤鳞，无不毕出。集舟分鱼，鱼税三百馀斤，赤瞧[1]白肚，满载而归。约吾昆弟烹鲜剧饮，竟日方散。

尝读沈复《浮生六记》，其卷二《闲情记趣》中有关于沈妻陈氏烹茶的描写，非常有趣："夏月荷花初开时，晚含而晓放。芸用小纱囊撮茶叶少许，置花心。明早取出，烹天泉水泡之，香韵尤绝。"张岱此篇中的"新雨过，收叶上荷珠煮酒，香扑烈"的描写，说的则是煮酒。荷香薰茶与荷珠煮酒，都与荷有关，意境美，而情趣雅。读到此，每每会萌生起一种跃跃欲试的欲念，谁不想一尝其风味呢！

张岱此文以清新隽永见长，犹如一首优美的田园诗，一幅生动的渔乐图，读之使人赏心悦目，神畅气氲。

张岱生于世代富贵的家庭，曾有过锦衣玉食的繁华享乐生活。他的"日进城市，夜必出"，大半居于"众香国"，完全是一种雅兴。"众香国"，本为佛家虚设之境，谓楼阁苑囿皆香，香气周流十方世界。这里大约是虚指，而品山堂却是实有。"孤松箕踞，岸帻入水"，指无拘无束，率意放松。箕踞，又作"箕倨""踑踞"，谓坐时两脚伸直岔开，形似簸箕；岸帻，指推起头巾，露出前额。这里是说在松

①瞧（yú）：本指马目似鱼目，即环眼马，为马之最下者。通作鱼。

树下随意坐卧，松开头巾，让自己的影子倒映水中（或泛舟水上），总之，是放浪于形骸之外了。以下写荷，写鱼宕，笔墨灵动传神。他写鱼宕，先写小菱，又写橘实，尔后反复写鱼。菱，写其味美；橘，摹其色佳；鱼，则状其千姿百态。

人们都有这样的体会：曾经吃过的美味，一旦深深印在记忆中，就会显得格外诱人。小时候吃过一次嫩笋、青玉米，以至其他的尝鲜，往往一辈子忘不了。若果然再去吃吃，亦不过尔尔。记忆这东西有特殊的魅力，或称魔力，它就同隔着一定的距离观画一样，能使美的事物倍增其美。鲜嫩如姜芽般的小菱是否就真的是世间“无味可匹”了？这只是作者的感觉和意念，它带着浓厚的个人感情色彩。第若硕橘红透，在记忆中如火团簇簇，那感觉亦复强烈，直欲令人兴奋不已。写鱼的各种姿态，作者用了一系列排比，节奏很快，好似镜头的叠印，令人目不暇接。最是“鱼入网者圉圉，漏网者噞噞”的点染，传神摄魄，历历在目。想想看，网中鱼挨挨挤挤，欲跳不能，便是“圉”字本意所指困而未舒的样子，何其生动！写漏网之鱼更妙。噞（yǎn），鱼在水面张大口呼吸的样子。出网之鱼经过了一番苦挣苦扎，气力几尽，就只能在水面上张大了口，上气不接下气了。观察之细微，描摹之传神，直令人叹绝。张岱笔墨之灵异若此，正须观之以巨眼。

金山竞渡

看西湖竞渡十二三次，己巳竞渡于秦淮，辛未竞渡于无锡，壬午竞渡于瓜州，于金山寺。西湖竞渡，以看竞渡之人胜，无锡亦如之。秦淮有灯船无龙船，龙船无瓜州比，而看龙船无金山寺比。瓜州龙船一二十只，刻画龙头尾，取其怒；旁坐二十人持大楫，取其悍；中用彩篷，前后旌幢绣伞，取其绚；撞钲①挝鼓，取其节；艄后列军器一架，取其锷②；龙头上一人足倒竖，敁敠③其上，取其危；龙尾挂一小儿，取其险。自五月初一至十五日，日画地而出，五日出金山，镇江亦出。惊湍跳沫，群龙格斗，偶堕洄涡，则百蛣④捷捽，蟠委出之。金山上人团簇，隔江望之，蚁附蜂屯，蠢蠢欲动。晚则万艓齐开，两岸沓沓然而沸。

本篇写赛龙舟，此俗至今两广、福建等地仍很活跃。作者写的是金山龙舟比赛，时在崇祯十五年（壬午），即

① 钲（zhēng）：古代南方徐、吴等国的乐器，形似钟而狭长，有柄可执，口向上，以物击之则鸣，初为行军时所用。又，鼓之敲击处曰钲。

② 锷：本指剑刃，此处指兵器的威威耸立。

③ 敁敠（diān duó）：本指用手估量轻重，掂量斤两，此指人倒悬之危势。

④ 蛣（jié）：节足动物，即石蜐。《广韵》引《南越志》：“石蜐生石上，形如龟脚，得春雨而生也。”一说石蜐状如蟹螯，紫色，居水石中。

公元 1642 年，距明亡只有两年的时间。

张岱此文的写法别是一调，真正写龙舟竞渡的文字并不多，却花费不少笔墨进行铺排，反复描写龙舟的外形装点以及舟上设施。怒，悍，绚，节，锷，危，险，共是七状，文字大体是整齐排比的，每一状都抓住了最典型、最有代表性的东西，刻画生动，重在气象渲染。这里，文字上的技巧比较明显，见得经营但并不拘谨，总体感很强烈。好像一组特写，最终才推出全景，及待写至金山上的游人团团围聚山顶，隔江相望，可就是大场面的俯瞰了，故船如蚁附蜂聚，熙攘辏集。“蠢蠢欲动”者，虫蛰之苏醒也。居高临下，观大面积人船攒动，情形正相仿佛。“蚁附蜂屯，蠢蠢欲动”这八个字写出了龙舟盛会赛前场面之神韵。“惊湍跳沫”至“蟠委出之”只不过写各队龙舟之聚集，似非正式比赛，但已使人惊心动魄。及至大赛开始，只有一句：“两岸沓沓然而沸。”余则留待读者创造性的想象了。“丹青难写是精神”，张岱文佳，佳就佳在能以简笔传达“精神”，写出事物之神韵风采，绝非一味刻意实写。

张岱不少精彩的文字常常是“无法而法”，“法极无迹”，即技巧精绝，令人看不到技巧。这一篇不仅文字上的技巧可以循到，就连结尾的技巧亦可见消息，即是所谓“费却无数笔墨，只为妙处；乃既至妙处，即笔墨却停”（金圣叹《贯华堂第六才子书》卷八批）。可见，技巧永远是必要的，便是大家，亦复如是。钱钟书先生在《谈艺录》中说：“大家之异于常人，非由于技巧熟练，能达常人所不能达；直为想象高妙，能想常人所不能想。”同时又说：“专恃技巧不成大家，非大家不须技巧也，更非若须技巧即不成大家也。”说得多么清楚！张岱此文直可视为既见技巧又不失大家风采的一篇佳作。

金山夜戏

崇祯二年中秋后一日，余道镇江往兖，日晡，至北固，舣舟江口。月光倒囊入水，江涛吞吐，露气吸之，噀天为白。余大惊喜，移舟过金山寺，已二鼓矣，经龙王堂，入大殿，皆漆静。林下漏月光，疏疏如残雪。余呼小仆携戏具，盛张灯火大殿中，唱韩蕲王金山及长江大战诸剧，锣鼓喧填，一寺人皆起看。有老僧以手背挼眼瞖[①]，翕然张口，呵欠与笑嚏俱至，徐定睛，视为何许人，以何事何时至，皆不敢问。剧完将曙，解缆过江，山僧至山脚，目送久之，不知是人、是怪、是鬼。

张岱是一位负奇才的杂家，他在戏曲方面造诣尤深，其戏曲评论散见于《梦忆》等散文小品中，时见精辟见解。

> ① 瞖（yì）：同翳，指眼球上所生障蔽视线的膜。这句是描写用手背揉眼睛，是睡起时的动作。

同时，他又是一位戏曲作家，可惜其戏曲作品未能流传下来。《远山堂曲品》著录有张岱作《乔坐衙》一剧，列入“逸品”，并谓“慧眼文人，才一游戏词场，便堪夺王、关之席”。这剧本大约也是感叹人生、寻梦无着的悲慨流露吧，故祁彪佳有“便博得宗子一传”的说法。张岱写戏，不过是偶然为之，所谓“游戏词场”，但他酷爱戏曲艺术却是显而易见的。这则《金山夜戏》足以说明他的戏瘾之大。出门要带上戏班子，羁旅途中，风尘仆仆，且又在深更半夜，这位宗子先生竟然突发奇想，在金山寺大殿前唱起戏来，弄得僧人睡梦中惊起，茫茫然不知何故何为，这不是发神经病吗？细细想来，其中缘故自可寻得，张岱急呼小仆命串戏绝非全无端由。

首先，是人的情绪非常之好。停舟江口，月光溶溶，江涛漭漭，因之才有“余大惊喜”之情绪。于是乘兴又开船游于江上，这个乘兴，当是忽发奇想的第一契机。时至二鼓，来到大殿前，景致又自不同：四围寂寂，月光如霰。这又是一个刺激，人的情绪更加兴奋。其次，也是更主要的，是由于金山寺这个特定的地方，古往今来，就是征伐鏖战之处。油然间，作者想起了与京口有关的历代兴亡遗事：王濬楼船，旧垒神鸦，京江怒涛，金山战鼓……当年韩世忠、梁红玉不就是在这里以八千兵勇大败兀术金兵十万吗？因而，作者遂有“唱韩蕲王金山及长江大战诸剧”之想。韩蕲王，即南宋爱国将领韩世忠，他孝宗朝时被追封为蕲王。张岱在金山寺演的戏，名目不详，内容是很清楚的，后世京剧中有《战金山》，又叫《黄天荡》，都是取材《宋史》韩世忠本传及《说岳全传》《双烈记》传奇的。张岱金山夜演的或即《双烈记》传奇的选出，亦未可知。《双烈记》为明人张四维撰，又别题《麒麟记》，凡二十二出，今有《古本戏曲丛刊二集》本。

崇祯二年己巳，是公元 1629 年，作者赴兖州途经镇江。参读《陶庵梦忆》卷四之《兖州阅武》，中有“辛未三月，余至兖州”的话，可知此行历时不短。辛未为崇祯四年，公元 1631 年。由此推测，作者大概是在游历访古。金山夜戏演的是武戏，到了兖州又有阅武之举，这隐约透露出作者这一时期对国力不支所感到的忧虑，联系明亡后他对故国的深沉怀念以及“披发入山”，不与满清统治者合作的气节，颇有助于我们了解张岱其人的思想。

张岱为文，似无意于感人，然每每于寻常细事的娓娓道来中，洋溢着深沉的情感，无论欢愉愁苦，都令人心驰神往，抚玩无厌。他特别善于点染，常常是在片言只语中传神入化。此则中写江上景物笔调十分别致：“月光倒囊入水”的“囊”字，“噀天为白”的“噀”字，都是神来之笔，颇耐寻味。特别是写老僧夜起看戏的一段，更令人叹为观止！写得一老僧活脱脱如在目前，一寺僧人便尽在眼底了，是谓一笔作百十笔用也。读张岱文，须特别注目于类似的筋节窍髓，其妙处每每在此。

绍兴灯景

绍兴灯景，为海内所夸者无他，竹贱、灯贱、烛贱。贱，故家家可为之；贱，故家家以不能灯为耻。故自庄逵以至穷檐曲巷，无不灯，无不棚者。棚以二竿竹搭过桥，中横一竹，挂雪灯一，灯球六。大街以百计，小巷以十计。从巷口回视巷内，复叠堆垛，鲜妍飘洒，亦足动人。十字街搭木棚，挂大灯一，俗曰“呆灯”，画《四书》《千家诗》故事，或写灯谜，环立猜射之。庵堂寺观以木架作柱灯及门额，写“庆赏元宵”“与民同乐”等字。佛前红纸荷花琉璃百盏，以佛图灯带间之，熊熊煜煜，庙门前高台鼓吹。五夜市廛，如横街轩亭、会稽县西桥，闾里相约，故盛其灯。更于其地斗狮子灯，鼓吹弹唱，施放烟火，挤挤杂杂。小街曲巷有空地，则跳大头和尚，锣鼓声错，处处有人团簇看之。城中妇女，多相率步行，往闹处看灯；否则大家小户杂坐门前，吃瓜子糖豆，看往来士女，午夜方散。乡村夫妇，多在白日进城，乔乔画画，东穿西走，曰“钻灯棚”，曰“走灯桥”，天晴无日无之。万历间，父叔辈于龙山放灯，称盛事，而年来有效之者。次年，朱相国家放灯塔山，再次年放灯蕺山，蕺山以小户效颦，用竹棚多挂纸魁星灯。有轻薄子作口号嘲之曰：“蕺山灯景实堪夸，葥筱竿头挂夜叉。若问搭彩是何物？手巾脚布神袍纱。”由今思之，亦是不恶。

我国民俗中各地都有灯节灯会，灯市之盛，灯品之繁，历代不乏。只要翻翻《东京梦华录》《武林旧事》这类书，都有详尽的记载。张岱写的是家乡灯景，场面自是不同于其他地方。文章起首便突出特色，不言其他，但言“三贱”，因其制灯材料便宜，故能普遍，其灯盛便成为自然而然了。这颇有点敝帚自珍的味道。文章结尾用轻薄子弟的顺口溜以作谐谑，一方面应了黄山谷“作诗如作杂剧，临了须打诨，方是出场”的话，张岱为文有时亦作谑语；另一方面也带着一股浓厚的怀旧情绪，昔日家乡一切都使人留恋，末了一句“亦是不恶”，不是解嘲，而是眷恋。因为特殊的感情，纵是恶俗也变得可爱了。

写灯，先从村庄穷巷写起，接着是小巷大街，十字路口，乃至庵堂寺观，佛龛庙堂。“雪灯”，当是指较明亮的灯，“灯球”，大约是圆形灯笼了。宋吴自牧《梦粱录》卷一“元宵”条也提到过“灯球”，谓“诸酒库亦点灯球”，看来浙江观灯以及灯品是由来已久的。“从巷口回视巷内”一段，作者选取了一个纵观的角度，一条巷内由近及远，犹如一条火龙，便是所谓“复叠堆垛，鲜妍飘洒”。及写到十字街上的“呆灯”，则又取近观之式了，上面的画图皆清晰可见，灯谜亦历历在目。如此远观近取，方是逛灯。灯上写有谜语，供人猜射，故谓灯谜。宋四水潜夫《武林旧事》卷二“灯品”条也说到这种灯：“又有以绢灯剪写诗词，时寓讥笑，及画人物，藏头隐语，及旧京诨语，戏弄行人。”灯谜在我国亦复源远流长。

观灯须是夜间，这里却说乡村夫妇白日“钻灯棚”，“走灯桥”，这是为什么呢？原来元宵灯会非只一天即罢，《梦粱录》上说是由十四日始，至十六日夜半才收灯，或许有的地方时间更长些。乡间人夜里观灯无法归家，只能白天来看了。文中提到的朱相国家放灯，想更是气派，贵家财力雄厚，放灯气象当然不同。朱相国，当是指山阴人朱赓，字少钦，为隆庆间进士，万历间累官礼部尚书，兼东阁大学士，一度势倾朝野，独当国。后屡屡遭劾，卒于官。朱相国家放灯盛状，作者语焉不详，而以小户效颦虚之，意在发挥读者的想象力。词话本《金瓶梅》第七十八回“吴月娘玩灯请兰氏”中描写了西门庆家放灯，也算是个大户了，抄录一段，以相发明：

正面设石崇锦帐围屏，四下铺玳筵广席。花灯高挑，彩绳半拽。雕梁锦带低垂，画烛齐明宝盖。鱼龙山戏，恍一片珠玑，殿阁楼台，簇千团翡翠。左面厢九姊十妹美人，图画丹青；右首下九曜八洞神仙，妆成千碧。

由此联想开去，朱相国家放灯的场面一定比西门庆家要阔绰得多吧。

秦淮河房

秦淮河河房，便寓，便交际，便淫冶，房值甚贵而寓之者无虚日。画船箫鼓，去去来来，周折其间。河房之外，家有露台，朱栏绮疏，竹帘纱幔。夏月浴罢，露台杂坐，两岸水楼中，茉莉风起动儿女香甚。女客团扇轻纨，缓鬓倾髻，软媚著人。年年端午，京城女士填溢，竞看灯船。好事者集小篷船百什艇，篷上挂羊角灯如联珠。船首尾相衔，有连至十馀艇者。船如烛龙火蜃，屈曲连蜷，蟠委旋折，水火激射。舟中镦钹星铙，宴歌弦管，腾腾如沸。士女凭栏轰笑，声光凌乱，耳目不能自主。午夜，曲倦灯残，星星自散。钟伯敬[①]有《秦淮河灯船赋》，备极形致。

南京的秦淮河，是明清时期冶游佳地，读《板桥杂记》以及《桃花扇》，均可略见那里的笙歌旖旎、闹热非凡。珠泉居士《续板桥杂记》有云："秦淮古佳丽地，自六朝以来，青溪笛步间，类多韵事。洎乎前明，轻烟淡粉，灯火楼台，号称极盛。迨申酉之交，一片欢场，化为瓦砾，每览《板桥前记》，美人黄土，名士青山，良可慨已！"描写秦淮河的诗词歌赋、野史稗官，称得上是汗牛充栋，不

① 钟伯敬：即竟陵派代表作家钟惺（1574—1624），万历三十八年进士，曾任工部主事、南京礼部郎中，后擢为福建提学佥事，有《隐秀轩集》。

可数记。张岱此篇，选取旧院夏夜以及端午灯会等数景，类似速写画，而非《清明上河图》那样的长卷细描，感受独特，别饶一番情味。

黄裳先生说：“张岱是秦淮河上的常客，他对这种生活是非常熟悉的。但也只有他在热闹中能看出冷静，喧笑中发现眼泪。他有一双与众不同的敏锐的眼睛。”（《绝代的散文家张宗子》）你看他写曲中女子浴罢的一段，一个“杂”字，写出了人之众多，也勾出了妓女们慵懒娇娆的神态。“茉莉风起动儿女香甚”，以弥漫着的袭人花香衬托儿女们之妖冶，人非众何能构成香风四起！古人有以为茉莉虽香，品却低下的说法，谓“茉莉是香中小人，故须借人之势，其香也如胁肩谄笑”。故往往将其与狎邪游冶联系在一起。至于“团扇轻纨，缓鬓倾髻，软媚著人”诸句，乃是经心点染之处，一句一个姿态，有如一幅幅仕女图。这写法与《王月生》自是不同，一在写众相，一在写个性；一着意于气氛渲染，一用力于心态刻画。个中消息，是不难悟到的。

写端午看灯船，亦以场面气氛胜。余澹心《板桥杂记》云：“秦淮灯船之盛，天下所无。两岸河房，雕栏画槛，绮窗丝障，十里珠帘，客称既醉，主曰未归，游楫往来，指目曰某名姬在某河房，以得魁首为胜。”可见观灯必是“女士填溢”，闹热中须伴狭邪艳冶。《板桥杂记》写秦淮水上灯船是：“薄暮须臾，灯船毕集，火龙蜿蜒，光耀天地，扬槌击鼓，蹋顿波心，自聚宝门水关至通济门水关，喧阗达旦，桃叶渡口，争渡者喧声不绝。”两相印读，庶几可见秦淮灯船之胜。张、余二子皆处易代之时，其对前尘昔梦的留恋、追怀之情也是相通的。因是怀旧，寻梦，故有一种迷茫的距离感，张岱此文中的描写尤使人有一种淡淡的凄凉和忧伤。“曲倦灯残，星星自散”的描写带着强烈的主观意绪，它不禁使人联想起《桃花扇》中孔尚任所说的“灯炧酒阑，唏嘘而散”（《桃花扇本末》）的话，甚至联想到《红楼梦》中秦可卿托梦王熙凤时所说的“盛宴必散”，其中的感伤意绪是相当浓厚的。这种由闹热转而为冷寂，也形成了一种显明的对照，前文的“水火激射”“声光凌乱”何其热烈，因了“曲倦灯残，星星自散”，那前面的铺排渲染便显得倍加强烈，这正是张岱的高明之处。短短一篇不足三百字的小品中竟能如此灵转自如，腾挪再三，愈见作者笔笔不闲，文心灵透。

第三辑　故人往事

追忆吴白匋先生一夕谈

初识吴白匋先生，是在中国韵文学会1986肇庆年会上。当时王季思先生是学会会长，白匋先生是副会长。我等晚生忝列年会，得见许多前辈名家，仰颜色而亲謦欬，心情之激动是不言而喻的。记得白匋先生曾即席赋《玉楼春》词，词曰：

薰风邀我来南越，八十情怀似十八。星湖万绿覆华颠，杲杲朝阳融白雪。　　水楼争辩波澜阔，文苑荣枯谁可决？请看廊下闹花光，黄菊红鹃方竞发。

白匋先生是诗人、戏剧家，也是学问家、教育家，又是书画家，更是我心仪很久的一位前辈大家。据说胡小石先生激赏先生的旧体诗词，因而先生年纪轻轻即被聘为教授。先生20岁考入金陵大学，曾师从胡翔冬、黄侃等名

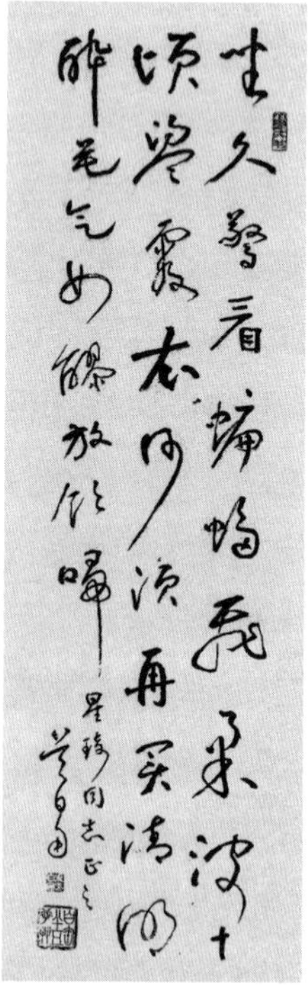

吴白匋先生书法

师。黄侃先生对白匋先生奖掖有加，亦曾盛赞先生的诗词创作，谓“始信清才在广陵”（白匋先生祖籍仪征，世居扬州）。黄侃先生手书全诗云：

书《灵琐词》后

洛诵新篇喜不胜，君家君特有传灯。

论词突过王僧保，始信清才在广陵。

在第三句下，有小字注云：“予尝见西御论词绝句，觉在太鸿之上。”

《灵琐词》一卷，是白匋先生1929年春至1937年春间所作词的结集，取《离骚》中“吾欲少留此灵琐兮，日忽忽其将暮兮”之意。洛诵，反复诵读。洛，通“络”，连续不断的意思。君特，是南宋后期词人吴文英的字，其号梦窗。因白匋先生与吴文英同姓，故称“君家”。王僧保，近代词人，字西御，仪征人，著有《论词绝句》。西御词骨力遒劲，格调苍凉，有《秋莲子词》三卷；亦工诗，有《西御诗存》等传世。太平军陷扬州，毁其书屋，绝食而死。太鸿，指清雍乾间著名诗人厉鹗。鹗字太鸿，号樊榭，钱塘（今杭州）人，浙西词派重要词人。黄侃先生是说白匋先生在词学上的造诣不在厉鹗和王僧保之下。传灯，本为佛家语，指师徒传法。此指有家学传承。

作为戏剧家的白匋先生，早在上世纪50年代初期，就不辞辛劳地深入民间，考察地方戏曲流传情况，整理、创作了30多种戏曲剧本，其中扬剧《百岁挂帅》，锡剧《红楼梦》《庵堂相会》等都是有代表性的剧目。扬剧《百岁挂帅》在北京演出时，曾受到周恩来总理的赞扬，也为田汉、马少波等戏剧家所称许。后来，久演不衰的京剧《杨门女将》就是在白匋先生《百岁挂帅》的基础上加以改编移植的，锡剧《红楼梦》亦是后来越剧《红楼梦》的粉本。此外，对于振兴昆剧，白匋先生也不遗馀力，多次写文章呼吁，还操觚将话剧《大风歌》改变为昆剧。创作之馀，先生亦不舍对戏曲史的潜心研究和戏剧创作的研究，有《吴白匋戏曲论文集》《无隐室剧论选》等论著行世。

上世纪80年代末期，白匋先生在南京大学中文系带的研究生中，有我的一个好朋友，也是同门师弟郑尚宪，他后来由我绍介考取了中山大学王季思先生和黄天骥先生的博士，我曾请他帮我相约去拜见吴白匋先生。我们担心日间打扰先生正常工作，就约在傍晚时去看望老人家。初秋的黄昏，北京西路至云南路口的银杏树泛起淡淡的橙色，我和尚宪骑自行车直奔白匋先生家。因为是事先约好的，先生已泡好了茶，在静候着我们。寒暄过后，先生端坐微笑，示意我们喝茶放松，不必拘束。其时先生已年逾八秩，精神状态却非常好。他见我们低眉颔首不言语，便主动启齿亮起话锋，先是说起季思先生祝贺唐圭璋先生八五诞辰的词作，特别拈出“一时人物东南美”一句，大加赞赏，并回忆起当年他们一起师从吴瞿安先生研习词曲的经历，白匋先生说，唐老很喜欢那首词，装裱好张挂起来。尚宪指着我说，那件作品的字就是我写的。我赶忙解释：“那首词是季思先生即兴从笔记本上扯下一张纸急就写成的，老人家近来手抖得厉害，就叮嘱我代笔写在宣纸上的。”白匋先生爽朗一笑，在沙发上稍一欠身，冲着我说：“字写得不错嘛，你喜欢书法？”我知道，这是老人家对后学的勖勉之语，赶忙怯生生地说：“喜欢很久了，就是写不好。”说到书法，先生谈兴陡增，一发而不可遏制。先生说：“书法这东西，太难了。读书人都应该下功夫去学。不一定要成为书法家，但你要懂得它。书法不是一种孤立的技艺，它必须要具备综合的文化素养和广博的学识，技巧方法是第二位的，所谓功夫在字外，说的就是这层意思。苏东坡说：‘退笔如山未足珍，读书万卷始通神。’说的也是这个道理。只知去写字，不读书，不去提高个人的精神品位和人格修为，也只能是写写字而已，谈不上是书法。”先生略作停顿，呷了口茶，接着说：“古代无所谓专业书法家，皆是馀事。钟繇汉末举孝廉，除尚书郎，做过阳陵令。后进入宫廷，为廷尉，黄门侍郎，即宫廷禁卫的头领，是二品官啊！文武兼备不说，他还是一位谋略家。官渡之战中，他帮助曹操出谋划策，还送曹操一千匹战马（一说是两千匹）。曹魏即立，为大理，迁相国。明帝时累迁太傅，位极人臣。他怎么能是专业书法家呢？再说号称书圣的王羲之，右军将军，什么意思？古人尚右，就是将军中的大将军啊！颜欧柳赵，哪一位也不是专门的书家。颜做过太守，累官至吏部尚书、太子太师；欧隋朝时官太常博士，唐代为太子率更令，是掌管皇族次序和刑法的官，柳唐时历仕七朝，官至太子太师……至于宋四家，你们都熟悉，就不必说了。米芾的情况有些特殊，宋徽宗召其为书画博士，那也是官啊。博士在古代宫廷中与今天的博士学位是完全不同的概念。再说，古代画家有专业的，叫画师。米氏能画，故被召入宫廷。还有一个明显的例子，你看怀素的《自叙帖》，劈头里即说：‘怀素家长沙，幼而事佛，经禅之暇，颇好笔翰。’暇，就是业馀嘛。赵孟頫的情况比较复杂，他的身份恐怕主要是画师或文学弄臣。因此，将历史上书法好的人称之为书法家是近代以来的事，实际上近代以来所谓的书法家多是文人学者，极少数是专门以书法为业的……”

你不得不佩服白匋先生超凡的记忆力，还有他新人耳目的独到见解。他一口气讲了大约有近半个小时，略无滞碍，声色充沛，根本不像一位年逾80岁的老人所为。老先生谈兴正浓，我们几乎插不上嘴。趁着老先生为我们斟茶之际，我想起了卢冀野先生，问先生：“卢前先生是您的好朋友吧？”先生沉默了片刻，望着窗外，有些动容，缓缓说道：“他英年早逝，可惜呀！他的曲子写得好，才华横溢。”为了冲淡先生的伤感意绪，我说：“您老人家早年曾写过一首《下牛首山口占调冀野》的小诗，很诙谐的。”老人家笑出了声，随口念道：

笑脸团红一戳髯，逢人便道我卢前。
松风盻马依驴后，揽辔彷徨不敢鞭。

因是口占调笑之作，先生记得特别清楚。先生说：“大家都是好朋友，开个玩笑是免不了的，好玩罢了。”

于是先生又谈起了诗词曲创作的话题。很快时间过去了一个多小时，尚宪小声对我说，先生累了，该休息了。我们起身告辞，先生再三挽留，尚宪坚持着让老人家休息，而我则觉得意犹未尽，真想多听听先生教诲。末了，我表示想求得先生一幅墨迹，以作收藏。先生说："多年不临池了，与季思先生一样，手抖得难以持笔，我试试看还能否找到当年的感觉。"不数日，尚宪为我送来白甸先生手书条幅，是一首七言绝句："坐久惊看蝙蝠飞，柔波十顷荡霞衣。何须再买清明醉，花气如醪放饮归。"款曰："星琦同志正之，吴白甸。"钤白文印"吴印白甸"和朱文印"白甸八十五学草"各一方。时在 1990 年，先生虚龄 85 岁，那方朱文印章是当时新镌的。噫，往事历历，距今 30 年矣！

2019 年 3 月，据旧稿删定

附记：此文据当年日记而成，原稿较长，此截取其中部分内容，白甸先生谈诗词曲创作部分将另成一文。

苏渊雷先生醉墨

很早就知道苏渊雷先生的大名。曾因为一条关于禅宗方面的注释，去翻检《五灯会元》，此书点校者正是苏先生。上海的朋友说起苏先生，总是赞叹不已，谓其博雅多才，文史兼通，特别是对佛学浸淫极深，见解独到，尤为洞悉禅学，为中国佛教协会常务理事，上海佛教协会副会长。先生一生著述等身，已刊著作三十馀种，发表论文百数十篇。主要著作有《读史举要》《佛教与中国传统文化》、《白居易论传》《钵水斋文史丛稿》《易通》以及《孔学三种》等。书画则是苏先生馀事，其书法曾得到王垿和康有为亲授，初学魏碑，继法“二王”，又旁及篆、隶和章草。中年以后，转事狂草，每每酌酒微醺，纵横挥洒，满纸烟云。其画无论山水、人物，往往逸笔草草，妙在神似，纯是传统文人画风韵。先生从十四岁开始写诗填词，一生写有诗词逾万首。因此，人们对苏先生有“文史哲兼善，诗

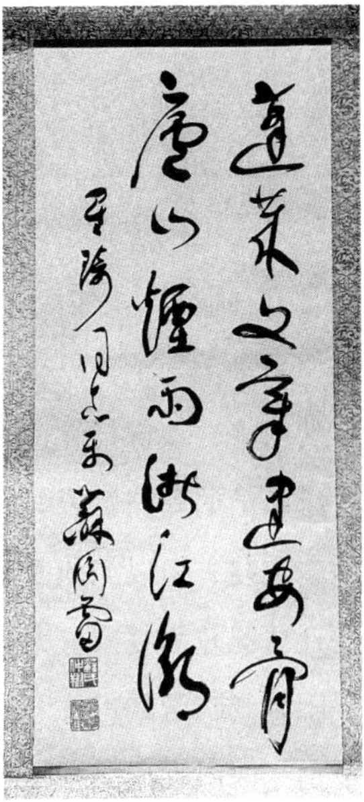

苏渊雷先生书法

书画三绝”的美誉。

倾仰有年，却未能趋谒门仞从苏先生请益，然读先生之著作，觉隔颜色而可亲謦欬，亦幸事也。出乎意料的是，上世纪九十年代初，终于得与先生有一见之缘。那是在西安的一次文学史研讨会上，乘先生休息的空隙，往其房间拜揖叨教，小坐片刻。苏先生随意而和蔼，侃侃而谈，绝无居高临下，好为人师之感。那天晚上先生应我所问，用通俗易懂的说法，概括了禅宗的要义，并很自然地谈到了王维的诗。唯恐干扰先生休息，我适时而告退，先生却意犹未尽，连称找时间再聊。

会议安排了参观法门寺，记得我一直陪着苏先生随喜。一则先生年迈，须有人扶持；再则可借机聆听先生教诲。且先生拉住我，似乎要践“找时间再聊”之约，我自然是心存窃喜，珍惜这难得的机缘。我们边走边聊，先生健谈，维予小子，只有倾听的份儿。讲佛学知识，说法门寺的由来，谈佛指骨舍利……一路听先生说法，根本无需听讲解员的套路解说。我插空问了句浙江平阳与山西平阳地名重复，何以如此？先生详细说明，因为地名的延革与变迁情况较为复杂，大意是浙南平阳为温州辖属，而山西平阳是今临汾的古称。先生是浙南沿海温州平阳人，那里可是“两浙咽喉，八闽唇齿”之地啊。我说我的老师王季思先生也是温州人，苏先生颔首，说王先生长他四岁，是学长，也是他敬佩的乡贤。谈到书法，苏先生更是兴致勃勃，说了很多，至今印象较深的是他认为唐楷过于法度化，习唐楷很难跳出来，也不易于自立。颜书尚可写写，其馀读读可也，师法魏晋人才是书法正途。借着这个话题，我不失时机地表示了想得到一幅先生墨宝的愿望，当然表达得很婉转。先生似会意，微笑着拍了拍我的肩头。

会议结束前，与会有几位善书的先生为主办方挥毫泼墨留作纪念，苏先生画案前围了不少人，每人手持一条宣纸等着求字。我不想去凑热闹，与先生打了个招呼就走开了。晚餐时，苏先生示意我坐到他旁边，嘱我晚上到

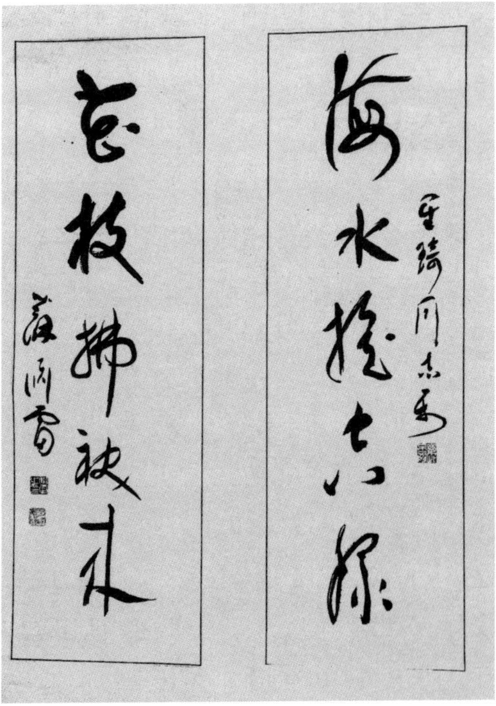

苏渊雷先生书法

他房间去，说是会议结束了，要再聊聊，以作话别。及待我到苏先生房间，见先生正在两幅字上加钤印章，他一边忙着，一边招呼我坐下，说下午人太多，匆忙中写不好，傍晚人们散去后，一个人喝了几口，写了这两件，差强人意。又说好歹这两件送给你，日后你来上海，我们把酒畅叙，再好好为你写。我一时大喜过望，竟不知说什么好，只是连连称谢。我知道，先生嗜酒，而且海量，其醉书尤为有名。据说先生无日不酒，出门时怀揣不锈钢扁酒壶，不时要啜几口，好像去法门寺那天我曾见他仰颈而饮，想来今天晚上先生喝了不少，如此，写给我的显然是醉书了。苏先生之于酒，颇似李太白，是真正的饮者。听说他一生只戒过一次酒，就是一九七六年一月八日闻周恩来总理逝世的噩耗后，先生戒酒一周。聊了一会儿，想先生酒后要休息，不顾先生挽留，我拱手告辞，相约找机会去上海看望老人家。

我回房间展开苏先生醉墨，是两件作品。一副对联写的是："海水摇空绿，花枝拂袂来。"上款"星琦同志属"，下款署名"苏渊雷"。印章钤两方，白文"渊雷之印"，朱文"诗酒尚堪驱使在"。另一件条幅写的是："蓬莱文章建安骨，庐山烟雨浙江潮。"款识为"星琦同志属，苏渊雷"。印章两方，白文"苏氏仲翔"（先生字仲翔），朱文同样是"诗酒尚堪驱使在"。灯下披览，但见笔墨淋漓，铁钩银画，扑面而来。既是醉墨，仿佛还溢着酒香。此等佳作，弥足珍藏，实须宝之。

乙亥深秋，即一九九五年十月末，闻苏先生病重，匆忙赶到上海，然朋友们说苏老已嘱家人，垂危之时，不再接待任何来探望的客人。可知老人家已处于弥留之际。十一月十三日，先生谢世，享年八十七岁。苏先生一向身体很好，我以为随时可以往上海去看望他，不意老人家说走就走了。我回南京后，对自己悔恨交加，忙忙碌碌，一拖再拖，竟未能践行与苏先生在上海“把酒畅叙”之约，此岂遗憾二字所能自我消解！

近年来蒙友人告知，浙江平阳县玉龙口村（今属苍南县钱库镇）是苏渊雷先生的出生地，如今在钱库公园旁建有苏渊雷纪念馆。平阳英才辈出，最著名的是“平刚三苏”，即苏步青、苏渊雷、苏昧朔。后者为温州现代人物画泰斗，著名画家刘旦宅、林曦明等均是昧朔先生的入室弟子，渊雷先生的人物画当亦受到昧朔先生画风影响。渊雷先生过世后，海上学林艺苑称其为“最后的才子”，这大约是从兼通和全才的意义上着眼的。纵观先生一生在各领域所取得的成就，显然如此称谓是当之无愧的。

文据二十多年前之旧稿删润而成

怀念许淇先生

丙申之秋，刚刚过了国庆长假，突然接到包头朋友打来的电话，说许淇先生走了。我不禁为之一怔，半晌才缓过神来。前些年就知道先生得了糖尿病。2011 年我去内蒙古，就听袁远先生说许先生身体欠佳，但告诉他我在包头，很想见他时，许先生还是欣然应允。于是袁远先生又请了包头市委宣传部副部长孙广达等文艺界的几位朋友，大家一起聚了一次，搞了个笔会。记得那时许淇先生精神状态尚好，他泼墨挥毫，激情勃发，神态不减当年。2015 年冬，一位内蒙的画家来南京，说起许淇先生，得知先生又患上前列腺癌。先生晚年真的是多灾多难，忧患不止，看来必须抽空跑去看望老人家了。忙忙碌碌中不知不觉一年就过去了。闻得先生谢世的消息，我悔恨交加，唯因琐事缠身，俗务累人，竟未能与先生见最后一面。朋友们安慰我说，先生临终前一两年，已谢绝见人了。那时就像陶渊明一样，先生已写好了自己的挽歌，用的是他最擅长的散文诗形式，题目作《请埋葬我在这大草原》。我赶忙找来这篇散文诗，一口气读完这似挽歌也是墓志铭的杰作。

先生想象着自己死后，葬于内蒙古大草原上，“有幸滋腴大地，也许芬芳了一株草，因而我的草根性获得了可喜的释放”。

先生写道：

我要像古代蒙古人那样，躺在木制的勒勒车里（必须柞树黑桦制作而无丁点儿铁器）。

拉套的是通灵性的牛，最好用骆驼，步伐更沉重——踩着安魂落葬的节拍——走向浩瀚。

……

直到骆驼厌倦了，自然而然地将我颠落，勒勒车随即散了架。一个翻滚，我的牙齿啃着草叶和泥土。大地的胳膊合拢来，像海潮紧紧地拥抱我。

……

许淇先生将内蒙古视为自己的第二故乡。他本是上海人，早年学习绘画，肄业于苏州美术专科学校绘画系，曾得刘海粟、林风眠、关良等大师的真传。1956 年，十八岁的许淇支边到内蒙古包头市，此后终其一生未离开这座草原钢城。他从矿务局的工会干事，到《包头青年报》

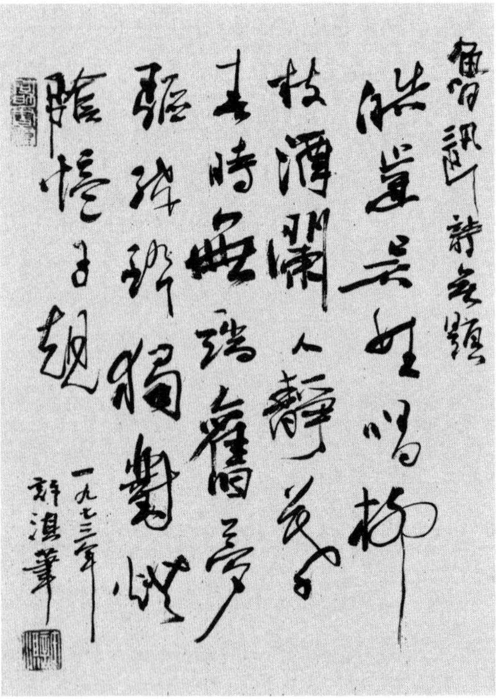

许淇先生书法

的编辑、记者，一直做到内蒙古作家协会主席、名誉主席，并兼任包头市文联名誉主席，也是内蒙古文史馆馆员。1958 年 2 月，《人民文学》发表了他的处女作《大青山赞》，从此他一手写作，一手画画，间或临池挥毫。上世纪五六十年代，先生在《光明日报》上连续发表了赞美内蒙古草原的一组优美的散文诗。那时候他很年轻，笔耕不辍。直至如今，五百万字的《许淇文集》见证了他不懈的耕耘。记得我初中毕业前后，曾将《光明日报》上先生的散文诗剪贴起来，仔细阅读，非常享受。其中有一篇题作《赛汗塔拉》，至今还印象深刻。赛汗塔拉，蒙语的意思是“美丽的草原”。内蒙古叫这个名字的地方不止一处，乌兰察布市南部和锡林郭勒盟苏尼特右旗都有赛汗塔拉小镇，包头市区有一个城中草原生态园，也叫赛汗塔拉。许淇先生写的则是呼和浩特与二连浩特中间位置，即集（宁）二（连浩特）线上的赛汗塔拉小镇。当年正是许淇先生的影响，我开始学习写作和绘画，从某种意义上说，先生可视为我的启蒙老师。1961 年春夏之交，我的一幅题作《晨曲》的黑白画，参与了昆都仑区文化馆美术作品展，被《包头日报》副刊编辑袁远先生拿去发表了，袁先生还把我介绍给许淇先生。此后我经常去向二位先生请教，那时我十五岁。我也像许淇先生那样，一边学习绘画，一边坚持写一点东西，不时在报刊上发表一些散文、杂文和新诗。至于书法，则是我从小就特别喜欢的。

上世纪六七十年代，我与许淇先生接触很多。记得 1973 年前后，许淇先生在编辑《包头文艺》（即后来的《鹿鸣》杂志），我经常跑去看他，或带了稿子去请教。那时他在交际处院子里西边的一幢楼中编稿，不坐班，可以在家里看稿子，一周有两三天在编辑部。每每约好去见先生，一坐就是半天，有时中午还一起在食堂里吃顿饭。有一件事我至今难忘：先生与我谈书法，兴致极高，谈得意犹未尽，便带我坐上公交车往包头东他家里，去看他的书法作品。先生的普通话略带上海口音，平时话不多，要看兴致和默契的程度。说起来先生与我是很投缘的，聊起来常常是欲罢不能。那时先生的居所很小，充其量不过二十几平米，且很简陋。这样一位作家兼书画家、多才多艺的先生，竟无一张专门的写字台，更无画案。一个折叠桌，既是餐桌，也是写字台。屋子里除了到处堆积的书刊，更无长物。我指着那张折叠桌问先生："您画大画、写大幅书法作品怎么办？"先生笑了，指着窗外说："出去找地方，总有办法的。"面对先生狭窄局促的居所，我联想到日前曾在一位汽车司机家的所见，宽大的餐桌，阔绰的写字台，高高的大衣柜，房子至少有七八十平米。特别是靠窗的大书橱，漆得铮明瓦亮，上面却没有书，摆了些小玩艺儿。两相对照，反差太大了。我将心理上的忿忿不平吐露出来，先生不以为然，打趣道："如今司机是好差事啊！油门一踩，财源滚滚，不好与其相比的。"先生一生安贫乐道，淡泊名利，对物质生活从不计较。据说临终前仍住在七十年代造的老房子里。这大约就是他说的"草根性"吧。

那天先生的兴致特别好，拿出许多多年积累的彩墨画和书法作品，使我大开眼界。末了先生让我挑一两幅，说是送给我以作纪念。我选了一幅彩墨画，背景是大草原上特有的风景，湛蓝的天幕，醉人的绿野，蒙古包前老额吉抱着一只小羊羔；又选了一件书法小品，写的是鲁迅先生一首诗，题款略有篆意，通体气息流动，自然洒脱，不失为一件难得的佳作。先生说，古代书法几乎没有宏篇巨制，六朝人无非尺牍手札，汉唐碑版虽较大，却以格制规矩出之。宋人亦“精尺牍而不工碑版”。晋人书以神韵胜，所谓“落花散藻，自然可观”。故书法作品不在大小，佳处尽在精神。先生之于书法，见解自是独到。除了一书一画两件作品，先生还送了一本新出的《第一盏矿灯》，此书题签为先生自署，恰到好处地融篆意于行书之中，此可视为先生书风中的突出特点。

1978 年以后我离开内蒙古，远赴南国读书，又移居六朝古都金陵，与先生接触的机会少了。偶尔去内蒙古旧地重游，故交老友相聚，往往是匆匆把酒，仓促作别。许先生不嗜酒，通常是以茶代酒。有一次我从南方带了两罐苏州碧螺春给先生，他很高兴，毕竟是先生家乡味道。不料先生却一边谢我，一边又说，确是好茶，然似略嫌淡些，淡泊中别有风味。我揣摩先生大约是已习惯了塞北砖茶的浓酽与味厚，他在塞外生活了整整六十年啊！

许淇先生乘着勒勒车去了，那是古老的蒙古族的丧葬习俗。他的灵魂融入了大草原，“朝朝暮暮，暮暮朝朝。一条河，一片草原，一道山冈……”

追思老马

老马者，杰出的书法篆刻家马士达也。

先生以“老马”自署，意味深长。又别署“骥者”，似取曹孟德“老骥伏枥，志在千里”之意。岂止是“志在千里”？天马能行空，风驰电掣，已逍逍遥遥奔向了天堂。其斋号“玄庐”，更寓深意，当是寄托了钩玄探幽，穷极悠渺之谓。玄庐主人性耽书法篆刻，矢志食古而化，由“我化为古”，直抵“古化为我”。老马曾与余言：“书法篆刻须在传统基础上力倡行己之道，出手的玩意儿若无个人面目，何以立于艺林？”余谓：“先生是独行侠！”老马沉吟半晌，连连摆手：“不敢当。莫称先生，还是叫老马好了。”

初见老马，是在上世纪 80 年代末。我的学生樊学川，毕业后留校，在美术系工作。1987 年老马奉调南师时，是樊学川去太仓接老马到学校的。当时学川是系办公室主任，他告诉我，系主任尉天池先生命他去太仓将篆刻家马士达接来，已安顿下来了。久闻大名，适时拜访请益是免不了的。记得是1988年春节后，一天上午，春寒料峭，我拎了两瓶老酒，冒着淅淅沥沥的冻雨夹雪，急匆匆地跑到扬州路2号老马家。说来真的是一种缘分，虽是初识，我们却仿佛故交，相逢倾盖，晤言甚欢。老马说："既提了酒来，一定要酌酒畅叙，岂有枯坐寡谈之理！于是亲自下厨，弄了两个小菜，加上一碟现成的花生米，我们就对饮神聊起来。我先谈了对他篆刻艺术的印象，称其为印坛怪杰，谓其制印古朴、厚重，大刀阔斧，雄肆险辣，表面上看似乎粗头乱服，实则天真绝俗！……又滔滔不绝地说起了他获第一届一等奖的两方印。老马低头不语，待我停下来，他举杯敬酒，仰首干掉后说："过誉了，我老马不过就是一个刻戳子的莽夫。"闻此语，我愣住了。老兄何以如此低调？谦逊故是为人美德，然此言也太过分了吧。见我诧异不解，老马笑了，又举起一杯酒冲我说："开个玩笑罢了，喝酒要有个气氛。"当时我心中暗想，老马分明是借酒以吐心中块垒，针对的是那些固守传统、完全不理解他大写意篆刻的保守派刻印者而言的。那天我们聊了很久，一瓶酒也喝了大半，已是下午快两点了，我起身告辞，相约改日再聊。

过了两三天光景，老马到西山上回访我，天气仍然寒气逼人。沏了两杯滚热的红茶，我们坐落下来。"要不要喝一杯？我这里有好酒。"我兴致勃勃地起身问他。"不必了，我还有事，坐坐就走。”老马一边说着起身，一边从公文包里掏出一枚刻好的印章：“为老兄刻了一方急就的姓名章，凑和能用，日后有好石头再为您好好刻一方，这个石头一般。”他的语速很慢，看上去一脸的真诚。我接过印章，连忙称谢。细看边款，刀笔写的是：“星琦好友鉴正，戊辰冬日，士达冻手。”我说：“先生，应是戊辰春日了吧？”老马“哎哟”一声，仍是悠悠地说：“没关系的，将错就错吧。”因是姓名印，此印刻得较为平整，纯是汉印风味，未能展示出其狂放、老辣的格调。不消说，这方印至今一直是我的常用印之一。后来，老马还送我一件他的书法作品，是一幅小斗方：“江村清境皆画本，画里自传诗画工。渔父自醒还自醉，不知身在画图中。”单款“士达”。加盖两印，上为白文“玄庐”，下为朱文“马士达之印玺”。老马如此盛情，令我铭感于心。

90年代，老马移家青岛路，我们时常往来。1991年秋，有一天，老马约我小酌，其间他拿出一方印让我看，说是《周末报》约全国篆刻名家刊制百家姓印，他分到的是王姓，颇费周折，终于刻得一方自己满意的作品。我看了印石和印蜕之后，不由得拍案叫绝，太精彩了！王字笔画少，在印面上实难布局，此印以元人花（画）押形式出之，看上去非常舒服，边框非方非圆，方圆相济，整体感觉美极了，令人抚玩无厌，爱不释手。显然老马自己非常得意，竟在我面前喜形于色。此印除却印面，其他五面皆

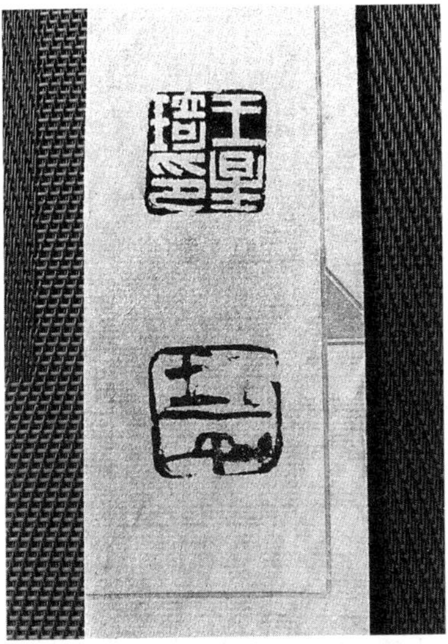

马士达先生为本书作者所刻印章

有款识。其文曰："《周末报》约稿嘱刻王姓印章，实难驾驭。而三横一竖，无从变化，即便缶庐、白石在世，恐亦无奈。兹取元押意为之，乃见佳耳。石甚劣，然所刻颇佳。老马。"印石顶端刻有六个大字："辛未奏刀大吉。"五面边款，以刀为笔，纵横挥运，一气呵成，直教人击节赞叹，拍案称奇！印拿在我手里，摩挲再三，把玩不已。

酒过三巡，我突然问老马："吾兄姓甚？"他略有醉意，一时未知就里，顺口应道："老马当然姓马啦，行不改姓，坐不更名。"我说："我可是姓王啊，这方印理应归老王。"这下他反应过来了，急忙大声嚷道："君子不夺人所好！"印攥在我手，举起来轻轻在老马眼前一晃，说："我今天决定要当一次小人了。"老马急了，放下酒杯，要与我夺印。彼此都已微醺，离开酒桌，扭作一团。看着老马确实不忍割爱，我只好将印置于桌上，表示认输。老马遂将印揣入口袋。又聊了一阵子，天色已晚，小酌结束，老马送我下楼。在院子里拱手作别时，老马拍着我的肩膀，从口袋里取出了那方印，塞进了我的手提包里。他一直拍着我的肩，不说话。我说："此印堪称经典，是你的爱物，我还是别当小人了吧。"说罢取出印石，要还给他。结果是推搡来，揖让去，他终于说话了："怪我口无遮拦，老兄怎么会是小人呢！宝剑赠侠士，好印送益友。王姓印理应归老兄啊！再推辞就不够朋友了。"

我特别珍惜这方印，到南艺后街配了个锦盒，外出时唯恐失落，一般绝不带在身边。不少朋友闻知此印佳妙，纷纷来加钤印迹保存。

老马有言：“制印难在独造，心存于方寸之中见大千世界。切记意在刀先，印稿要反复作，择善而从，情绪饱满时方可奏刀。每一方都应是一个小世界，力戒重复，庶几可避俗刻。”这番话，让我想起吴白匋先生关于篆刻艺术一个有趣的说法：“篆刻是一门艺术，千万不能匠气，操刀篆刻，不是修脚。”这话是吴老对一个印人说的，很幽默，虽然有些尖刻，却是大实话，亦是知者之言。所谓匠气，即是俗气，艺术与技术的分野说穿了恰在于此。

老马在当代印坛上，堪称独步。老诗人丁芒曾以诗赞赏老马，有句云：“金陵得一马，何必访天涯。”时下刻印的人汗牛充栋，而老马的成就足以傲视群伦。他制印特立独行，不从俗流。为人却诚笃厚道，心犹澄水，人们戏称其马老夫子。逝者已矣，后学悼之，对于印坛新人而言，马士达先生的境界，是难以企及的。一位学者用印坛“后马士达时代”以期许年轻的篆刻爱好者，无疑是有深意的。

追怀往事，吾心悲戚。日前在深圳观书画展，与朋友们诉说起这些远去的记忆，大家均以为若能述诸文字，可使更多人加深对马老夫子的认知，遂拾得旧稿，改撰为此文。我与马老夫子交往虽不频繁，却常在念中。大家各自忙碌，偶一聚首，彼此自是珍惜。2010年时，江苏省昆剧院院长李鸿良邀我去看他的专场演出，老马也被邀，他与李院长是太仓同乡。当时我与夫子坐在一起，谈戏曲，说艺术，并相约把酒畅叙。其时夫子精神状态颇好，岂料不到两年，他竟撒手而去。转眼间七年多过去了，追思遥想，仍禁不住长吁短叹：噫！造化弄人，天道无常，曷此其极？噫！痛何如哉，樽酒酹之，夫子安魂！

2013 年 5 月草稿

2019 年 8 月 13 日删订

“不忮不求，何用不臧”

——哭臧卫东同学

丙戌清明后二日（四月七日）一大早，臧卫东同学的弟弟从常州打来电话，说他哥哥已于清明次日（四月六日）夜里辞世。闻此消息，我不禁为之一震，半晌说不出话来。尽管大家都知道他得了不治之症，但他毕竟还年轻，不是说还可以移植骨髓吗？况且他不久前还在电话中向我表示，一定要写好论文，取得学位，怎么一下子就匆匆走了呢？整整一个上午，我都陷于一种恍惚、迷矇的精神状态之中，意绪消沉，无语凝噎。想想人的生命，也真够脆弱的。这样一个刚刚过了不惑之年，有志向学，且不为消费时代的种种诱惑所动，人品、学问俱佳的学者，老天竟不假其年，硬是令他带着无尽的遗憾离开了人世，告别了他视为性命的学问生涯。呜呼，悠悠苍天，茫茫大地，人生无常，曷此其极！

大约八年前，臧卫东同学自毗陵来访。他自我介绍说："我叫臧卫东，苏大毕业的，是王永健先生的学生。"我连忙叫他坐下来说话，他却坚持毕恭毕敬地站在那里，继续他的"自报家门"：

"王永健先生说，他与先生您稔熟，令我在先生门下请益。我读过先生的著作和文章，对先生景仰之至。我们高师班的同学可以提出自己选择导师的意向，我想请您做我的导师，望先生不弃。"

他一口气说了一大段来访目的，像是有所准备，文诌诌的，拘谨中不乏读书人的谦恭和礼数。我一边连说不敢不敢，一边坚持让他坐下来谈。终于，他局促地坐了下来，谈了他的一些想法。大意是说他的兴趣在昆剧发展史方面，还呈上两篇已发表的论文抽样。接下来还谈了些什么，如今已经淡忘了。印象最深的是他的彬彬有礼，以及他谈话时的条理分明，还有就是他浓厚的书呆子气，甚至觉得他有点酸溜溜的，"自报家门"时的样子颇似宋元古剧中的"细酸"，未免令人哑然失笑。不过，我对他印象极佳，或者说，我挺喜欢这个一心向学的年轻人。

在以后读硕的三年中，他穿梭于南京、常州之间，一面在常州工学院不间断地坚持上课，一面在南师大潜心问学。他不计学分，尽量多选课程，如饥似渴地向许多老师请教。他与同学们能很好相处，包括全日制硕士生在内，他有极好的口碑。我常常与其他同学讲，你们要学习臧卫东的治学态度与刻苦精神，他比你们付出的要多得多，也辛苦得多。我也毫不隐瞒地向我的同事们说，在我带的学生中，臧卫东是很理想的一位。他善于思考，能不断地提出问题，手也很勤快，不断有论文发表。尤为可贵的是，他谦逊随和、处处与人为善。他对物质生活要求很低，不企羡、不妒忌，本本分分，安守着自己耕作的一亩三分地——学问真的就是他的性命。有趣的是，他的姓氏“臧”字，有善良的意思。《诗·邶风·雄雉》有句云：“不忮不求，何用不臧。”翻成语体就是：“不嫉妒别人，不贪求身外之物，还有什么行为不通于为善呢?”朱熹与高亨对这句的注释差不多：忮（zhì），嫉妒；求，贪得；用，犹行也；臧，善也。臧卫东曾几次向我索字，我说不急，来日方长。其实，我早已选好了要给他写“不忮不求，何用不臧”八个字。惜斯人已矣，想来令人怆然。

臧卫东撰写硕士论文期间，非常投入，也肯下死功夫。他不断提出问题与我讨论。倘人在南京，他便三天两头跑到我家里来，若在常州，就时常有电话。我们讨论问题，常常见解很不一致。他认死理儿，反反复复总想说服我。有一次，我火了，冲他喊道：“我们两个人的观点并存好不好?不要再在这个问题上纠缠下去了，你还是从全文通体考虑吧。”他不作声了。到了晚上十点多钟了，他又打电话来谈那个纠缠不清的问题。我真的服了他了，心中暗忖：现在的学生，少的正是臧卫东的那份执着。论文定稿后，他从常州携稿来我家里。这次他破天荒地拎了礼品盒来，是“黄金搭档”。他嗫嚅着说：“广告里说这东西对中老年有好处，老师可以试试。”

“你相信广告?”我笑着问他。

“不信。”他也笑了。

“既不信，你何故还要买它?”

“不是买的，人家送我的，我又转送老师。”

他就是这样，有什么说什么，心地明澈透亮。

臧卫东的硕士论文是高质量的，参加答辩的老师一致给予极高的评价。鲁同群老师甚至认为将其置于博士论文中也是好的。正是鲁老师这句话，使臧卫东决心攻读博士学位。他回常州休整一年后，又于2004年以优异成绩考取了博士生。他重返随园，继续与我切磋探讨。他一如既往，仍是那么勤奋，仍是那样执着，孜孜矻矻，不骄不躁，不断有成果在《戏曲艺术》《红楼梦学刊》《艺术百家》等核心期刊上发表。2005年春节刚过，他打电话来向我请假，说是连续感冒发烧，要回常州定点医院检查一下。不日，他从常州打电话来：“老师，我可能得的是白血病，正等化验结果。”我吃惊不小。但将信将疑，希望是一场虚惊。两三天后，他又来电话，说是结果出来了，确诊为白血病无疑。他告诉我这个消息时，语调平静得很，仿佛是在谈一个普通的话题。我猜想，他或以为自己年轻，挺得住，或以为眼下科技发达，未曾料到后果的严重性。后来他开始接受化疗，精神上一直撑着，心志也还好。我与孙书磊老师去常州看他，觉得他精神状态蛮好的。正巧常州人民医院院长何小舟是我一个学生秦佳的丈夫，秦佳在常州工学院学报工作，与臧卫东又是同事，毕竟是熟人，大家沟通起来很方便。当时臧卫东化疗之后正在无菌室中观察，我们隔着玻璃用对讲机与他对话。他说在化疗期间也未曾停止看书和整理资料，完全有信心完成博士论文。我想，学问是他的精神支柱，他不会垮的。我最后一次与臧卫东通电话是在去年冬天，南京城飘着轻柔的雪花，风雪故人，闻其声如见其人。电话里他的声音仍那么柔柔的，语速很慢。当说到学业时，他有些激动，语速加快了："老师，请您放心，我一定要完成学业，拿到学位。"他用的是"拿到"，斩钉截铁，掷地有声。此后，我多与秦佳联系，不时询问臧卫东的病情，心一直悬着，只有祈祷天地鬼神：让这个年轻人得遂其夙愿吧。然昊天不应，厚土不答，何不使臧生尽其才申其志，而令其英年以殁，含恨撒手？命欤？数欤？我不得而知。

嗟夫，臧生有灵，当读我悼文。何当才志俱得遂，学林惜有痴心人。奈何，奈何！"不忮不求，何用不臧"。后学似此辈者寥寥矣！

容庚先生印象

一

容庚先生是现当代古文字学领域卓然大家。他一生著作等身，其代表作《金文编》《商周彝器通考》等27部皇皇巨著，皆是经典文献。此外，所撰50多篇考释性论文，亦为古文字学与考古学界所倚重。先生治学严谨，学识渊博，作风古雅淳正，待人宽厚蔼然，为国家培养了大批历史学、古文字学和考古学方面的学者，洵为一代宗师。

余生也晚，得见先生，已是上世纪70年代末时了。记得1978年秋，我们中山大学“三古”（古代文学、古汉语及古文字学）研究生住在康乐园西区同一幢楼中。我们报到之后，容先生到研究生宿舍来看望他与商承祚先生共同招的新生。当时先生已是86岁的耄耋老人，然步履轻

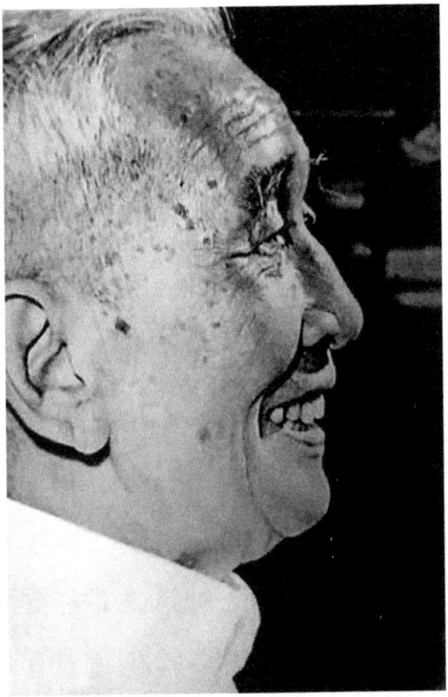

容庚先生像

盈，精神矍铄，看上去犹似耳顺至不逾矩之年。他白发如新，满面笑容，平易而祥和。古文字学的研究生们围绕着容先生，争先与先生握手并报上家门。先生话不多，连说好好好。我们其他专业的学生站在圈外， 都为一见这位德高望重的学界耆宿而激动不已。这是我第一次见到容老，也是最初的印象。容老不时到宿舍来看他的研究生，每每容老来一次，弟子们便在墙上画一道痕，五次便成“正”字，陈初生学兄后来写诗云：“墙头正字应犹在，记得先生数度来。” 夏天里，容老身着宽绰的柞蚕丝套装，手里摇着一柄大芭蕉扇，悠悠地踱着方步，翩翩而至。那淡黄色的衣裤，与康乐园中的浓荫碧绿与暗紫浅红相映衬，给我留下的印象极为深刻。有一次，容老在隔壁房间里与他的弟子们交谈，我不知何故误闯了进去，又不好退出来，便怯生生地站在一边。容老在座椅上仰首望着我，又环顾左右师兄们，意思是这位是——？如今已不记得当时是哪位师兄连忙介绍道：“他是季思先生的研究生，从内蒙考来的。” 我手足无措，上前问了声容老好！并报上姓名，容老又是连声说道好好好。此后常常看到容老一个人在校园中散步，照例是一身宽绰的柞蚕丝套装，一柄大芭蕉扇，依然是悠悠的步履，轻盈而闲适的样子。有一次傍晚时，大约是在校园东北区 334 号的马丁堂附近，不期正与容老迎面而遇，我赶忙站立路边向老人家问好，容老定睛望着我片刻，显现出满脸迷惑，未知是傍晚光线暗淡还是学生太多，显然老人家已完全不认得我了。也难怪，毕竟只正面相见一次，且耄耋老人，忘记了我是谁也在情理之中。

二

前些年曾读过罗继祖先生回忆容庚先生的一篇短文，文中称容先生为“嘉乐三秀”之首。嘉乐，指天津法租界地面上的嘉乐里，曾是罗振玉先生所居之处。1922 年，

28 岁的容庚曾从岭南负笈北上，带着他的初稿《金文编》往天津，去拜谒久负盛名的考古学家罗振玉老先生，深得罗的赏识。罗老先生谓其久有夙愿，编纂金文字典乃是其“欲做而而未成者”，鼓励容“务竟其成”，并将容介绍于王国维、马衡、沈兼士等名家。后又荐容入北京大学研究所国学门作研究生。1925 年，《金文编》修订成书，罗振玉、王国维、马衡均为之校订并作序，一时传为学界盛事和文坛佳话。容庚先生以一人之力完成一部大型古文字学字典，被誉为是继吴大澂《说文古籀补》之后，在编纂体例和考稽方法方面有所突破创新的一部极为重要的字书，因其较前人此类著作更加详备和严谨，深为学术界所期许与推崇。罗继祖为罗振玉长孙，生前为吉林大学古籍所教授，文献研究室主任。他曾亲见“嘉乐三秀”随其祖治学过从经历，云：“三秀者，东莞容希白庚，秀水唐立厂兰，番禺商锡永承祚也。时我家寓天津法租界嘉乐里，三人皆座上客。”（《嘉乐三秀》，见 1999 年 2 月 27 日《文汇读书周报》）又云：“三人中希丈风谊最古，又工文笔，其《金文编》序文甚长，叙治学经历，读之甚娓娓动人。书法师二王，已入室，不堕时风，因摹古工深，篆籀亦精绝。”有趣的是，文中还讲到书法家王贵忱曾往中山大学向容老请益书法事，容老曰：“我非书家，只是做学问人的字。”罗文谓：“诚谦谦君子，不卑不亢。”容老从不以书家自诩，实则非时下只知写字而不读书的所谓书法家所能望其项背。罗文虽短，却要言不烦，信息量非常大。文中还谈到容老在“批孔”中的表现。以为可“与梁漱溟先生同论”，谓其刚正不阿的精神是“不可及”的。言及于此，我的老师黄天骥先生在一篇纪念容老的文章中说得更为详尽。“1974年夏天，‘评法批儒’运动席卷全国。有人为了‘大做声势’，强迫容老站出来‘批孔’。他坚决不肯，声明‘再强迫我批孔，我就去跳珠江！’他那正直不阿的品格，使喧嚣一时的‘左’派为之气慑。”（《中大往事》第250页，南方日报出版社2004年版）黄老师还写道：“文革”期间，容老以“野马”“鬼锁”自喻，有名的敢言，“想到什么就说什么，有时甚至不顾后果”。这大约就是“野马”之谓；至于“鬼锁”，当是指想不通、解不开之意。“有一天，批判会后，人们不见了容老踪影，这才着了忙，四处寻觅，最后发现他躺在山里的荒坟上，几经劝说，才肯起来。从他的神情，人们看得出他内心的痛楚”。容老的敢于放言，天骥老师亦举一例：“在校园里，一些小学生（那时叫红小兵）遇见了他，要他背‘语录’，他说不会；问他什么是‘三座大山’，他回答：‘背语录、早请示、晚汇报，就是压在我头上的三座大山。’这些话，连小学生也吓得回头便跑。”此亦是“野马”脱缰之举，在当时是不得了的。容老就是容老，其人格精神岂止是不卑不亢！

三

容老刚烈激奋，敢怒敢言，是其性情之一面，然也有温情款款、重情念旧的另一面。罗继祖先生曾言及容老的一通书信，谓“微尊公揄扬， 何能至此？时祖母尚在堂，节俸钱馀金为馈，故人绨袍之嘉惠，曷敢忘也？”雪堂老先生对容庚先生不仅有知遇之恩，也是容先生步入古文字学术殿堂的引路人，容老始终将雪堂老人视为自己的精神导师， 这在《金文编》自序的字里行间不难领略到。容老曾有言：“没有罗振玉，就没有我今日之容庚。”初见雪堂老人，呈稿本《金文编》，“雪堂公一见嗟赏，既为之序，又督其问世，名乃大著”（《嘉乐三秀》）。此外，雪堂老人又不时资助容先生，即“绨袍之嘉惠”。绨袍事见于《史记·范雎蔡泽列传》，讲的是范雎与须贾之间的恩怨。元杂剧和京剧中均有《赠绨袍》的剧目，这里是泛指馈赠与资助。1940 年，罗振玉去世，容庚先生万分悲痛，撰挽联云：

探殷墟之瑰奇，精鉴远过刘原父。
睠楚国而憔悴，孤忠高似屈灵均。

刘原父为宋代著名金石和文字学鉴定学家。明万历间程士庄在《博古图录序》中有云：“昔有通人大雅，则有刘原父集金石以导其源，李伯时氏貌形器以疏其脉。”容先生以刘原父之学问与屈原之节操为喻，见其对其恩师之无比崇敬。诚如罗继祖先生所说的那样：“三秀者，就其后来结局言，然唐、商风谊皆不逮容公能念旧也。”容老尊师感恩的风谊为学者们树立了崇高的榜样，此等风尚在“四堂”（雪堂罗振玉、观堂王国维、鼎堂郭沫若、彦堂董作宾）诸弟子中，容庚先生当堪称表率。

我与启功先生的一面之缘

启功先生是当代文史与艺术领域中的卓然大家，其头衔多得难以数计。如古典文献学家、文物鉴定家、书画家、诗人、教育家、红学家……乃至被称作“国学大师”（启先生是谢绝此称的）。社会兼职也有许多，如中央文史研究馆馆长、全国政协常委、国家文物鉴定委员会主任委员、九三学社顾问、中国书法家协会主席、名誉主席、西泠印社社长等。可见先生在学术界和艺术领域地位之崇高。

早年知道启先生是因为读了他注释的程乙本《红楼梦》，是书初版于1953年，我真正得到此书是“文革”中的限量版，托人请情，好不容易始购得。后来又于偶然中有幸获得先生与向达、王重民、周一良等先生合作校点的《敦煌变文集》（初版是1957年）。故知先生学问渊博，能诗且擅书画，钦迟之意，怦然在心。及待上世纪70年代末，终于有机会得见先生，然亦只不过是一面之缘。

那是1979年秋冬之交，大约将近年末了。由香港中文大学和广州中山大学联合举办的第二届古文字学年会，在广州中山大学召开（第一届是1978年在长春吉林大学召开的）。当时，海峡两岸、港澳地区以及国际上的汉学家，许多古文字学界的学者莅临中山大学，其中有不少学界耆宿，如香港中文大学的饶宗颐先生，吉林大学的于省吾先生，以及中山大学的容庚、商承祚先生等。启功先生当时还不到70岁，正当学术研究壮年之最佳时期，其书法亦正处于最佳状态。研讨会期间，我们“三古”（古代文学、古汉语、古文字学）的研究生均可与会旁听，同时负责照拂与会老先生们的生活起居，如搀扶他们上下楼，询问他们生活上有何需求，及时向学校有关部门反映等。古文字学家多是书法大家，于是我们就想着请他们留下墨宝。当时容、商二老的古文字学研究生中，颇有几位擅于书法者，如陈永正、张桂光学兄等，他们已在书法圈中崭露头角，他们熟知老先生们中之书法名家。于是，大家便乘空隙找机会向与会的老先生们请索书作。那个年代，老先生们都非常和蔼平易，只要你张口，有求必应。

记得我先去拜访于省吾先生，知道他是辽南海城人，与我的祖籍是邻县，听我的口音老人家一愣，问我是哪里人。我自报家门之后，老人家笑了起来，用一口辽南话说：“你是我的小老乡啊。”接着又问：“你有没有斋号，给你题个斋名如何?”我赶忙说:“您老人家随意写什么都好。”就这样于老先生接连为我写了两幅字，一幅是李太白的绝句，另一幅是“学海无涯”，且一边写一边告诉我何为中锋用笔，慢条斯理地说:“你只要笔垂直于纸面，行笔不歪斜，写出来一定是中锋，没那么玄乎，也不像有些人说得那么神秘。”其时于老先生已年届八十四岁高龄，精神矍铄，思维敏捷，全然不像已寿登耄耋的老人。

启功先生待人非常客气，未开口先微笑。称对方无论年资，均为“您”，语速略慢，纯正京腔。我是晚餐前去拜访启先生的，照例先自报家门，先生示意落座，我却只敢站着说话。看来学兄们早来过请书，故先生径自走到桌前，显然无须问访者来意。我取纸净案，调墨铺毡，先生笑着问我写什么内容，我依然回答请先生随意写。先生执笔抚纸，沉思片刻。我试探着说:“写您的《论书绝句》吧，可好?”先生诺诺颔首，一挥而就，略无滞碍，令人不能不佩服老人家超常的记忆力。这一条幅写的是启先生《论书绝句》第四十九，读颜真卿《瀛州帖》:“真迹颜公此最奇，海隅同慰见心期，请看造极登峰处，纸上神行手不知。”先生谓“唯‘祭侄’、‘瀛州’二卷，则赤日经天，有目共见。‘瀛州’一帖，尤为欣快时所书”。先生以为“祭侄”为悲愤情绪之产物，“瀛州”则欣快之际所书，皆真性情之杰作，故赞赏不已，推崇有加。

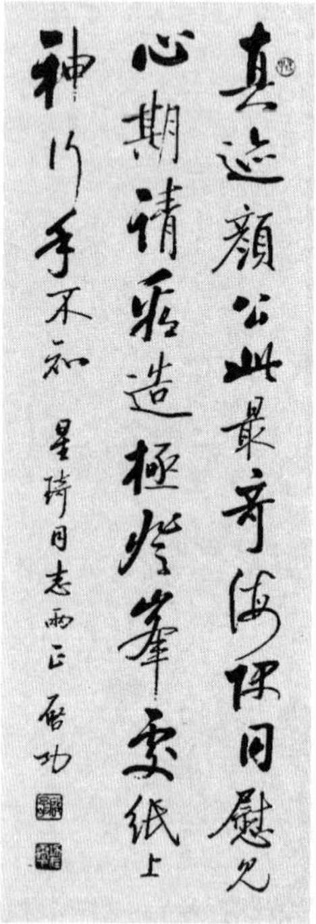

启功先生书法

一幅书毕，先生似未尽意，欲罢不能，指着一旁宣纸说：“再来一张。”我心中窃喜，赶忙又裁一条幅。先生略作思索，“纸上神行”，须臾间又写得一首自作诗：“万绿西泠一抹烟，情深不碍语清圆。碧山四水难争长，玉老田荒恐未然。”这是读了南宋张炎的《高阳台·西湖春感》后的感慨之作，张词中有“万绿西泠，一抹荒烟”句。“玉老田荒”句巧妙嵌入张炎的号，炎字叔夏，号玉田。两条

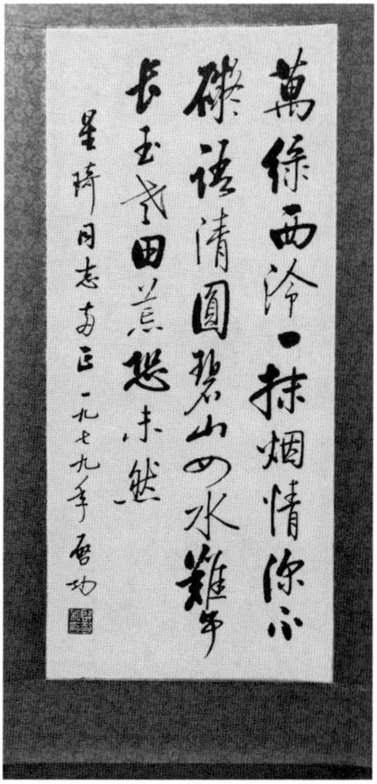

启功先生书法

幅写罢，先生也不换笔，即题款识，上款曰：“星琦同志两正。”下款作：“一九七九年启功。”先生搁笔，我扶先生在沙发上坐下来，看到置于地板上写给同窗欧阳光的一副对联，联语作“下笔简浅显，为人诚平恒”。欣常良久，不忍移目。先生看出了我喜欢此联，微笑着瞥我一眼，和颜悦色、柔声细气地说：“这样吧，晚上再为你写这一联，明天请欧阳一并取去。”我大喜过望，一时不知说什么才好，情急中向先生鞠了一躬，连称谢谢。隔天，欧阳取了墨香四溢的两联，我们反复叹赏，揣摩良久，如获至宝。启先生的上款照例称我们同志，那是70年代末，乃时尚惯例也。

时隔四十多年了，启功先生当时说了些什么，如今已记不很清楚了。依稀记得的，是先生所言一系列破除人们对书法技巧方法迷信的说法。如执笔法，先生谓人各不同，只要功夫到，写出来的东西好，可各行其是，不必弄得玄而又玄。如悬腕，先生说，写小字自然是腕在案上，写大字非悬腕不可。我印象最深的是先生说补笔，称尽可能不补，若补，则要稳准狠，不可勾描。此外，对临帖像不像的问题，先生以为只能近似，不可能全像，否则签字画押就不能成立了。还有所谓长锋笔，指的是锋芒（笔尖部分）长些，非指整个笔身都长，若笔身过长，必软而无法书写。对古人论笔法和今人关于技巧方法一些神奇玄妙的说法，要分析扬弃，有些是在逞文采作赋，于写字并无用途，先生均不以为然。说这些问题时，先生以一贯的幽默语出之，皆大实话，却给人颇多启迪。先生这些说法，后来都写在《启功给你讲书法》一书中，中华书局2005年版，初版之后，又多次重印。

秋风渐起，正当蒹葭苍苍，秋水伊人之季。常念及前辈教诲，数十载驰思，先师与前辈光仪音采如在目前。春云暮雨，塞北江南，转瞬已白发苍颜。浮云南北，流水东西，前贤师辈謦欬在耳。褦襶之子，有幸蒙启功先生惠赐，一缘足矣！时近仲秋，皓月当窗，怀人梦醒；遥想追忆，草草成章。放眼金陵，匀黄晕绿，活色生香；思固远矣，意甚挚焉。

农历庚子八月十二日于秦淮河西茗花斋

"井天书庐"琐忆

——追思常国武先生

"井天书庐"是常国武先生的斋号。先生字翼谋，别署止戈，南京人。上世纪四十年代末就读于金陵大学中文系，著名诗人、学者、书法家，江苏省文史馆馆员，南京师范大学教授，曾协助唐圭璋先生指导古代文学博士生。先生自幼颖异，少擅属文，十一岁始学古文，继从乡前辈陈潭荪、胡小石、唐圭璋诸先生学作诗词，十六岁时，即在当时《中央日报》卢冀野主编的《泱泱》副刊上发表旧体诗词十馀首。先生多才多艺，而意复清虚淡泊。在其侪辈学者中，兼擅纯正的文言文与旧体诗词，亦工于书法艺术者，洵为罕见。先生可谓当代传统意义上学者文人的一位特立独行者。

说来与常先生最初结识，还真有些不打不成交的意味。上世纪八十年代初，我刚从中山大学读完研究生分配到南师大中文系。那时，常先生从下放地淮安调回学校不

作者与常国武先生合影

久，在学报编辑部当编辑。我初来乍到，想着得亮亮相，就将一篇文章投递到学报。差不多半年过去了，既不见文章发表出来，也不见退稿通知，就跑到编辑部去询问，答复是来稿登记上可以查到，但稿件一时却找不到。常先生接待我时在一堆稿子中翻检半天，也没找到。我急了，冲着先生嚷了起来，那时年轻气盛，有些狂躁。常先生则慢条斯理地对我说，文章他看过了，已签字发稿，下传时不知夹在哪里，耽搁了付印。他让我莫急，更不要发火，连说再仔细找找，一俟找到，立即刊发。不数日，常先生在我信箱中放了一个条子："星琦同志：稿件已找到，下期即刊出。常国武。"字迹瘦硬苍劲，虽是硬笔书，点画使转却犹如毛颖。早知先生书法卓绝，览此片纸便笺，信矣。不久，那篇文章发表后被多处摘要，还经文学年鉴绍介。我很感激常先生，就跑到学校对面东瓜市井天书庐去致谢，从此我便成了井天书庐的常客，与先生聊书法，谈学问，多有获益。

先生有兴致时，则与我小酌深谈，讲一些他下放淮安时的往事趣闻。一碟花生米，三两猪头肉，有时还有一点臭干子。先生酒量较浅，从不多喝。尤喜猪头肉，但亦吃得很少。所谓《汉书》下酒，先生于酒，乃谈资之媒介罢了。我问先生，何以名斋号为井天书庐？先生指了指窗外，曰："此非井天乎！"后读先生《井天书庐小记》，方始豁然。先生写道：

余所居四围高楼林立，屋前惟隙地一方，如天井然，或戏谓有坐井观天之感。然余平居但求闭户读书，不乐与闻尘俗间事，所居适与余之情性相得，夫何憾之有耶！《庄子·秋水》尝讥井蛙不可以语于大海，余殆井蛙之俦也。非所以自谦，乐吾之所乐而已。以此名余书庐，其谁曰不然！

井天书庐窗外颇植月季等花卉，夏天里凉爽宜人，鸟雀时来，平添惬趣。然梅雨季节则有些潮湿，冬令更是寒气逼人。先生怕热而不畏冷，称住惯了，觉得很舒适。楼是七十年代所建旧宅，一楼有所谓“一方隙地”，先生谓可接地气，房改后也不舍搬迁，加之徒步可踏进校园，距医院也近，人老了难免身子骨偶有不适。总之自得其乐，不亦快哉！且看先生写于一九九二年的《平居即事》：

卜居远廛市，嘉树清庭阶。澄心拟止水，明镜泯尘埃。行坐取适意，诗书聊遣怀。檐鹊有好语，故人今朝来。

频仍造访井天书庐，往往一坐就是大半天。先生谈得最多的，是其下放淮安的经历，如与季廉方、周本淳、孙肃三先生的诗词唱和，苦中作乐，记忆犹新。先生记忆力超群，所谓“山阳四友”间唱酬诗词，多能大段背诵。令人仿佛若见四先生“挥麈风生座”，快意吟咏之神采。牛棚生活有苦有乐，先生娓娓道来，给我留下的印象异常深刻。其七律《谪居山阳有感》云：

此身虽在已堪惊，且向山阳载酒行。材不材间甘晦迹，味无味处自忘情。空堂坐觉浮云定，静院时闻好鸟鸣。何用逃虚寻藕孔，我心平后路皆平。

颔联脱化于辛稼轩《鹧鸪天·博山寺作》中成句：“味无味处求吾乐，材不材间过此生。”先生掉臂拈来，浑如己出，不愧为辛弃疾研究之著名专家。末联“逃虚寻藕孔”句，用佛经中阿修罗与天帝大战，败后无处逃遁，只得钻入藕孔中，即“藕孔修罗避”之典故。这里只取逃避之意，谓既无可选择，不如既来之则安之。从颈、尾两联看，先生已心平气和，渐渐适应了在山阳的谪居生活。果然，先生仅用一天时间就学会了开拖拉机，接着办起了一个药厂，开着拖拉机跑个不停，运原料，拉设备，灰头土脸，忙得有滋有味。有一次，一个人竟驾驶拖拉机从淮安往南京跑了个来回。后终于研制出一种中成药剂，可供输液缓解病人的疼痛与病情，广为当地乡民所称誉。先生讲起这件事来，禁不住笑容满面，颇为得意。此之谓苦乐交集，慨然在心也。有诗可证先生此际的心情：“旧梦缠新梦，他乡作故乡。平畴烟树合，老圃菜花香。即此愉心目，鸡虫自可忘。”（《山阳郊居有感》）

先生从学报回到中文系之后，我们在一个教研室，交流更多，去井天书庐请益探望更是习以为常。先生兴趣广泛，业馀时间的活动丰富多彩，听音乐、临池挥毫、与朋友品茗论道、吟诵诗词歌赋……尤喜游历名山大川，黄山、庐山不知跑了多少遍。翻开先生的诗词作品集，纪游之作俯拾即是。井天书庐中藏有大量老唱片和磁碟，古今中外，世界名曲，交响音乐，民族器乐，应有尽有。或问先生：“既如此喜爱西方音乐，又钟情于游历，何不出国跑跑，以尽览天下胜景？”先生曰：“女儿女婿都在国外，出去走走看看不难。然中国的大好河山太多了，我尚未能尽皆游遍，有生之年，趁腿脚还好，想多跑跑。山川形胜，还是我们中国的好啊！至于音乐，因其无国界，又有唱片碟子，何必跑出去听？坐在家中，俯仰自如，任意选听，亦不耗资，欣慨交挥，乐何如之！”问者颔首诺诺。

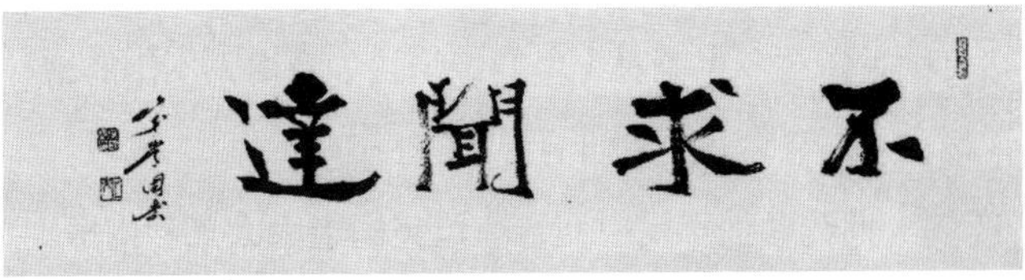

常国武先生书法

先生性情平易和悦，有慕名索书者，有求必应，从不摆架子，更不待价而沽。先生有一篇自说自话的谐谑小品，作《某先生别传》，正是自家行状写照。传曰：“先生某，姑隐其姓氏，上庠教授也。能诗工书，有才子之目。然性迂甚，逃名避利犹恐不及。惟其如此，索字求诗者反日踵其门。先生有求必应，弗论长幼贵贱，识与不识也。尝作打油诗自遣云：‘索字求诗不要钱，小钱偶得亦欣然，猪头肴肉买三两，残酒半醺即半仙。’穷酸之态可掬，读者咸为掩口葫芦……”此所谓“小钱”，是指为风景名胜等所写的楹联、碑版之类润笔，私家或个人所求墨迹，先生向来是分文不取的。先生之于书法，纯属馀事，不以为意。他不喜人称其书法家，甚至觉得有些丢份儿。想来是由于作为学者、“上庠教授”，不屑与那些不读书但知写字的江湖书家为伍吧。记得当年学生书法社搞活动，总是由我出面请几位先生为同学们讲讲，交流互动一番。常先生、马士达先生每请必到。先生反复告诫非书法专业的同学们，要以学业为主，书法应作为一种个人的爱好，用以丰富自己的学养修为，读书是第一位的，技巧方法是第二位的，切莫倒置。至今大家对先生们亲切谒如、诲人不倦的精神记忆犹新。

上世纪九十年代中期，一位美国老太太来到南师大，慕先生大名，要求从先生学习书法和中国文化，住在南山宾馆大半年时间。先生为她取了个中文名字，作“墨蜚声”，还嘱我为她刻了一方印章。先生拉上我一道给墨蜚声女士上课，每周四次课，一次两小时， 先生和我各上两次。翻译请的是外语学院的杨昊成和国教院的吴亦东。墨女士后来对风水感兴趣，要求我们为她上一点风水课，她对神秘的东西很好奇。我从环境气候和人文地理的角度为她讲了两次，说明所谓风水并非迷信，结果她猎奇的兴趣顿失，课就没有再上下去。后来她去了秘鲁，或因为那里有神秘的东西吸引她吧。

井天书庐往事悠悠，遥想当年不时趋谒光尘，或倾听先生侃侃麈谈，或静观先生淋漓挥毫，一遂瞻韩。井天虽仄，却往来无白丁，前贤时彦，适有觏晤。往谒者除却文学研究学者，尤以请益书艺者为多，尽管先生再三强调书法为其馀之馀（首馀当是诗词创作），但盛名之下，难却

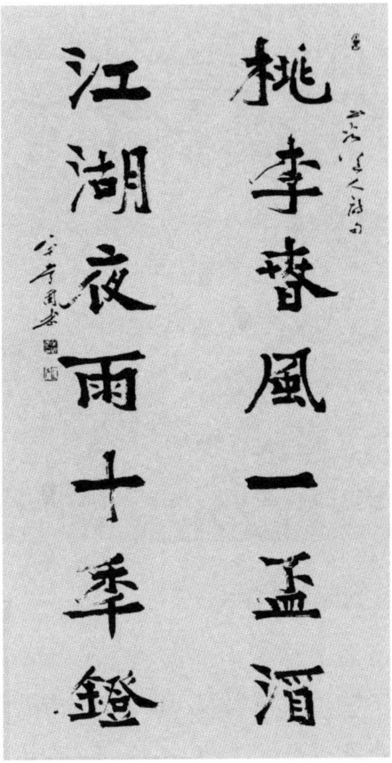

常国武先生书对联

习书者趋仰。先生之书与流行书风迥异，纯是传统风尚，且诸体兼善。其汉隶、魏碑，高古雅致，适于镌之碑碣；其樵古不辍，更参以己意，如先生写何子贞，既有何，亦见常，令人绝倒；其绝活更在于小行书，将一个硬中华香烟盒展开，可于其上写十多首诗词，这大约得力于在线装书天地头上写眉批的功夫。先生曾送我一把折扇，在八寸扇面上竟一口气写了清人李希圣的三十七首七言诗，每个

常国武先生所书扇面

字岂止是蝇头大，怕是比芝麻也大不了多少。难的是章法森严，行气灵动，一笔不苟，顾盼映带，见之者无不拍案称奇，叹为观止。如此，非目力可及，纯然靠书者手感。先生谓写此等小字，最适梅雨季节，空气中湿度大，两三根毛颖的小狼圭笔，沾一次墨可写十数字。否则空气干燥，不时舔墨，字幅则气息不畅。

展观先生遗墨，往事历历，恍如隔日。梦痕犹在，而井天书庐却已然物是人非。日前去学校途经宁海路，弯过熟悉的小路踏入东瓜市，伫立于小区门前，凝望井天书庐良久，黯然伤神。蓦然间，白居易的两句诗涌上心头：“一看肠一断，好去莫回头。”（《南浦别》）……转眼间先生

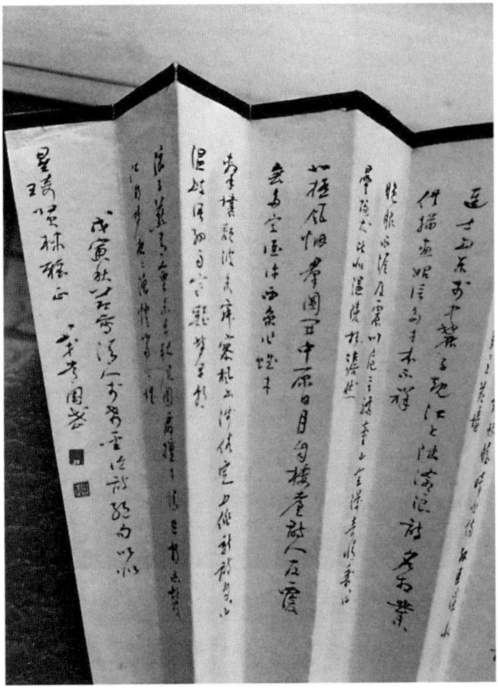

常国武先生所书扇面（局部）

归道山已近三年，一直想着要写一点东西忆念先生，盖因特别稔熟，反而千头万绪，意不知从何处说起。差不多四十年的过从与交往，良师益友，莫逆于心，文字似乎显得乏力无支。今适值雨窗灯下，于思绪纷纭中拉杂写来，任情随笔，略无章法次第，故题之曰“琐忆”云。

农历庚子五月初九日于秦淮河西之茗花斋

第四辑　序跋摭辑

刘金琼《毛泽东诗词格律研究》序

我曾发过誓，无论如何不再为别人写序。这倒不是我自恃清高，也不是受了顾炎武“人之患在好为人序”（《日知录》卷15）的影响。恰恰相反，是因为我读了不少古今前贤精彩的书序之后，觉得为人作序，要写得好真是太难了。首先你得真正了解书的作者，更要认真读透那本书，切实阐明那书的精义，说白了，你总得说出个道道来，千八百字乃至两千字，一定要让读者有所获，并能帮助读者把握全书的要旨，引人进入堂奥之中。与其不能如此，以精微胜场，则莫不如藏拙了。于是，我信誓旦旦，指天对日，决心再不为人作序。然而，发誓归发誓，却时不时要破例。挚友同好，真诚相邀，怎么好扭扭捏捏，硬充大手笔呢！

这次却不能叫破例，金琼先生与我有二十多年的交情，其人品学识，一向为我所敬佩。对于他的好学敏求，多才多艺，我是再熟悉不过了。有道是当仁不让，只要是情真意切，哪怕是一篇短而又短的文字，都是一种缘分，一种心与心之交融。能胜任而作推辞状，岂不露出许多的矫情与假撇来！而作人求真，待人以诚又是我一向的信条，故当金琼先生以本书稿求示我时，我即欣然愿为之序——这次差不多是我主动“请缨”了。

金琼先生既是我的师长，更是我文字上的知心朋友。六十年代末，我们即以文字相交，常常促膝相谈。大到人生社会，小到一句诗文，每多会心之处；又切磋书法篆刻及其他艺事，乐此不疲，不亦快哉！那时先生主要结合教学搞一些研究工作，旧体诗词创作及书法篆刻，不过是先生馀事。我记得，除了与志同道合的朋友知音，先生平时淳厚简朴，很少言语，然于学问艺事，则侃侃而谈，不知疲倦。先生兴趣广泛，每钻研一事，皆孳孳兀兀，就难避易，纯然得学人之正。七十年代末，我在广州读书，每次回内蒙古探亲，都必去看望先生。他有时也喝一点酒，那是兴之所至，有朋造访之时。我们把酒畅谈，旁若无人的情景，星琦永远不会忘怀。先生对我，多有襄助，更多的是勖勉奖掖，书来信往，先生寄厚望于我。先生为我制印多枚，至今仍是我案头常用之物，闲来把玩，乐在其中。翰墨情缘，晤言之欢，追忆旧事，心驰神往，如晤先生于当面，犹闻謦欬在耳边。先生每有新作问世，皆以邮筒及时见寄，使星琦获益者颇多。记得先生办学报时，索稿于我，并替我精心校勘，又在信中多有鼓励之辞。我每有一点成绩亦函告先生，让他分享我的欢乐。我常想，读书人若离了师友同好，该是何等的孤独和寂寞啊！

金琼先生为人治学，执着认真，对于他有兴趣的问题，总是那样灵根咬住，探幽抉微，穷究不舍。本书正是先生这种锲而不舍精神的体现。

关于本书，要说的、值得一说的有多端，这里想拈出以下三点，略加强调。

第一，此书用力处在毛主席诗词格律方面，切入的角度可以称得上别具手眼，说它填补了毛泽东诗词研究的一项空白，亦不为过之。

对毛泽东诗词思想意义的阐发以及鉴赏分析方面的著作，过去和近年来出版了不少，而从格律角度去研究毛泽东诗词的著作，这还是第一本。我非常喜爱毛泽东诗词，也写过一些赏析性的文章。我总觉得毛泽东诗词大气磅礴，出之于传统，又打破了传统，无论是艺境创造，还是意兴寄托，都不乏独标卓异、超迈古人之处。特别是在格律方面，毛泽东驾轻就熟，时有牢笼不住，出奇制胜之笔，一派天然浑化气象。但这只是一个泛泛的印象，并没有逐字逐句揣摩推敲，仅仅是感性认识而已。金琼先生读书心细，对诗词声律又有研究，遂斤斤较量，字斟句酌，积二十年心血，实事求是地去作具体分析考察，将哪些是有意突破，哪些是顺情遂性，避免泥古而害义之处一一指出。我以为这项工作是非常有意义的。

如七律《答友人》，金琼先生笺注并分析说：“律诗一般须一韵到底，毛泽东此诗用韵有突破。”具体在哪几句，怎样突破，都交待得非常清楚。七律《人民解放军占领南京》则笺曰：“用韵有突破。”有些地方更具体指出叶韵与韵书不同，乃是依据什么。如七律《和柳亚子先生》笺作“用韵有突破，依普通话叶”；而《西江月·井冈山》则笺作是用《西江月》别一体，“用方言押韵”。有些笺语又相当审慎，表现了作者严谨的学风。如五律《看山》笺语：“不能说‘失粘’，说无意违犯可以，说有意求其‘拗粘’，学盛唐以前诗风也可以。”话说得很到位，且实事求是。《蝶恋花·答李淑一》笺语最值得注意：“前人作词所用韵书，都是参酌概括唐宋词人所作词，因抒情或应歌的需要，也常有越出旧韵书范围的，而不为当时的官韵所束缚。我们今人作词，用旧诗韵，或押方言韵，或稍有出韵，是不必苛求的。”基于此种认识和理解，遂有七律《冬云》的笺语：“有突破稍有出韵。”类似例子尚有一些。实际上，古代诗词曲名家，亦往往有不拘绳墨之处，连杜甫也不能免。曲史上的“汤沈之争”尤为有名，明代杰出的戏曲作家汤显祖就重意、趣、神、色而不以格律害义，他与沈璟之间关于《牡丹亭》的改编在格律问题上有过争论。但是，毛泽东诗词中更多推陈出新、有意而为之的情况。诚如金琼先生在本书《念奴娇·鸟儿问答》笺语中所说的那样：“毛泽东此词，但尚才气，放言为之，除平仄格律有如上突破外，又韵律不受拘束，有所突破。”

第二，对毛泽东诗词研究中的已有成果，金琼先生择善而从，注明出处；相反，对一些值得商榷的问题，则有存疑，有的加以辨析，申明自己的见解。既不掠美，也不盲从。如七古《送纵宇一郎东行》，金琼先生引述了王季思先生的意见之后说：“此说实事求是，故节录之。”季思先生是我的导师，先生精通各体文学，长于诗词曲创作，因此所论切中肯綮。读到这里。我备感亲切，而对《贺新郎·读史》，却不同意以方言叶韵之说，谓“余亦为湖南人，这些韵脚的方言读音，也不尽相同或相近”。与此，可见金琼先生学风之淳厚。

第三，本书字字标明平仄和韵脚，对学习写作旧体诗词的读者有示范作用，且阐发独到，搜罗俱全，无疑为读者提供了一个新的毛泽东诗词版本。

当然，本书创意，不惟以上三点，我这里不过是举其大端罢了。

读者若因读了我的短文，有助于深入此书，或多少有所启迪，这在我是颇感欣慰的。于金琼先生处，因了拙文以作纪念，则是乐且幸矣！

1994 年 10 月

于金陵之翠薇山房

陈开多《梦痕集》序

开多的《梦痕集》即将付梓，这是诗友同好们无不颔首称快之事。诗苑中蓦然间又绽开了一朵俏丽的花，令诗意栖居的人们眼睛为之一亮，不约而同地为一个新生命的孳勃簇露而慨然赞许。

诗集之名曰“梦痕”，颇为耐人寻味。思有致，梦有痕，梦虽去而不远，却留痕不易。这使我猛然想起了大文豪汤显祖的杰作《牡丹亭还魂记》，“惊梦”之后，又有“寻梦”一节，看来梦是可追可寻的。普鲁斯特在其《追忆似水年华》中说：“唯一幸福的岁月是失去的岁月，唯一真实的乐园是失去的乐园。”他无非是在说，幸福与欢慰唯在追忆二字。从某种意义上说，真正的诗人本质上都是在追忆，亦即寻梦。海德格尔所言“诗人的天职是还乡，还乡使故土成为亲近本源之处”，其用意也不外乎如此。这里所谓的还乡，并非如字面上的简单指回到故乡，而是指返璞归真，也就是“亲近本源”。开多性情天真，浑朴执着，虽身居市廛，却心静如止水。他根植于故土，梦魂在本源，存无求之狷介，无物役之束缚，这正是诗人之质必备之情愫。你看他集子中劈头里一首写乡愁：

乡愁黯黯梦中牵，久别他乡事似烟。
荡气回肠空寂里，青苔石径雨中莲。

这不仅仅是在思念故土，尤在于它是一种人生感喟，即是说人生的况味酸甜苦辣杂陈并举、不可或缺，并非只有甜蜜的回味才是幸福，有时倒是苦涩所留下的东西更耐追寻与咀味。再看其《忆长塘》：

梦里依稀半亩塘，微澜浊浪荡沧桑。
酸痛苦辣风波里，长忆薪篱旧瓦缸。

作者自注：“薪篱，竹枝捶爆放在塘里浸泡后晒干非常容易点燃，旧时农村的照明材料。长塘经常浸泡着薪篱和装过酸菜的瓦缸，聚集着鱼虾，每隔几天将其捞起来，便能捉到很多鱼虾。”如果说《乡愁》写的是一种总体上的人生况味，那么《忆长塘》则是写细枝末节，见物见人，有如特写镜头。二者同样是追忆与怀旧，却有着极其微妙的审美差异。韵味虽不同，但对于有着相同或相似经历的读者，都能激起心灵深处的强烈共鸣，令人心潮澒洞，于淡淡的愁绪中体味到异样的、沁人心脾的美。正是开篇这两首小诗，让我开卷即心旌飘摇，不由得也忆起自己的童年往事来，继而想着学开多那样去朝花夕拾了。现在50岁以上的人，都经历过物质匮乏的艰难岁月，这其实没什么可抱怨和遗憾的，它可能倒是一笔弥足珍贵的精神财富，充实了我们的人生。里尔克在谈到梵高的清贫时说："贫穷是一片从内部发出的灿烂光辉。"在他看来，贫穷与其说是个社会问题，不如说是个美学问题。这无疑是一种哲人的睿见卓识。而且，这又是一个既深奥又浅显，既理性抽绎又感性经验的非常有意味的问题，值得深入探索与开掘。自然，我们并不留恋甚或赞美贫穷，而是从美学层面着眼来审视人生。开多集子中此类作品还有不少，如《藕塘》二首以及《忆阳春》《忆童年》等。读了此等篇什，我几乎完全将旧体诗森严的韵律抛在脑后，只是沉浸并陶醉于诗人之率真与质朴之中。诗者，首贵一个真字。细细品读，我觉得这一类作品不是"作"出来的，而是从诗人记忆中流淌出来的。司空表圣《诗品》有云："如逢花开，如瞻岁新。真与不夺，强得易贫。"（《自然》）有如"春来草自青"被视为佛法要义，而诗学要义又何尝不是如此？有真人始有真诗，性天真方能绝俗，故开多诗可谓有真性情而不落俗窠者也。唯因如此，在操作主义、消费主义以及模仿秀、脱口秀大行其道之时，保留心灵中那份纯真与质朴，该是何等的难能可贵呀！说来诗并不神秘，也没有那么多深不可测的奥妙，海德格尔以为“纯粹地被说出来的东西就是诗”；金圣叹更是于无意中说出了什么是诗：“诗者，人之心头忽然一声耳。不问妇人孺子，晨朝夜半，莫不有之。”这位十七世纪的怪杰甚至认为婴儿呱呱坠地的第一声啼哭即是诗，强调的无非是自然与真实。从这样的意义上说，人人都是诗人，但你必须不巧伪，弃造作。因为失却了本源意义上的纯粹，诗也就不存在了。开多并非掉书袋式的诗人，他一般情况下绝少用典故，也不受清规戒律束缚，一任性情驰骋，独往独来，然终不失其真。我最欣赏的也是他的这份真纯与率性。庄子云：“独往独来，是谓独有，独有之人，是为至真。”（《在宥》）信矣！

我颇喜欢开多的一首《白头吟》，它差不多是诗人要而不繁的一个小传，文字的通俗晓畅与平朴自然自不必说，情感的真挚与老诚，直白中所流露出的古拙与憨厚，以及去渣滓见清简之朴茂之气，令人读之击节动容，实乃天赋以诚，性根以实之作也。诚者，物之始终也。诚则不息，不诚无物。相对那种藻饰累茸，又自以为文采飞扬者，不啻有霄壤之别。谓其“质而实绮，癯而实腴”，恐不为过之。或以为此评有溢美之嫌，开多岂能与陶令相提并论？然窃以为他的确有一点靖节之风，倘以诚朴真纯、率而有味的角度视之，相通之处是不难领略的。诗之佳境，正在看似简淡，其意弥厚者。所谓繁缛反薄，浓过必枯，为诗为文，其理皆同。其《退休想望》《野居》等，均属此类。

开多诗思敏捷，一旦灵眼观到，便能及时以灵手捕捉，且文心幽微，诗味浓郁。这在他的怀人和景物诗中均不难感受得到。《辛卯正月十三》《春怀》以及新疆纪行诗中的篇什，可称绵邈滂沛，得乎寸心。有些小诗，如惊鸿一瞥，令人过目难忘。如《春宵》《榕树》《惜时》等，极堪涵泳。《惜时》小诗写道："昨日花千树，今朝遍地红。应怜春夜短，无处觅芳踪。"读罢颇为怅惘，联想起元代无名氏的一首〔双调〕《山丹花》："昨夜满树花正开，胡蝶来，胡蝶来。今朝花落委苍苔，不见胡蝶来，胡蝶来。"我以为它是元人令曲中的杰作，其妙处恰在其仿佛随口呼出，直白背后，有端如嚼橄榄般的无穷馀味。开多小诗，庶几近之。

开多毕竟是性情中人，时不时也幽那么一默。他有一首《口水尾》读来令人忍俊不禁。他的《庐山偶遇》《古玩市场》《戒烟》等，皆以俳谐取胜，别是一格。其中《庐山偶遇》自注有云："花前露水，瞬间即逝。世间事物就是这样，美好的东西总是留不住。"是不是可以这样认为，诗，或扩大了说一切艺术，归根结底是要留住世间美好的东西。既然在时空间无法留住，那就留在记忆中吧。于是，文字以及其他一切艺术手段就都成为记忆美好事物的中介，艺术由此而生。这样看来，《庐山偶遇》则于俳谐之外，便有了弦外之音。记忆中的美好事物之所以更美，是因为它逝去了，距离产生美的说法绝非无根之谈。帕克在其《美学原理》中说："离别是一种甜蜜的悲哀，因为只有到那时，我们才充分认识到我们快要丢失的事物的价值；已逝的青春的美要更美些，因为在逝去之后，它的光华在我们的记忆中更加光彩夺目了。"开多也有不少写离愁别绪和怀人思友的作品，往往于淡泊中见真情，写得分外动人。如《忆老师》《朋友》《思念》以及卷三《情缘梦忆》中的诸多小诗，情意绵绵，都很美。安托南·阿尔托有一个论断，给我的印象极为深刻："真正的美从来不是直接地使我们激动。夕阳之所以美是因为它使我们失去了许多东西。"诗人们以追忆为美，其根本原因当在于此吧。

开多还有一首题作《人情如债》的小诗，值得拈出来再说几句。小诗是这样的：

说来厌倦亦温馨，只是从来道不明。
常欠常还犹未了，最难清白是人情。

诗人捕捉到了人情社会中极其微妙的感受，又将其用近乎直白平易的言语坦露出来，读来亲切有味，首肯之馀，逼着你去思考。小诗于洞察中见出德行，练达中不乏纯真，透出诗人为诗的惇厚、质朴。

与开多相识纯属偶然，而相知相契却是必然。人海茫茫，熙熙攘攘，相识时难，相知更难。有时面面相觑十年八载，也只能算是相识而已，欲要成为相知投契者则遥不可及；相反的情形是，萍水相逢，却一见如故，遂倾盖倾心，相见恨晚。如我与开多者，倒是并不罕见。此即人们所说的缘分，仿佛冥冥中早已注定了。实则这是一种偶然中之必然。儒家言命，哲人说因，佛家则谓之缘，殊途而同归也。且看开多的一首《缘分》：

人事缤纷如梭，曾经缘分无多。
知音终究难觅，岁月如斯蹉跎。

此大有“呦呦鹿鸣”之叹，求友之心不可谓不切。不期与开多相识相知，想来无论如何我也算得上他的一个知音了吧？我读他的诗，更读他这个人，自以为读懂了，未知开多以为然否？开多虽已过天命之年，骨子里仍天真得像个孩子。或许正是因了这份天真与纯朴，他才诗思喷涌。我相信以他的天资与勤勉，定能淬砺奋发，更上层楼，写出更多的好作品来。

一口气写了近四千字，想说的话还多，然序不可太长，弁首之文岂敢喧宾夺主？还是来读开多的诗吧。

广东是我福地，那里有我的梦。江南的春意日复浓郁，未知南国的木棉开未？该是姹紫嫣红的杜鹃花遍染珠江两岸的时节了吧？开多的诗使我嗅到了岭南的气息，也带我走进了梦牵魂绕的花城故地。谢谢开多。

末了，口占一绝，未及斟疑，略表寸心而已。尚望开多和大雅方家有以教我：

梦里依稀觅旧踪，雪泥鸿爪迹分明。
止水[①]可鉴情深邃，把示知音掷有声。

癸巳初春于秦淮河畔之茗花斋

① 止水，平静的水。因其似镜，可照物也。《庄子·德充符》："仲尼曰：'人莫鉴于流水而鉴于止水。'"成玄英疏："止水所以留鉴者，为其澄清故也。"

贾冀川《二十世纪中国现代戏剧教育史稿》序

我很少与人作序，亦尝信誓旦旦，横竖不为人序。原因其实很简单：一则序写好了很难，你首先得将一本书吃透，出言方能切中肯綮；再则序总要放在开篇，首当其冲，倘写得涩滞乏味，会大倒读者的胃口，与其那样，毋宁藏拙。此外，序往往是大家所为，名人出手，我与二者皆不沾边，不敢自伐，便是老子所云“知止可以不殆”。

然此番我却不能不破例而为。原因也很简单：冀川是我的相知同事，又是鸡犬之声相闻的近邻，平时交游既多，专业上又有所交叉，冀川相重，怎敢拿乔？此其一也；冀川本是董健先生高足，乃正当年华，堪称新锐翘楚！且其学风淳厚，不得于心而侈于外，孜孜矻矻，勤勤勉勉，不为消费时代的种种诱惑而移志，一心向学，诚为难得，此其二也；更为难得的是，冀川的这个课题角度颇有新意，唤起了我极大的兴趣，在课题立项、结项时我都格外关注，明确表达了我的看法，其书稿在我的案头驻足数日，披览一过后，确有话想说，此其三也。

我知道，冀川的夫人是搞教育史的，想来这部书稿当大得内助之助。珠璧映带，琴瑟音徽，个中消息悄然透出。不必问冀川，无须询张蓉，我在读书稿时依稀感受到了这一点。故这部专著的长处，或者说特点，首先体现在这样一种视角上，即对中国二十世纪戏剧教育的严格审视与反思上。它与一般意义上的戏剧史不仅着眼点殊异，探讨的问题也全然不同。搞教育史的大约不曾注意到戏剧领域，而弄戏剧的，似乎也未曾专门注意到戏剧教育问题。正是在这样一个契合点上，冀川于史的叙述中，引发出不少有特殊意义的问题。有的问题对于当代戏剧史的深入研究，乃至于对当下及今后的戏剧发展，均显得特别重要。

概括起来，我认为这本专著的创获主要有以下三个方面：

第一，廓清并揭示了二十世纪戏剧教育的基本脉络线索，对我国这一时期戏剧教育的历史意义及其贡献、影响，作了审慎的、实事求是的价值判断。其中对田汉、熊佛西、欧阳予倩等戏剧家、戏剧教育家的教育观和戏剧教育实践活动，给予了充分的肯定，同时也对他们的艰难跋涉作了客观的分析与评述。对于新中国的戏剧教育，作者注重资料的搜集与发掘，将观点隐含于叙述之中，在充分肯定了成就的同时，不乏深邃的思致。

第二，不时提出了一些值得深入探讨的问题。如在绪论的“现代戏剧教育的历史意义”一节中，作者指出：

> 中国现代戏剧教育强调设立戏剧专门学校，强调对戏剧专业的戏剧人才的培养，而忽视了对非戏剧专业的学生的戏剧教育，尽管这对培养戏剧全才、专才有利，但这也造成普通民众对戏剧艺术的隔膜，不利于戏剧观众的培养，这恐怕是当前观众远离剧院的重要原因之一。因此，如何将戏剧教育作为基础艺术教育的重要内容在中小学广泛开展起来，是现代戏剧教育家们面临的最为迫切的任务。

我之所以要拈出这样一个问题来谈，是因为它实际上在当下仍然是个问题。说它贯穿在整个戏剧教育过程中，也不为过之。眼下能否将其与中小学素质教育结合在起来，扩大戏剧教育乃至整个艺术教育的范围，无疑是一个值得深入思考并逐步加以解决的问题，这有助于我国整体民众人格素质的现代化，既是长远目标，又必须步步实施。冀川还认为起步阶段的中国现代戏剧曾经是步履蹒跚，但早期戏剧教育家们所开创的把戏剧教育融入社会教育，并视为为国家民族兴旺、培养人才的教育理念，奠定了中国现代戏剧教育的基础，这对后世的影响是深刻而久远的。

第三，这本专著资讯丰富翔实，不少文献资料翻检查询不易，弥足珍惜。有些史料本身就能说明很多问题，经作者要言不烦的点染生发，增强了说服力，使全书显得丰赡而充实。与此同时，作者尽可能让材料说话，不尚空论，文字上愈显得平实、精洁。我以为此等文风，明澈透亮，剔除了浮沤泡沫，当是要加以倡扬的。

是书之长处，绝非以上三条，我这里只是拣主要的说，且完全是一己一孔之见，尤恐意有不尽于其言处。一书之序，不过树一指向标牌，未见指示路向的标牌连篇累牍者。序者先睹书稿，立片言以居首，相信读者上路，自会领略沿途风光，亦自有心会。无须我在这里再饶舌，就此打住吧。

是为小序。

2006 年 4 月 20 日

于秦淮河畔之茗花书屋

陈鸿秀《影视基础教程》序

陈鸿秀副教授的《影视基础教程》书稿清样，在我的案头搁置了十多天，不时翻阅浏览一番，总是会激起我思考一些问题。

首先，我完全赞同她的意见，即当下非艺术类高校的影视艺术教育不可或缺，甚至较以往更具迫切性，而教材建设尤为重要。她所说的“教者应在教学实践中根据具体的教育教学环境，切实而又有针对性地编写并不断完善教材”，也是确有切身体会的知者之言。鸿秀在淮阴师范学院开设过较长时间的影视艺术选修课，她在实践中不断反复修订自己的讲义，并在此基础上几经加工磨砺，于是便有了这本《影视基础教程》。即是说，这本教材是成于反复授课并修订完善之后，而非是拼凑一班人马，关在屋子里分分章节，草率成书且未经课堂考验的应急之作。故其贴近教学实际，具有较强的实用性是不言而喻的。细读全书，是不难体会到这一点的。这使我想到时下高校中，编写教材往往不被承认是科研成果，这是令人费解的。事实上，编写出好的教材是相当困难的，至少比毫无独创性的所谓专著要难得多。教材有教材的要求，教材有教材的难处。我以为，好的教材一定要经过反复授课，不断修改加工，特别是要了解学生的知识结构以及切实需求。换言之，好的教材是锤炼出来的，它凝聚着教者的心血和智慧。

其次，我觉得好的教材应该也必须适当融入一些感性的东西，只有这样，编写者的个性才能充分体现出来，否则同一门课程的教材就会流于雷同。我这样说，并不是说教材编写不要理性精神，而是提倡教材编写也要突出个性色彩，要在独立思考的基础上多一点情趣，多一点亲切感和亲和力。倘若都是干巴巴的条条块块，将原本生动鲜活的学科知识弄得毫无生气，甚至面目可憎，这门课程的生命力势必走向衰竭。我们都有过编教材的经历，如此说，当然是有感而发。因而，当鸿秀问我教材中有自己感性的东西在其中，未知可否时，我脱口而出：好啊，就是要有些直觉含味的成分，知性和感性从来都不是势不两立的。你这本教材尤当如此。由此我又想到，在数字化的高校科研管理中，重知性轻感性的倾向也是明显的。譬如文学学科，鉴赏品藻类文字其实是最见性情的，是一种很高的境界，缘何就不算成果呢？或以为此类文字被写烂了，人人都能涉笔。那是另一回事，我这里强调的是“好的”。论文及考据类的文字不也是良莠不齐吗？难道时下无病呻吟的论文和无稽考辨的篇什还不够多吗？何以竟厚此而薄彼？俞平伯先生曾有一段精辟的议论，足可资深味：

文学本以欣赏为质。烦琐之考辨非所贵尚，此意稍有常识者皆审之矣。然视考辨为治诗之鹄的可非，而视考辨为治诗之阶段则不可非；不考辨可明的作品而亦故意考辨之可非，非考辨不明的，不得已而考辨之不可非。前人素无异说，妄立名目，炫才扬己者可非，而辟荆榛，张壁垒，志在扫芬埃以示云天者不可非。考证辨论之事，在文坛上只是一种打扫工夫。莹洁清明之地无洒扫之必要者，故意洒扫以示其勤，诚觉其可怜而可厌（然亦未必可恨）；至在蛛网尘封、数千年之华屋中，则作洒扫夫者岂非后来居是者之功臣，乃亦诃为多事，得勿远于人之情乎？（《论诗词曲杂著·读〈诗〉札记》）

话说得不能再清楚了。是故厚此薄彼显然是没有道理的。视“质”而不顾，一味鼓励“故意洒扫以示其勤者”自然是令人生厌的。

复次，我想到了我们研究问题，往往非得要弄出个结论（而且是终极结论更好）来才肯罢手，事实上，即使是世界上最简单的东西你给它下个终极结论，都是极困难的，甚至是不可能的。譬如什么是电影、电视？你想定义它就非常困难。因为它还在发展变化之中。尽管中外影视理论家都试图去定义它，众说纷纭之中，不过是各自部分地说明了电影、电视的一些突出的特点而已。究竟什么是电影、电视？或者反过来说电影、电视是什么？怕是现在乃至将来还有的探讨。“综合艺术说”“视听艺术说”“技术化了的戏剧艺术说”等等，似都不能说清楚影视的本质。说它本质上仍是戏剧艺术固然不错，但它的自身特性呢？何况什么是戏剧这个元问题也是有争议的。人们所能揭示的也只是戏剧的基本规律，如布伦退尔的“意志冲突说”、阿契尔的“危机说”、琼斯的“斗争说”、贝克的“动作情感说”以及劳逊的“社会性冲突说”等等，可谓见仁见智。立场不同，视角也不同，结论自然是不同了，时至今日，如何定义戏剧仍然是个问题。鸿秀在解释电影是什么时就表现得相当明智和通达，在列举了各家不同的说法后，她并不强为之定义，只是于突出了“第七艺术”以说明其独特性的基础上，强调了电影／电视应该是一门求真的艺术，并称“随着科技的飞速发展和人们思维、观念的变化，这个问题依然需要人们来解答，也会有不同的答案，就让我们在中国电影已经掀开的第二个百年之际，一同求索吧！”这样的治学态度，是可取的，较明知解决不了而强为之解的做法要高明得多。

此外，在第五章中，作者探讨了影视与戏剧、文学的关系，其中不乏令人思考的议论。如谈到电视剧艺术与戏剧的关系时，鸿秀写道：

虽说电视剧艺术与戏剧的关系较电影与戏剧的关系更亲密，但因其特殊的传播手段和创作观念，电视剧与戏剧仍有着相当大的差异和分野。甚至在相当大的程度上，电视剧艺术是以“非戏剧性”的生活流来展示自己的特长的。电视剧艺术有不同于戏剧“假想性”的纪实力度，有比戏剧舞台自由的转换时空，有由同期录音而带来的丰富而浑融的生活热流，有自由剪辑而产生的不同于戏剧表达的多种手段，以及由观赏的生活化场景带来的不同的观赏效应。

这段文字既精到而又漂亮，非经缜密思考与反复润色是写不出的。类似的精彩之处，在“影视与文学”一节中，也时有闪现，就中可以见出作者独特的思考和机敏的触觉。

在翻阅鸿秀这部书稿时，我想的问题很多，限于篇幅，我这里只是举其要罢了。而且，以上所谈，多有借题发挥之嫌。谈到这本教材的独到处，我以为主要在于第四章“影视审美分类”和第五章“影视与文学、戏剧的关系”这两章写得好。这不仅是同类教材中人们所忽略的内容，而且问题提得好，也谈得透，时有独到的见解。或许鸿秀留恋自己过去的知识背景，对文学和戏剧割舍不断，自觉不自觉地涉笔于这两章内容，就我个人视阈所见，影视艺术类教材，往往是不设这两章内容的。又或许我和鸿秀是同样的原因，对这两章看得尤为仔细，甚至觉得若不设这两章，全书构架会显得不那么稳固。因为它的内容与第一、第三章侧重于基础知识的阐述，恰好形成了呼应和互补，映带成趣，相得益彰，遂使教材平添了理论色彩与整体上的厚度。第二、四两章则以资讯丰赡和分析细致见长，看来作者对当下影视创作的基本状况把握得相当全面，可知她在相关资料的搜集工作上，是下了一番工夫的。

听淮阴师院的朋友们说，鸿秀开设的影视艺术课程，颇得学生们的好评，同时也得到了学校有关方面的充分肯定。我想这与她精研教材教法的不懈努力是分不开的，足见这本教材是经得起实践检验的。它的公开出版，可喜可贺！相信它一定会为同行们所接受，在使用中帮助作者进一步完善它，好的教材须是百炼成钢、千磨成璧的。

鸿秀 80 年代初在南京师范大学中文系学习，当年我教过她古代文学。大约是受了我的影响，她对中国古代戏曲史有浓厚的兴趣。毕业后她教过古代文学，同时致力于中国古代戏曲的探讨研究。由于教学的需要，辗转间她又教起了影视艺术课，并于授课之馀勤奋耕耘，近年来发表了不少影视艺术方面的研究论文，又数易其稿，编写了这样一部极饶特色的教材，取得了可喜的成绩。我为她的努力和进取感到欣慰与高兴，不由得想起当年我在课堂上所说的一番话：“张若虚被称为‘孤篇百代’的《春江花月夜》，只有两句写得好，那就是‘人生代代无穷已，江月年年只相似’。个体的生命总是有限的，但人类及其业绩却代代相传，万劫不朽。学问也是如此，所谓‘天下公器’，从某种意义上说，它不是个人行为，它应该也只能是全人类的。”因此，每每看到我的学生取得了新的学术成果，都会感到无比欣喜。当鸿秀的书稿置于我的案头时，我的这种感受格外强烈——想来这与我年过花甲、老之将至的意绪有关吧。日前看央视电影频道直播的第26届电影金鸡奖颁奖晚会，年届90高龄的老一辈表演艺术家张瑞芳被评委会授予终身成就奖，她的获奖感言直率却耐人寻味。她对年轻演员们说，我演了一辈子电影，都不如你们一年演得多。我看你们的电影，我是你们的“粉丝”。如此心境，直白率真，谁听了能不为之动容！我虽离耄耋尚远，却心有戚戚焉。愿鸿秀辈以及更年轻的一辈学人，好风凭借，飞得更高，不断取得新的业绩。

末了，尚须再补赘几句。我是很少与人为序的。这倒不是因了顾炎武说过“人之患在好为人序”，而是深知序这东西写好了很难。倘不将一本书熟读吃透，你“序”个什么？故而当鸿秀携其书稿嘱作序文时，我未免搔首踌躇良久。然 20 多年的师生之谊固在，回拒似不近人情，我只能是勉力为之。为了不负鸿秀的盛意和倚重，我不得不老老实实细读书稿，届时也想了些问题，以便尽可能写得贴切些。至于借机说了些想了很久的心里话，似亦可用“序无定法”聊自搪塞。未知我的那些借题发挥处鸿秀以为然否？亦未知影视艺术专家和读者以为然否？

2007 年 10 月 28 日于秦淮河畔之茗花书屋

潘小强《藏域探秘摄影散文作品集》序

藏域在人们的印象中是神秘莫测的，如情似梦，令人心驰神往。到过青藏高原的人，无不为其壮美的山河与浑厚朴茂的民俗民风所感染，于肃然敬畏的同时，经历着一番心灵的净化。

潘小强先生用他的相机记录了自己深入藏区独特的心路历程，其视域之宏阔、感受之真切、体味之细微，无不使人感同身受，击节赞叹。小强于其万馀帧藏游摄影作品中精心遴选近百幅佳作，即此《藏域探秘摄影散文作品集》，以飨读者同好，实为艺林之幸事。作为先睹为快的读者，随着小强的相机遍历青藏高原，我颇有沐浴焚香作心灵之旅的切实感受，享受着，陶醉着，脑海里蓦然跳出八个字来：大气磅礴、赏心悦目——我不由得双手合十，目醉神摇。

小强是一位具有多方面艺术修养的艺术家。他的摄影作品别具风采，有灵气，见巧思。时而手眼迅疾，鹘飞兔脱，捕捉敏锐；时而于静穆希声之中，得天地大化之美——不失时机地攫取大自然中诸多物事之神韵。尝见其摄于南京玄武门的雪景横卷，还有摄于玄武湖的《山水城林》，胸襟之开张与画面之缜密融合得无懈可击、天衣无缝，此等当属得天地大化之神韵者；而《藏域探秘摄影散文作品集》中《佛光祥云》《日照金山》等，则是手眼迅疾，得天地神赐之作——小强说那是幸运，被他碰到了。我则谓乃是“千年不遇我逢辰”——天赐良机也。

配合其摄影作品，小强还写下了一些文字。这些文字朴茂凝练、干净利落。我以为，文字的魅力是不可替代的。有如摄影艺术的不可替代一样，绘画及其他一切造型艺术毫无疑问取代不了灵动的快门。文字给人们留下的时空是无限的，文字的锤炼是各门类艺术家所必须下工夫修行的基本功。小强的文字闳约而深美，尤为可贵的是字里行间透出的那份真挚与激情。司空表圣的《诗品》劈头即言雄浑：“大用外腓，真体内充，返虚入浑，积健为雄。”可见“真”是一切艺术的灵魂，唯其美，方能动己，动己感人，艺术品才有生命。外腓是气魄，真体是情感。情动于中，感染力自然无穷尽。小强文字不造作，率性任情，故其笔健势雄。他写《活佛摸顶》《玉树尼姑》以及诸多寺院、佛塔、经幡，都那么从容不迫，淡淡写来，让人感受到信仰的力量，宗教的亲切，一派融融平和，满心恬恬宁静。而写油菜花海、川西月亮湾等，又完全是摄影家的视角。或壮阔辽远，震撼心灵；或安谧宁静，柔美婉曲。小强用他的快门和健笔，带你踏上高原之旅。

最令人称道的，是小强文笔的简洁明快、生动传神。其文既是配合摄影作品，笔调必然是点染式的，忌长宜短。长则七八百字，短则二三百字，如白描勾勒，无过是局部素描，甚至是跳脱速写，收放自如，剪裁得当。如此小文，有点甜，但不至于腻；隽永有味，却绝不絮聒，真是美文，读之似有醉意。老杜云“陶谢不枝语，风骚共推激”，信焉！

小强嘱序，信笔抒发。谓我在学小强崇尚简约凝练，也可。故序不可冗。愿与到过或未曾到过藏区的读者方家共赏小强图文双美之佳构。

是为小序。

2012年岁杪于茗花斋

居高声自远　治学标独格

——邱世鸿《艺术文化与艺术创造》序

日前与丘若在莫愁湖边品茗雅集，孙洵先生亦在座。多日未见，大家相晤甚欢。其间谈及书画篆刻理论研究问题，气氛遂更觉热烈。丘若称他的一本自选论文集将由光明日报出版社出版发行，随即我索来校样翻阅一过，禁不住有许多话要说。

丘若乃徐无闻先生高足，又从黄惇先生攻读博士，旋又于高校艺术学科执教多年，积累日厚，兼其业广惟勤，恒兀兀以经年，多思高产，创获甚丰，在当代中青年书画家中称得上是很有影响且极饶个性的人物。与一般只在书画技巧层面孜孜矻矻的书画家不同，丘若特重理论研究，想来这大约与其中文系科班出身有很大关系吧。记得丘若博士论文答辩时，我的印象就非常深刻。他研究的是宋明理学与书法的关系问题，与我研究的课题有关联，于是，我的眼睛为之一亮。作为答辩委员，我必细细读之，益觉其能言之所未言，无论广度与深度均无可挑剔，允称上乘。此后对丘若的论著我便特别关注，且多有收益之处。

丘若从事文艺理论研究多年，参加全国相关重要研讨会数十次，时有新见与发明，在全国理论界颇有影响。一方面丘若有高校教学实践的磨砺，他教授的理论课与实践课有十馀门；同时他又善于思考，勤于笔耕，故而创获颇多，成就斐然。我与孙洵先生都觉得，丘若自有一般研究者所不具备的优势，这从他参与研讨会的选题，讲座主题以及带研究生所开课程方面不难看出，他往往能举重若轻，将理论与实践，社会与高校，教学与研究，创作与理论相互促进，相得益彰，从而在许多领域能游刃有馀，卓然独立。

纵观丘若所取得的成就，我以为至少有三点给我的印象最为深刻，也最值得引起同好与书画界的重视。

首先，丘若的起点较高，取法乎上，故思考问题则有深度。本、硕、博求学的连续性，以及坚韧不拔的钻研精神，使丘若的知识结构日益巩固完善，研究领域不断拓展、深入，形成以点带面，层层透入，乃至浑厚圆润的境界，在中国文化研究领域中自成一家。如对理学书论之研究，书家书论矛盾性研究，高等书法教育价值观研究等，独有心得，多有建树，得到了同行专家的一致肯定，并多次获得奖项。

其次，丘若思辨力强悍，触觉敏锐，不仅在论著中呈现出专业性较强的特点，而且视野极为开阔。近年来他着力于艺术文化研究领域，对传统文化特征的细微烛照以及对当代审美趋势的洞悉，都别具手眼；同时，对于艺术创作、艺术欣赏、艺术教学等方面的相关问题，亦有独到的见解和精辟的阐发。读丘若的诗词、书法、绘画和篆刻作品，特别是他的新作《邱世鸿书画篆刻精品集》《大学行书教程》以及《创作与理念》等，不难窥见其坚持不懈的追求和日渐深厚的功力。

复次，丘若文集文风之朴实真率，也是值得称道的。他不矜夸，不矫揉，更不故作高深。

全书图文并茂，兼具学术性和通俗性，增强了可读性，论述中持论严谨、公允，从容不迫，行文清畅，亦不乏文采，显然这需要多年的积累，正所谓“观千剑而后识器，操千曲而后晓声”，或人们常说的“绚烂之极归于平淡”。不消说，这是一种很高的境界。丘若的文字功底得力于其中文科班出身。你看他的旧体诗词，清新自然，爽畅绝俗，音律和谐，师古却又不泥于古，题材之广，涉笔成趣，可视为其表达思想感情和艺术观念的另一种表达形式。

至于丘若的书画、篆刻作品，就更是一枝独秀，出其类而拔其萃了。其书，可谓五体兼擅，各逞其美，特别是由中山王厝壶变化而来的篆书，徐无闻先生之外，能为此者几乎只有丘若了。或笔下遒劲飘逸，或泼墨雄浑朴野，时而静穆庄凝，时而清隽典雅，纵横挥洒，满纸云烟。其画，水墨淋漓，笔简意赅，摹影传神，一派传统文人画气象，然又不乏丘若独自家数。其印章，亦自别饶机趣，不求狂怪，于平正中见巧思，方寸世界中气象万千。如此一专多能，且凡丘若染指处，俱见精彩，洵为难得。

黄山谷云："凡书画当观韵。"（《题摹燕郭尚父图》）丘若气韵体现于其诸艺事之中，不唯书画，其诗词，其论著，其讲座，其授课，无不见出韵致之雅洁、古朴，自然也包括其人格精神。丘若正当盛年，其艺途尚修远，预祝他淬砺奋发，勇于攀登艺术的高峰。

丘若新作付梓在即，嘱予为序，随心顺口，说了这么多，未知读者方家以为然否？亦未知丘若教授以为如何？

2015 年新春于秦淮河西龙凤花园之茗花斋

秦佳《剧思飞》序

过了中秋节，当风儿有了丝丝凉意，心绪陡然清爽起来。一杯清茶，凭窗坐定，仔细翻阅着秦佳的《剧思飞》书稿，不禁心潮涌动，浮想联翩。蓦然间，想起了韩退之所言进退行藏、言洁流清的话：

特立而独行，道方而事实，卷舒不随乎时，文武唯其所用。(《与于襄阳书》)

包括我在内，许多秦佳周围的朋友、同事不止一次劝她，将自己写过的东西整理起来，出一两本集子，以作为阶段性成果，给自己一个交代，但她就是不以为意。不求名利不诱于誉，秦佳真的是特立独行的。

初识秦佳，她刚刚 20 岁，孩子气十足。从大三开始，我是她的班主任，兼为他们上古代文学课程。小小年纪，才思敏捷，善于思考，文笔清奇，字也写得漂亮——这是我对秦佳的最初印象。大学毕业后，她到师范当老师，中文系科班出身，自然是驾轻就熟，作为同行，不时听到人们对她的赞许。后来她到常州工学院任教，仍然是兢兢业业，恪尽职守。未久，即升任常州工学院艺术与设计学院院长，并兼任常州市创意产业基地管委会副主任。几次到常州，见她总是在繁忙之中。她对工作的满腔热情，对艺术与生活的执着与挚爱，以及对创意产业的深情投入，给我的印象极为深刻。

秦佳的特立独行，还表现在其思致的奇警超拔，出人意想之外，却在情理之中。别的不说，你看此书的标名——《剧思飞》，何等奇妙！写戏作剧，非只为单纯娱乐，亦非只是一时兴之所至，更不应为了博名获利。探索、思考社会人生的奥秘，以戏剧为载体，寻求人类生存发展的法则与意义，才是创作的真切旨归。秦佳说，德国古典诗人荷尔德林“人诗意地栖居”的思想，被海德格尔汲取为诠释其哲学思想的酵母，这两位德国睿哲都是沉思的诗人，也都是艺术哲学家。对生活在这个世界上的每一个人而言，诗意生存都是无法规避的，而这种诗意又是对人生认真的思索与艺术的表达。秦佳还特别喜欢雨果在《克伦威尔序言》中关于“戏剧是完备的诗”的一段话：

诗有抒情短歌、史诗和戏剧诗三个时期，每一个时期都和一个相应的社会时期相联系。原始时期是抒情性的，古代是史诗性的，而近代则是戏剧性的。抒情短歌歌唱永恒，史诗传颂历史，戏剧描绘人生。

……

真实而深邃地描绘人生百态，进而升华至哲思的层面，正是戏剧诗的历史承载。东坡所谓“出新意于法度之中，寄妙理于豪放之外”，想来大约就是《剧思飞》一书标名的依据吧。作者没有思想，同时也令观者沉入无思状态，一味娱乐感观的戏剧，是没有生命力的。秦佳不仅特立独行，而且善于思考。她长期在教育一线，加之社会兼职的要求，使她更多地把关注的目光聚焦于女性，尤其是女大学生。作者将各类在校女生尤其是她熟悉的工科院校的女大学生作为研究对象，希望以戏剧为纽带透析她们的生存状态和思维方式，寻找适合与她们交流的方法，揣摩她们的本质需求，从而为正在进行的教育改革，提供有价值的探索信息。作者在调研、论证、研讨中进行剧本创作，在创作中反思，更在反思中开展剧本创作教学，结合时代的社会思潮，塑造了一系列当代女大学生的形象。

六场现代戏曲《获奖的女生走过来》，为我们演绎了在复杂的社会环境里，如何使年轻一代更加健康成长的主题；单集动画剧本《本末倒置》，通过一个孩子从幼儿园、小学、初中、高中到大学的部分行为规范教育，揭示教育内容设置的不合理及偏失问题；20集电视连续剧《工学院女生》以全新的视角，塑造了工科背景下不同专业四个个性鲜明的工学院女生形象，通过她们在学习、生活、金钱、爱情、友谊等方面遇到的种种问题以及她们的不同选择和成长经历，让我们反思在多元文化背景下，如何更好地引导学生成长。作者选择由工学院师生亲历戏剧实践，表演完成电视剧片花的制作，在戏剧实践中，师生们对该剧剧本进行了再创作；《“奔五”的女人》则以小品的形式塑造了身心悄然发生变化的非常期女人，从侧面反思女性的教育问题。

难能可贵的是，多年来作者能将创作的视野转向地方文化的传承与新兴创意产业的建设上，试图以动画的形式，将地方文化传承发扬。她不断走访文化耆宿、民间艺人和相关研究者，投入结合产业实际的52集系列动画片《白玉神龟》的创作实践。备案、调研、征集、参展，作者并未将这个项目单纯停留在创作层面，而注重在地方中小学、大学中结合故事征集，开展传统文化的普及与教育，并深入开发创作资源；作者注重传统文化与国际信息资源的有机对接，两次将《白玉神龟》的项目带到法国戛纳电视节，向世界宣传地方文化，寻求资源的有效对接，努力探索动画片的思想性、艺术性和产业价值。

从《剧思飞》里，我寻到了作者关于戏剧创作和创作反思的心路历程，相信会给读者带去感动和启发。希区柯克说戏剧是去掉了枯燥无味的时刻的生活，本书值得反复玩味处颇多，令人沉思求索的警策处也不止一二，她能取得这样的成绩是值得庆贺的。我们期待她的新作新思考！

2016年岁杪于茗花斋

周墨兵《墨香楼画集》序

一次看似偶然、实属机缘难逢的淮南之行，结识了德厚而流光的周墨兵先生。有道是“白头如新，倾盖如故”，邂逅近于期颐之年的周先生，幸矣！秋爽之时，淮南晴日，与先生品茗畅叙，诗酒欢言，何其快哉！先生修身絜行，出言谦恭，侃侃而谈，亲切蔼如。老人家记忆力之健旺，尤为惊人，非吾辈后生小子所能望其项背。你看他大段古诗文，冲口而出；典籍故实，信手拈来。其腹笥岂止卷帙可限，人称“活化石”“活字典”，怕是还要加上一个“活文献”。献者贤也，谓其为淮上耆宿，淝水乡贤，当不为过之。与周老当面晤谈，茶酒之间，令我不期然而所获良多，以至于当晚回到下榻宾馆，竟心潮澒洞，夜不能寐。冥冥中意识到苍天眷顾，有幸遇到了忘年相交的良师益友。

且不说周老是著名的学者、考古学家、诗人及书画家，其相濡以沫的夫人——唐树真女史，更是一位丹青妙手。对二老的人品才学许多学者已有描述，我想说的是两位老人生命中的丰富多彩。未见周先生，但闻其名便足以含味再三：先生本有家学，年轻时文质彬彬，一心向学。抗战烽起，他毅然投笔从戎，考入黄埔军校（第 18 期），称得上是先“墨”而后“兵”，此第一层意；及待与先生相晤，谈起书画，先生竟称自己在书画领域无非一兵一卒，不足道也，此第二层意也；老先生毕其一生，都甘为一兵一卒，这与时下言必称“大师”，动辄号“泰斗”，自吹自擂，肆意炒作的恶劣风气，形成了鲜明的对照，亦足令某些浮躁之徒为之汗颜，无地自容。

说到书画，窃以为它不应该搞成一种竞技活动。陶冶、沾润、涵养、寄情，如此等等，皆与竞技无涉。古人云：书者，心画也；吾则谓，画者，画心也。无论书还是画，总归要诉诸心灵，笔墨须由心灵而生，而非徒有技术、技巧所能为也。只有诉诸心灵，方能称之为艺术；若诉诸感官，无非为娱乐尔。正是从这样的意义上，我特别欣赏周、唐二老的书画作品。周老年轻时是书画科班出身，传统的功力、深厚的学养，以及丰富的阅历与识见，决定了其书画作品的格调，其笔下的梅兰竹菊，俱见人格精神。诸如《墨竹四条屏》，并非仅仅肖形摹影、写自然状态之竹而已，那里分明有人的精神寄托，呈现出的是一种人生况味之切实体悟。竹有风雨阴晴，雾蒙露沾，人生何尝不是离合悲欢，苦乐交错。另如《听雨》，其款谓“留得残荷听雨声”，使我油然联想到蒋捷那首有名的《虞美人》词。不必细数缕陈，周老书画恰如其人，格调自高，寄托尤深。唐老心静而娴雅，花鸟虫草在其笔下生趣盎然，栩栩如生。二老的合作，更是精彩绝伦，珠联璧合。《同沾雨露共享秋光》《群猫戏蝶图》就很有代表性。前者两只小猫，一凝神注目，一仰首惊诧，憨态可掬，惹人怜爱；后者十只小猫神情各异，构图开张舒展，形散神聚，以数只蝴蝶的飞动之势将画面整合起来，浑然一体，略无滞碍，足见作者虽惨淡经营却不见痕迹之艺术匠心。周老款识曰：“夏日午梦未能成，猫狸寻欢结伴行。鼠患纵横都不管，却来闲与蝶相争。”细绎小诗，其中理趣颇可玩味。唐老画猫亦画虎，二老合作的一幅《虎踞龙盘今胜昔——纪念抗日战争胜利 60 周年》，情调亦自不同。威风凛凛的猛虎，可视为民族精神的象征。然而，背景既不着层层林莽，也不施嶙峋怪石，画的却是泽畔芦花。是不是一反惯例呢？揣其用意，大约隐喻是：抗战胜利乃在秋季（1945 年 8 月 15 日日本侵略者宣告投降）；水域泽畔，以喻人民战争之汪洋之势；芦荡之中则隐藏星星火种。——当然，作者未必然，读者未必不然，莫怪笔者穿凿，此画之中必有缜密之文心。因为通常画咆哮着的猛虎，背景往往是林莽怪石。

读二老书、画、诗、文，更须读其人。平和、淡泊，宽以待人，严于律己，不为物役，不趋荣利，有此境界者，天予其寿，人与其洽，其胸襟笔端，焉能不天真绝俗！对墨兵、树真二老作品及其人品，当作如是观。树真，自然要祛伪而存真率，即树立真、善、美，你看那些天趣自在的猫咪，是何等的天真可爱啊！仁者寿，与二老因书画而相识，想来读其书画与人，愈久将领会得益深。孙过庭《书谱》有云："仲尼云：'五十知命，七十从心。'故以达险夷之情，体权变之道，亦犹谋而后动，动不失宜；时然后言，言必中理矣。是以右军之书，末年多妙，当缘思虑通审，志气和平，不激不厉，而风规自远。"所谓"人书俱老"，乃是一种境界，既在笔墨之间，又在笔墨之外。此学书者不可不细味之道。墨兵老先生之书，亦当作如是观。纵观时下汲汲于名利者，为了攫取虚名，不择手段，扭曲了书法艺术的价值观念，甚至从根本上消解了书法艺术的生命意义，加之艺术市场的不良导向作用，将书法艺术视为敲门砖，甚或敛财钵者，不乏其人。从周、唐二老对待书画的态度上，名利之徒是否能悟出些什么来呢?

余已年近古稀，于书道似尚未能从心，自娱而已，间或娱人，亦限于友朋同好之间。欧阳文忠公说得好极了："自少所喜事多矣。中年以来，渐已废去，或厌而不为，或好之未厌，力有不能而止者。其愈久益深而尤不厌者，书也。至于学字，为于不倦时，往往可以消日。乃知昔贤留意于此，不为无意也。"(《学书消日》) 原来，书道本意，一如茶道，乃好之者终生习之并乐此不疲之事体。一切附加上去之累物赘事，皆可淘汰。周、唐二老于书画之态度，与欧阳公不谋而合，其出集子，也不外乎在同好友朋之间，同赏共乐罢了。

蒙二老不弃，属余为序，愧畏难当，惟勉力而为之。所言恐未及于二老人格精神之万一，然弁语忌冗，馀意则有待另文叙及了。余极赏爱二老书画，尤重二老之为人，故乐于为此集序，疏浅之两千言，忝列篇首，尚望大雅方家不吝赐教。

甲午寒露日于秦淮河西之茗花斋

万宇《书卷温情》序

万宇又要出书了。前不久刚翻阅完她的《中国现代学人论学书信研究》(浙江大学出版社 2013 年版)，印象是她在追寻一个新的视阈，一片新的天空。幽微的书香馀味仿佛还在鼻翼萦绕，她的新著《书卷温情》又将面世。前者是她的博士论文，漂漂亮亮的大开本，掂在手中沉甸甸的；后者是校样稿，浏览罢这部新书稿，禁不住有许多话要说——对万宇，也对即将捧读这本书的读者朋友。当然，也对我自己。

书的确是有温度，有气味，甚至是有灵魂的。记得上初中时，我有了一个小书架，很小很小，只有两层，要架在桌子上。但那是我阅读收藏的起点。我喜欢新书的油墨气息，更喜欢旧书特有的纸张味。我常常一边摩挲着书页一边阅读，若是旧书卷了角，便仔细地一一将其抚平，乐在其中，不亦快哉！对于一个喜欢阅读的人，大约无不尊奉“不阅读，毋宁死”的格言。同气相求的爱书人对书的感觉差不多是一样的，如同万宇所说，是一群“有毛病”的人，或称之为“有怪癖”的人。不过，这“毛病”是不必克服的，也是无法克服的。如此“怪癖”也是颇为可爱的，甚或是弥足珍视的。

手边有一本爱书人写的小书，自说自话，写得非常真切，也特别好玩，很值得“有毛病”的同道细细品读。它就是许钧主编的“法兰西书库·睿哲系列”丛书中的一种，法国女作家安妮·弗朗索瓦《闲话读书》(广西师范大学出版社 2001 年版)。书的篇幅不大，薄薄的小开本，每篇文字亦不多，痴迷于读书藏书的作者娓娓道来，琐屑中不乏兴味盎然，平朴中不时有闲趣流出。

安妮的一个说法特别引起了我的注意。她说：“直到现在，在我眼里，电影与电视远不及书本的魅力大。”这也是我老早就想说的话。时下媒介多元，诱惑林林总总。我以为，在这五花八门、陆离光怪之中，潜心阅读仍是其他媒介所无法替代的。这是因为：文字的魅力无限阔大，是一切声像图以及具象物事所不能比拟的。被誉为“俄罗斯大自然的歌手”的普里什文，还有被誉为“日本自然美的发现者和浪漫的自然诗人”德富芦花，以及德国的赫尔曼·黑塞等人的文字，如何能以声像而再现呢？我国古代庄子、刘勰、司空表圣等人的文字亦复如此，更不要说中外经典作家和思想家们哲思睿想的文字了。

话题稍嫌远了，再说说万宇的文字。如其人一样，万宇的行文流淌着一种淡雅与安详，往往于不动声色中透出隽永明畅的韵律。不喧闹，不刻意，轻涂淡抹，蓄素守中，写来似不费工夫，读来但觉其静谧。你看她的书评或是对当下文化建设、阅读事宜等思考的文字，全然是平心静气、兀兀而谈，既不溢美，亦不按捺，价值判断与自家取向便悄然而出了。本书三部分中，均不乏精到独见的文字。第一辑中是对图书出版前景文化思考的文字，见其思致之敏锐与独到。第二辑中多谈民间刊物、评书籍装帧大家以及南京书店地图等，都既有巧思又爽畅可读。前面我谈了文字魅力之不可替代，主要指的是纸质书籍的阅读，电子读物不在讨论视野之中，安妮大概也是不收藏电子版书籍的吧？想来纸质文献将来也不会消失，爱书人关心出版前景和阅读环境便是自然而然的事。

近年来，万宇对儿童阅读问题特别关注，于是就有了本书第三辑中的文字。作为一个母亲，她将心比心，所思所想皆从孩子们的心理和母亲的视角出发，故其在这个领域殚精竭虑的种种思考，是极具现实意义的。其中所谈到的绘本教学问题，格外引发了我的兴趣。

我们这代人小时候都喜欢看连环画，这种俗称“小人书”的读物当时是那样的令我们着迷。对于刚刚具有初步阅读能力的孩子，当年的“小人书”可谓功莫大焉，创作连环画的画家们的历史功绩亦不可磨灭。鲁迅先生早年就曾充分肯定过连环画，认为“连环画不但可以成为艺术，而且已经坐在‘艺术之宫’里面了”，并主张连环画家“应该研究欧洲名家的作品，但也更应该注意于中国旧书上的绣像和画本”，即多方面汲取营养，以充实自己的创作，如此“大众是要看的，大众是感激的”(《“连环图画”辩护》《鲁迅全集》第4册，人民文学出版社1995年版)。如今连环画已不见踪影，代之以大开本的、花花绿绿的，印刷似乎豪华有馀、质朴不足的画本。当然，其中也有品质比较好的，一些从国外引进或翻译的儿童画书也颇有意趣。然垃圾也不少。关键在于选择，出版社和家长均须格调高些，手眼别具些。万宇关于绘本教学的观点非常鲜明，谓绘本教学必须区别于语文课，应在发掘和培养孩子的艺术气质与艺术鉴赏力上下点工夫。对此我并无异议，问题是如何精选绘本，取其上而得之，以免败坏了孩子们的趣味。未知万宇以为然否？

万宇曾是我的同事，也是我忘年交的小朋友。她好读精思，也很有灵气。尤其是不为所谓学科之所囿，视野极为开阔，因而她的文字才能洒脱自如。她喜欢好的文字，自己的文字也力求精到。所有这些，读者在读了这本书后，是不难领略到的。她书稿告竣，嘱余为序，拉杂写来，不计工拙，亦不知贴切与否？

因了种种羁绊，年来写东西少而又少。万宇命笔，无以为卸，遂勉力絮聒成篇。陶令有诗云：“良才不隐

世，江湖多贱贫。脱有经过便，念来存故人。”（《与殷晋安别并序》）

尚企万宇良才不怠，勤于笔耕，多有建树；若得一晌闲暇，能来舍下品茗清神，以却劳攘，相与析疑，以释罥碍。是盼。

甲午初春于茗花斋

贾砚农《徐渭书法研究》序

乙未春杪，我在淮安有一个讲座，届时约砚农一起喝茶聊天。其间谈到了砚农博士论文出版事宜，他告诉我说，准备在天津出，正在修订。我一直以为砚农的博士论文颇为独特，理应让更多人读到，使它的学术价值能得到更充分发扬。

砚农与我缘分不浅。黄惇先生是我的好朋友，砚农出于黄先生门下，与我交往有年，此其一；砚农的硕士论文和博士论文答辩我都参加了，而且博士论文答辩，我好像还是答辩委员会主席，此其二；砚农学成离开南京艺术学院之后，回到家乡的淮阴师范学院任教，不时来南京，总是会与我见面聊聊，谈艺术更谈人生，如同陶渊明所说的那样："脱有经过便，念来存故人。"（《与殷晋安别并序》）倘若我去淮安，也免不了要与砚农小聚，此其三。如此三点，无论如何我们也算是忘年知交了吧。这些年与砚农交往，我最欣赏的是他的善于思考，勤于笔耕，孜孜矻矻，一心向学。他不仅书法好，思致也极为活跃，称得上是正当年华的淮上才俊，后生翘楚。

砚农的这部著作，视野相当开阔，角度也特别新颖。通体来看，文献资料丰赡而翔实，见解独到且缜密。尤为可贵的是，能言人所未言，时有发人深省的精警之笔，不失为徐渭研究一项确有真知灼见的新成果。

首先，砚农提出了一个人们普遍感兴趣的问题，即：徐渭书画作品为人们所接受的过程何以那么漫长？一百年，人们才真正认知了这位十六世纪的怪杰，并给予他极高的评价。砚农分四个阶段深入细致地阐述了后世人们对徐渭书画艺术的接受史，将这一历史过程揭示得眉目清晰，面貌豁然。我以为这项工作极有意义，它是艺术史上一个发人深思且饶有意味的问题，它似乎也具有某种警醒意义上的现实针对性，即艺术不是纯粹意义上的商品，其价值判断是要经过历史的考验的，至少一百年。大肆炒作，即时吹捧，以及盲目哄抬等等，都是不靠谱的。即便急功近利得意于一时，恐怕时间老人也是不留情面的。不知为什么，读此书稿使我油然想起了梵高。这不仅是因为徐渭和梵高生前都孤独困顿，命运多舛，又都是“疯狂的天才”，一个痛而割耳，一个斧击破头（徐渭亦曾以利锥刺耳），更在于梵高与徐渭一样，身前的绘画作品并不被人们看好，其在美术史上名声大振，获得崇高地位，也是身后五六十年之后的事。于是，不由人不联想到当下，人还活着就轻易地许以名家、大师的头衔，对照徐渭、梵高的经历，我们要定论一个书画家的价值及其在艺术史上的地位，是不是要慎之又慎，甚至不要我们今天说，索性留待后人去评说呢？

与前面的问题相关联，砚农在这部书稿中，也花了不小的篇幅和气力，做了徐渭书画作品辨伪存真的工作。我们知道，徐渭传世作品无多，因其生前及身后数十年间声名并不显赫，故作品亡佚者恐不在少数。及待这位天才的怪杰名声与日俱隆之后，仿冒与作伪者不乏其人，且渐成泛滥之势。砚农的结论是，冒骗数量远远超出真迹留存之总量。这就带来一个问题，即徐渭书画本真的风格被仿冒之赝品所遮蔽，一时使人们真假难辨，陷入迷惑与悬疑之中。砚农用"影蔽"这样一个概念，赋予它特定的语义范畴，可谓意味深长。应该说砚农在这方面是下了很大功夫的。考辨分析，去伪存真，徐渭书画的本真风格才能得以显现出来。从第四章我们看到，砚农对存疑和明显的伪作，考辨分析是过细的，其结论也是令人信服的。如同文书作《春园》四种，竟无一是真迹，足见徐渭书法风格被"影蔽"情形之严重，同时亦可知砚农去伪存真工作之功德无量，以徐渭之个性，想其在泉下定当感慨无尽吧。本书"附录"关于《玄抄类摘》和《笔玄要旨》的考论亦属此等。廓清疑窦，以正视听，徐渭有知，当可欣慰。

总之，砚农此著，创获良多，读者自可识读。我在这里只是撮其要旨略作绍介而已。实际上书中的许多章节皆可独立成篇，因其中每一个具体问题的解决，都对整体意义上的徐渭研究至关重要。

砚农嘱序，无以辞却。想来砚农是出于两方面的考虑：一则是我对徐渭研究一向关注，尤其是对徐渭的戏曲作品《四声猿》《歌代啸》，以及戏曲理论著作《南词叙录》兴趣更浓，即在专业方面砚农的研究与我的专业方向有所交叉；再则我对砚农的硕、博论文一体化研究一直持支持的态度。按说这个序应该由砚农的导师黄惇先生来写，黄先生忙于手中的其他课题，我也就不揣谫陋，遂心信手写下了这篇小序，未知黄先生与砚农以为如何？更不知读者方家以为然否？

砚农正当盛年，从艺治学的路还很长，希望他戒骄戒躁，淬砺奋发，不断取得新的研究成果。

乙未初秋于秦淮河西之茗花斋

张宇声《明遗民诗人张埰评传》序

宇声的这部书稿在我的案头放了有大半年的时间。我看得很慢，一是年纪大了，眼力与脑力日趋不济，往往是看了后面忘了前面，还要再回头去看；二是我被这部厚重而又扎实的著作所深深吸引，有些章节须反复寻绎，再再揣摩，读得心神凝聚，渐渐沉入明末清初那血与火的历史情景之中。

姜埰在明代诗人中的确非常特殊。他生逢乱世，仕途偃蹇，命运多舛。进士及第以后，他原本被授予离京城不远的密云知县，不料却被别人挤掉了，只能被改授仪真县令。北人南迁，自然有许多不便处。南下赴任后，他勤政爱民，廉洁公正，殚精竭虑，处处维护百姓利益。十年仪真任上，口碑民望俱佳。后返京面圣，授礼部主事。此时大明王朝已是日薄西山，气数将尽了。即使面对如此危局，姜埰仍是“赤心事上，忧国如家”。仅在崇祯十五

年 (1642) 半年多的时间，他就竭尽言官之职能，秉直上疏 30 馀通，所奏皆是针砭时弊，弹劾权贵的棱角分明之言论，其中不乏诘问诏旨，触及崇祯痛处，所谓批逆鳞之语。结果是龙颜大怒，飞来大祸，不仅身陷刑狱，还被残酷地施以“廷杖”，差一点丢了性命。此后，于崇祯十七年 (1644) 二月，姜埰被贬为宣州卫，然于将赴戍所之时都城陷落。明亡后，姜埰虽未曾如其座师倪元璐以及黄道周等义士那样以身殉国，但他的忧愁更多，苦难更甚。颠沛流离，朝不保夕，家人时聚时散，加之受过“廷杖”，身体羸弱多病。眼见得大势已去，心神俱焚，数不完的痛楚，流不尽的清泪。他清醒地面对现实，万般无奈中艰难度日。有道是“长木之毙，无不摽也”（《左传·哀公十二年》载子木语），“亡国之大夫，不可以图存”（《史记·淮阴侯列传》）。故南明弘光朝以原官召用，鲁王更授以兵部右侍郎，姜埰皆不就，而甘于与其弟姜垓流寓苏州，并真州、苏州、莱阳间奔波。正是所谓“天下大乱，无由安国；一国尽乱，无由安家；一家皆乱，无由安身”（《吕氏春秋·谕大》）。姜埰可谓生不逢时，苦难尤多，作为明遗民，其经历堪称典型。

有两个问题须拈出来相与辨析。首先是姜埰后半生念念不忘自己是大明子民，明室臣子，他被崇祯贬为宣州卫，实则并未曾往戍所莅任，但他至死不忘君命，将宣州视为自己的最终归宿。家破国丧，至亲睽离，却不以盛衰改节，不以存亡易志，一灵咬住，心系宣州敬亭，其晚号“宣州老兵”，诗文集名作《敬亭集》，即是明证。入清以后，又避地徽州，祝发黄山，始终作僧服，晚节弥坚。临终时更再三嘱其二子：“吾奉先帝命戍宣州，死必葬敬亭之麓。”其子尊乃父之遗愿，葬其于敬亭山西麓之赵子冈。今天看来，不能不说姜埰之迂，纯属愚忠之辈。以遗民自居也就罢了，何苦要以一个亡国之君的贬斥之命来约束自己呢？详察细究，此正是姜埰坚持民族气节，誓不出仕清廷的一种精神寄托和思想基础。联系他拒不出仕福王与鲁王，那是看清了历史大势，头脑清醒的表现，否则如王觉斯、钱牧斋之流，是何下场呢？而不允许二子安节、实节去考清廷的科名，自己削发修行，则充分体现出他忠信刚毅、浩然自守的节操。倘若如“江左三大家”般行事，姜埰何以为后人以“贞毅”相称颂？况且，我们不能以今人之是非观去苛求于古人，更不能以现代人的观念强加于遗民姜埰。作为一朝遗民，逢此罹难，愁病相加，孤臣泪尽，竟何以堪！这位贞毅公，初心不改，守正不阿，临危完节，其人格精神历来是为人称道的。宇声在其“评传”中对这一点分析得非常细致，也评论得相当中肯，结论也特别精到：

明遗民是衡量过忠孝关系的，但那是个忠孝不能两全的时代，忠于故国故君的选择是明遗民的清醒意识，是决定其身份的政治特质所在。若抛弃了忠而言孝，则明遗民就不成其遗民了，像吴梅村、侯方域等失节之人倒有了理由，他们正是迫于孝的压力而失去了对遗民使命的坚守，出仕的出仕，应举的应举。我们考察明遗民，时时感受到他们所受到的孝的压力，他们往往在痛苦中，将国置于家之上，将君置于父之上，坚守遗民之道，毅然有所不为。

这是针对王渔洋在忠孝问题上对姜埰的指责而言，完全是一种历史的视角，知人论事的议论，所言甚是。王渔洋的微词纯属个别人的言论，不足为训。

其次，是或以为明亡后，姜埰因了岳父为盐商等原因，物质生活并不贫乏，他于仪真、苏州置屋造园，与一般生活困顿的遗民不可同日而语。这个问题其实不难廓清。显然，真正意义上的遗民，其痛苦主要不在物质生活层面上，精神上的摧折与煎熬才是他们深哀大痛的根源和关键。亡国之恨，故园之思，肝肠寸断，未有已时，所谓哀莫大于心死是也。心既已死，屋园不过是徒有而已。

姜埰的深哀大痛，明亡前后的不幸遭遇和颠踣困厄，都写在他的诗中了。读其诗，未尝不想见其人，而读宇声的“评传”，则姜埰其人，更是活生生地就在目前。不仅如此，因宇声的“评传”将传主置于广阔的历史情境之中，诗、史交相印读，也令人清晰而真切地感受到明王朝覆灭前后那段悲催的痛史。

说来姜埰写诗略晚，中年以后始渐趋成熟，这也恰恰说明其诗多是有感而发。他早期诗作显然受到“明七子”的影响，模古韵味浓重，特别是他仿陶的痕迹，一望而知。山河破碎之后，则是宗法杜陵，诚如朱彝尊所言：“公晚岁始自为诗，风格一本杜陵。”这是因为，杜甫在“安史之乱”前后，亦孤身飘零，疲惫不堪，心系江山社稷，忧心如焚，故其诗风“沉郁顿挫”。姜埰于明亡前后的心情意绪，与杜甫息息相通，引杜为宗，自然而然。故其诗即事生情，直抒胸臆，突出的是一个“真”字。关于姜埰诗作的写作背景，以及思想倾向、艺术特色，宇声在“评传”中均有详尽而精彩的分析评论，读者自可展读领略，无须我再赘言。

宇声是我数十年的朋友，与其他尊我为师，不若以好友相称为宜。八十年代初，教育部委托南师大办一期高校青年学者进修班，当时系里命我作这个班的班主任，同时也上一点古代文学课。宇声山大毕业后成为这个班的学员。宇声为人谦和，朴实好学，文笔清畅，磊落不凡。我们常常互相切磋，同学共勉，也多有合作。这部著作，充分体现了宇声扎实的学术功底和博览强学的治学作风，史料既丰赡，诗评亦恳切，史、诗相映带，交互发明，将遗民诗人姜埰兄弟的人格精神揭示得鲜明生动。其文朴茂信达，对传主“夸而有节，饰而不诬”，允称公正。至于对传主诗作的缕析与评骘，则能以“诗品即人品”为基点，要言不烦，以简为当，辞尽而势馀，非率而操笔者。

宇声长期担任山东理工大学副校长、副书记，行政工作的繁冗可想而知。然他能于工作之馀，惜时如金，一心向学，始终笔耕不辍，十分难得。想他退休以后，问学研究将更有条件。我期待他有更多高质量的学术成果问世，也企望我们再有合作的机缘。

2018 年 10 月于南京秦淮河西之茗花斋

《归鸿书法作品集》序

己亥之岁杪，老校长归鸿先生欲将其书法作品结集付梓，嘱余为序。惟予后生小子，未免踟蹰再三，甚且惶恐有加。一则先生是令人敬重的前辈学者，不管是就尊年尚齿而言，还是依资学次第所论，皆令余为之汗颜；再则先生又是我的老领导，上世纪八十年代南京师范大学老校长，使我难免心存敬畏。然转念细思，先生一向亲切蔼如，平易和婉，绝无居高临下，颐指气使之时，遂紧缩之心绪稍稍宽舒。记得与先生比邻而居多年，不时打照面，相视寒暄，互道珍重。余趋前拜揖，尊称校长，先生笑道，已退休多年，不在其位，不谋其政，不要再以校长相称了。这使我油然想起了陶渊明的诗句："闻多素心人，乐与数晨夕。"（《移居二首》其一）遥想先生当年在任之时，治校理念明晰，有所为有所不为，校风淳正而严谨。其对属下，特别是教学科研人员，"一视而同仁，笃近而举远"（韩愈

《原人》)。或如欧阳永叔所说的那样:“待士之意周,取人之道广。”(《颁贡举条制敕》)给人们留下的印象极为深刻。

归鸿先生之于书法,纯属性情之所致,泰半在于精神寄托,或言在于心灵之修为,此之谓书道正途。九秩之年,临池不辍,习书不已,令人感佩之至。功遂身退,不受虚誉,不祈妄名,闲来耽于翰墨,砚边茶盏,案头碑帖,乘兴挥毫,人生何等快事!说来书法这件事体,实属个人行为,好之乐之,自在自足,与他人无关,的确是一种冷暖自知的自家感受。康德在其《判断力判断》中有一种说法,认为美的体验与判断,不是认识体验和判断,而是一种趣味体验和趣味判断,其特点是所谓“纯粹无关心的满足”。这里所谓的“无关心”,乃是指非功利的意思,既不指向实用,也与世俗意义上的价值判断无关涉。一言以蔽之,美是一种“有意味的形式”,一种微妙而又深切的心灵体验。康德的这个观点对我们理解中国书法之美是有启发意义的。

中国书法,深不可测,有人说书法是一种文化,非是一门技术和手艺。也对也不对,这样说大而化之,太笼统,等于什么也没说,文化无所不包,举凡人类物质、精神活动及其产物皆是文化,故此言大而无当,未能揭示出书法艺术的本质特征。也有人说书法是哲学,是中国传统艺术的一个门类,如此似亦不能切中肯綮。其实书法就是书法，它表面上或被视为小道，就里蕴涵着中国文化的方方面面，大道存焉。它是卓异而独到的形而上学之“道”，非形而下之“器”，故称其为书道似更为恰切。严格说来，书道是守静之道，是人格修为和人格塑造的精神活动，所关乎的是个体心境和意趣的沉浸，而非外在的其他物事。归先生深明此中奥要，其耽于翰墨，乐此不疲，无他，寄情遣兴而已矣。他不羡虚名，不求闻达，仅依兴致，只是沉浸；更不屈尊侧媚，擅入江湖，而是固守方外，本分挥运。专业书家或以为不然，其实此正是书道精神最本质的意义，也是习书者应持的正确态度。

归先生自幼禀持家学，也曾双钩填廓，单钩描红，童子功颇为坚实。稍长，开始临习唐碑，《多宝塔》《玄秘塔》《九成宫》《勤礼碑》……后来在一位远房叔祖熏陶下，兴趣渐浓，搜集了不少碑帖，晨昏揣摩，日有增进。上大学后，因转益学科而潜心于自然科学，便与书道渐次疏离。即使这样，先生的硬笔书仍是很出色的。曾瞥见先生的一个便笺，其字瘦硬挺拔，方圆相济，遒劲有力。偶一执管铺毫，亦姿态洒脱，无甜俗之气，南师大学生毕业证上的校长签名可见一斑。先生退休之后，不断穿梭于美国、加拿大和南京之间，无非是忙于帮助第二代照顾第三代，及待第三代上了幼儿园，方始静下心来，然先生已入耄耋之年了。如今先生安定下来，虽届九秩，身心犹健朗。他重温少年时代喜爱的笔墨生涯，有如鲁迅先生妙语所说的那样，可谓“朝花夕拾”啊！他大量购置历代法帖，专心临池挥洒，不亦快哉！这情形很像欧阳修晚年的体会：

自少所习事多矣。中年以后渐已废去，或厌而不为，或好之未厌，力有不能而止者。愈久愈深而尤不厌者，书也。(《学书消日》)

细绎归先生集子中的作品，老人家虽已奔期颐之年，却手不抖，眼不翳，所书清简隽逸，疏疏朗朗，手底功夫不亚于年轻人。小字如写放翁《钗头凤》与唐婉和词，气息流动，舒放自如，很有味道；大字如“海上、天涯”一联用焦墨，快剑长戟，凌励如削，气势雄肆而泼辣。他如临“兰亭”，模怀素，写《归去来兮辞》，习汉碑分隶，亦有可人之处，观者自可赏鉴。毋庸讳言，归先生作为非专业书者，所作没有那么尽善尽美，书道之难，尽毕生之力恐亦难臻佳胜之境界，今古皆然，连欧阳公也终其一生都在“学书”啊！观归先生书，当不以专业眼光衡之，而宜于以好之乐之者的书者相视。退一步讲，一位九秩老先生，写得一手好字(写字与书道是不同层次的概念)，不能不说是难能可贵的。字写得好，便有了进一步向书道登堂入室的基础。林语堂说得好：“只有在书法上，我们才能看到中国人艺术心灵的极致。不懂得中国书法及其艺术灵感，就无法谈论中国的艺术。书法供给了中国人以基本的美学，是中华民族美学观念的基础。”(《中国人》)正是从这样的意义上，每个中国人都应该懂得传统的书法艺术，至少要把汉字写好，不必争着去做什么空头书法家。古无所谓书法家，仅以怀素为例，《自序帖》里劈头即说：“怀素家长沙，幼而事佛，经禅之暇，颇好笔翰。”“之暇”，便是业馀呀，他的专业是“经禅”，即事佛。更不待说颜、欧、柳、赵，苏、黄、米、蔡了。

书法，或应称书道，亦余之馀事，不敢妄为书家。此种理念，与归先生所见略同。暌违道范有年，今见先生身康笔健，神情雅度，曷胜欣慰，幸矣！先生命序，岂敢怠慢！秉直而书，唯恐僭越之嫌。且所言未必尽是，企归先生与朋辈同好予以指教。

己亥残腊于秦淮河西之茗花斋

《元曲艺术风格研究》后记

写《后记》，是著书者无可替代的一种愉快。因为，一部书的诞生，岂止是十年辛苦！它凝聚着作者的酸甜苦辣。个中滋味，只能与知音者道。《后记》是全书的一个句号，画它时是无限惬意的。

七十年代末，打从我选定硕士论文题目时起，在我的老师王季思先生的关心鼓励下，我就一直留意于元曲的探讨研究，康乐园中我的老师们——黄天骥、苏寰中、吴国钦等先生，都给予了我很多的指导和帮助。差不多二十年过去了，我关于元曲研究的成果，有代表性的观点都穿插在这本书中了。近年来新发表的论文，也有部分成果裒辑在内。我自信不算很笨，也自以为从未敢荒疏所学，然却时有旁骛，古代诗词、小说戏曲乃至中国古代各体文学，我都有兴趣，编、著和校注的著作总有十多本吧。因此，在元曲研究方面，就只结了这么个小小的果子。心里有几分苦涩，也有无尽的感慨。

一限于篇幅，二限于书的主题，当然还有其他种种原因，我过去撰写的元曲研究方面的论文，有些无法纳入本书，但本书中的大多数章节，都曾在报刊上发表过，有不少还是发表于按时下人们所说的核心刊物上，如《光明日报》的《文学遗产》、人民文学出版社的《古典文学论丛》，以及上海的《戏剧艺术》、江苏的《艺术百家》等。

写书与写论文毕竟不同。写论文时只就一篇文章去结构布局就行了；而要把已成形的文章组织成一本书，却诚非易事。要有系统，要有关联，要分章节，还要补写一些内容，全书又必须体例统一。我觉得最难的事还是拟章节的标题，这是一种艺术，也很见作者文字功夫。我反复试了几种形式，如字数相等或对句形式等，涂来抹去，都不能令人满意，最后只好采取最平实、最朴素、最切近的表达方式，也顾不得长短不一了。上篇切割得碎了些，虽有眉目分明之得，却有为文不够酣畅之失。于是，下篇我索性求个酣畅，任其自然吧。有些章节作单篇文章发表时，离现在很久了，一般我不大动它，有些观点现在改变了，尽量写入补充的章节中，能看出认识提高或修正的轨迹来，也很有意味。刻意雕琢，弄得过分了便是矫情和造作。

我做事尚随缘，一向以为许多东西可遇而不可刻意去求。这本书的稿子躺在箧中总有五六年时间。出书难，读书人连声长叹，我叹过之后，却并不悲观。文字这东西有一个好处，就是它烂不掉。此书能付梓，还得要感谢敦促、鼓励我的师友同好，没有他们的关心、支持，我也许还要“随缘”下去的。

书稿将尽抄清时，我的老师王季思先生于四月九日辞世了。尽管本书中大部分章节作单篇文章发表时，他老人家几乎都过目过，但此书的出版，先生却看不到了。谨以此书献给我的老师王季思先生，以报答他老人家在世时对我的培育之恩与殷切期望。

书稿排出后，近于450页，再加上一个“主要参考书目”，就是460多页了。因为一套学术丛书的每一本须规模大体上差不多，我不得不抽掉一些章节，下篇第四章整个抽了下来。这样一来，原稿上下篇各四章，每章各四节的格局就被打乱了。人生多憾事，有什么法子呢！但愿何时我能放开来写，能按自己的意愿确定书的规模。除了这部书稿，我在古典小说与诗词研究方面发表过的文章，也可能有机会修订、整理成书，或许那时能得完璧，无须再作忍痛割爱，这是我翘首企盼的、忐诚的一个梦想和愿望。

吴新雷先生一直很关心本书，百忙中赐序，为本书大增光彩；校友章俊弟先生认真审阅书稿，为本书的出版尽了不少的力；冯宝善先生帮我通读了一遍校样，订正多处舛误；不少师友同好给予我许多具体的帮助，如万建清、吴亦东、邓子勉等，恕不一一具名。这都是我要铭记于心，再再表示感谢的。

1996年8月20日夜

于南京师大之西山寓所

《元明散曲史论》再版后记

本书初版于1999年，写作过程乃在上世纪末，迄今近二十年了。由于初版印数有限，旋即售罄，不时有通过书信、电话甚至上门觅求此书者，可知它还是小有影响的。初版装帧颇佳，记得识字无多的老母亲将其掂在手中，摩挲良久，说了句：“挺好看的。”抚今追昔，宛如隔日。白发萱堂早已弃世，欲尽人子之孝而亲不俟，想新版再不能搁于老母双手，不禁长吁浩叹。

此番修订改动不大。因其为旧稿，想保留世纪之交的一点念想。与其大动干戈，不若重写一部新著。原来书前只有一篇简短的《前言》，现在有些新的想法，或近年来同行们关注的问题，需稍事展开，于是我几乎是重写了一篇《绪论》。全书文字上因初版责编王欲祥先生严谨细致的工作，订正了不少舛误，故很少改动。偶有个别地方添加少量文字，也是为了语义更畅达或文意更明确罢了。我的老师王季思先生曾不止一次告诫我，为文须清畅明晰，切忌贪多骛博，将文章搞成资料堆。纯粹资料性著作，则又当别论。反复校读下来，殊觉年来学业之荒疏，倘若重新撰写，怕是真的找不到当年的那种感觉了。修修补补总是吃力不讨好的营生，未若让它保持本来的面目，以存其真。如此，心理上仿佛更踏实些。

感谢南京师范大学出版社有意再版此书。特别是王欲祥先生的再三敦促，方使我能打叠精神，利用整整一个暑假时间，反复通读校订，使此书能以新面目就教于读者方家。

近年来老伴身体羸弱，幼孙顽劣厮缠，年近古稀尚为家务所累。每当为俗务琐事所羁绊，难得潜心案头灯下，便心有不甘。眼见得白发染鬓，空令岁月蹉跎，书生老去，垂暮无成。想起恩师季思先生谆谆教诲，忝列门墙，却有怠于薪传，不胜汗愧之至。

虽经修订，仍觉此书粗浅，疏陋谬误之处怕是难免，尚乞读者方家与同行时彦不吝郢政，予企而望之。

2014 年 8 月 23 日于秦淮河西

龙凤花园之茗花斋

《书林驿语》跋

裒辑在本书中的零墨碎札，记录了作者日常读书中的一些断想与偶思，称之为学术性随笔可也。因其篇幅都比较小，故多是发表于报纸上的，如《光明日报》《中国文化报》《扬子晚报》等；少数略长些的，发表在相关杂志上，如《博览群书》《书与人》《古典文学知识》以及《文教资料》等。有些找不到剪样了，就翻出手稿重排（本人有保留手稿的习惯）；二者都找不到的，也就无法收进来了。

看过校样，我对自己的这类零星文字竟然偏爱起来了。这是因为，一闪即逝的思绪，往往近于本真，同时少一些八股味，多了点活泼的气息。因此，我偏爱帕斯卡尔的《思想录》和蒙田的《随笔集》。此外，芥川龙之介的《侏儒的话》、纪伯伦的《沙与沫》，以及歌德、赫塞等的箴言集，均属此等。

此书的付梓，首先要感谢常国武先生的鼓励，他几次建议我将这些零星文字结成集子。记得这些文字单篇发表时，只要先生看到了，他总是奖掖有加，说磨炼文字是一生一世的事。还要感谢的是万宇女史，她不止一次地敦促我拾掇起这些零碎的东西，当然亦多勖勉之词。责编芦薪先生在编排方面付出了艰辛劳作，提携之功铭记我心。南京大学的朱敏、孙艳二位同学多次来到舍下，与我协商，转达徐雁先生的意见，为本书的出版做了不少细致而切实的工作。至于徐雁先生的厚爱，不少师友同好的关心，更使我感激不尽，一并致谢了。

2003年12月

后记

校读旧稿，重返昔日时光，如情似梦，感慨系之。白居易《春睡》诗云：“还有少年春气味，时时暂到梦中来。”不佞平生塞北江南，如今华发苍颜，怀旧是免不了的，既生活于当下，也生活在过去，视时光若珍宝。披览自家戋戋零墨碎笺，但觉俱是惊鸿一瞥，或晤伐木友，或读圣贤书，或偶景独游，凡凝聚于梦忆之中者，均须加倍珍惜。

感谢一众校友，倪培翔、章俊弟、李相东、孙书磊……诸位同襄共勖，眄睐有加，助余拾掇起断章片语，成此一编。

感谢凤凰出版社不弃拙稿，忝列“凤凰枝文丛”之中。

农历辛丑二月初十日于秦淮河西之茗花斋

凤凰枝文丛

三升斋随笔	荣新江　著
八里桥畔论唐诗	薛天纬　著
跂予望之	刘跃进　著
潮打石城	程章灿　著
会心不远	高克勤　著
硬石岭曝言	王小盾　著
云鹿居漫笔	朱玉麒　著
老营房手记	孟宪实　著
读史杂评	孟彦弘　著
古典学术观澜集	刘　宁　著
龙沙论道集	刘　屹　著
春明卜邻集	史　睿　著
仰顾山房文稿	俞国林　著
马丁堂读书散记	姚崇新　著
远去的书香	苗怀明　著
汗室读书散记	王子今　著
西明堂散记	周伟洲　著
优游随笔	孙家洲　著
考古杂采	张庆捷　著
江安漫笔	霍　巍　著
简牍楼札记	张德芳　著

他乡甘露	沈卫荣　著
释名翼雅集	胡阿祥　著
壶兰轩杂录	游自勇　著
己亥随笔	顾　农　著
茗花斋杂组	王星琦　著
远去的星光	李　庆　著
梦雨轩随笔	曹　旭　著
半江楼随笔	张宏生　著
燕园师恩录	王景琳　著
鼓箦斋学术随笔	范子烨　著
纸上春台	潘建国　著
友于书斋漫录	王华宝　著
五库斋清史存识	何龄修　著
蜗室古今谈	丰家骅　著
平坡遵道集	李华瑞　著
竹外集	朱天曙　著
海外嫏嬛录	卞东波　著
耕读经史	顾　涛　著